AF434575

Pascal LETTERON

Perdus

dans

l'univers

Dans la même collection :

Les Chroniques des mondes lointains :
- Les aventures de Néo et Naha.
- Les aventures de Sam et Val.
- Les aventures de Fred et Luc.

Du même auteur :

- Armort, le prophète
(édition : Lansdalls 2017)
- Arwin & Erindell
(édition : SFFF, l'antre de l'imaginaire 2017)
- Le monde de Baram
(édition : SFFF, l'antre de l'imaginaire 2017)
- 4 histoires insolites
(édition : SFFF, l'antre de l'imaginaire 2018)

Dédié à mon père, René.

L'auteur (Pascal Letteron) remercie :
-   l'illustrateur Thierry Nicolson pour son travail d'une rare qualité.
-   mon ami François Garrouste pour son aide et cela, quelque soit la demande.
-   ma correctrice Oriane Quillqueen pour sa rapidité et son œil d'experte.
-   Mais aussi mes 4 béta-lecteurs/lectrices : Guillaume Vaumartin, Elfe Lumière, Florance Jouniaux et Clément Grossier,

Prologue

Au vingt-troisième siècle, la conquête spatiale et la découverte de nouveaux mondes apportèrent les ressources nécessaires à notre Terre pour nourrir sa population. Comme au seizième siècle, des millions de migrants partirent coloniser ces terres et en arracher les richesses.

Pourtant, comme par le passé, les colons surexploités finirent par exiger leur liberté…

En 2350, face à la continuelle augmentation des taxes spatiales, la fédération des colonies extra-terriennes revendiqua son indépendance. Aussitôt, l'Organisation des Nations Unies Terriennes (ONUT) lança un ultimatum, qui s'acheva par une déclaration de guerre.

L'armada terrienne ne tarda pas à se mobiliser, alors que les insurgés massaient leurs forces autour de quelques places fortes lourdement armées.

L'exo-planète Geber-628b, fief de la résistance extra-terrienne, fut la première cible des commandos d'intervention et d'infiltration.

Le sergent Billy Crawford reçut pour mission de saboter les batteries anti-spatiales des colons retranchés sur la planète et il fut convoqué, avec son équipe, pour un débriefing. On lui confia les plans des lieux et diverses informations sur les forces en présence. Ils avaient une semaine, le temps de se rendre sur les lieux, pour peaufiner leur stratégie.

En ce jeudi 23 Mars 2350, les onze soldats, tous chevronnés et rompus dans l'exercice de sabotage, savaient exactement ce qu'ils avaient à faire et ne prévoyaient aucune complication ou difficulté dans la destruction de l'armement ennemi.

Ils avaient l'autorisation de tuer en cas d'extrême nécessité, mais le commandement leur rappela que le moins de morts possible était préférable.

Toutes ces installations, une fois libérées des militaires rebelles, devaient le plus rapidement et simplement redevenir opérationnelles. Il fallait qu'elles reprennent leurs activités de minage sans délai.

Dans le vaisseau qui les déposa sur la surface de cette exo-planète, le sergent rappela les consignes une dernière fois :
— On avance sans se faire repérer et on place les explosifs sur les cibles. On recule en zone protégée et on détruit les canons anti-spatiaux et on repart comme on est venu sans faire les malins ! C'est clair ?
— Affirmatif, Chef ! répondirent en cœur les dix soldats.

***

— Mais c'est quoi, ce bordel ! hurla le sergent.

Il était déjà trop tard, ils étaient pris pour cible.

Noé épaula son Fazer 248B et tira au hasard devant lui « dans le tas ». Comme l'ensemble des hommes de son escouade, il vida un chargeur, puis un deuxième. Ce chaos dura plus de trois minutes avant que l'officier n'ordonne un cessez-le-feu.

Pour passer inaperçu, c'était raté ! La mission devait être annulée…

Le soldat tenta de faire le point sur sa situation. La nuit noire rendait difficile toute visualisation du champ de bataille. De toute façon, ce désert n'offrait aucune zone de repli. Même les étoiles paraissaient bien fades, comparées aux éclats lumineux des lasers tirés depuis les lignes arrière. Les colons s'étaient massés derrière d'épaisses barricades. Ouvrir une brèche dans leurs défenses et les déloger semblait désormais impossible.

Comment sortir de ce merdier sans trop de casse ? La question restait posée…

Il nettoya en vitesse la visière de son casque et fit le tri parmi la profusion d'informations qui s'y affichaient.

En rouge, les ordres venant de l'état-major, bien à l'abri dans les vaisseaux de commandement en orbite autour de la planète.

En orange, les ordres du lieutenant, planqué en retrait à trois kilomètres, pour superviser l'assaut.

Et en jaune, les ordres du sergent, qui crapahutait avec eux en première ligne.

Diverses autres informations étaient disponibles sur sa visière, comme la carte de la zone de combat, ses paramètres vitaux, l'état de son équipement. D'autres données lui étaient transmises sur simple demande vocale : ses réserves en munitions, oxygène, eau enrichie en nutriments et un tas d'autres éléments mineurs, mais importants.

Les légionnaires disposaient avec cette combinaison d'une armure redoutable d'efficacité qui, additionnée à leurs armes, les rendait très performants.

Comme la majorité des soldats, Noé avait volontairement réduit au minimum les canaux rouge et orange. Il scrutait avec anxiété les ordres venant du canal jaune, celui du sergent avec eux sur le terrain. Il était le seul à pouvoir les sortir de ce mauvais pas.

À côté de lui, Fred s'acharnait sur son fusil qui, de toute évidence, s'était enrayé. Plus loin, Sam en faisait, comme d'habitude, qu'à sa tête. Ce con ne tenait aucun compte des ordres et se croyait invincible !

Noé en informa le sergent sur son canal personnel.

— Sergent, ce fumier de Sam s'est barré ! Y a plus personne pour me couvrir…

— Reste à ton poste, Noé, ou c'est moi qui te descends !

Puis, tout d'un coup, le ciel s'embrasa. La flotte placée en orbite prenait part au combat. Quelques tirs de sommations, afin de bien positionner l'artillerie lourde, les avertirent que les choses sérieuses allaient démarrer !

Pour les troupes au sol, la situation devenait critique, car les canons multi-ions ne faisaient pas dans la dentelle. Lorsqu'ils tiraient, c'était une zone considérable qu'ils dévastaient.

Trois ordres prioritaires s'affichèrent en même temps sur les visières.

En rouge : Quitter immédiatement la zone de combat, nous allons détruire les positions ennemies.

En orange : Avancez immédiatement jusqu'au point J-23 ou I-24. Ils sont affichés en rouge sur les GPS (Global Position System) de la zone de combat.

En jaune : Tous à couvert, magnez-vous de rejoindre J-23 !

En vocal sur le canal radio général, le sergent ajouta :
— Planquez-vous. Ils vont pilonner la zone !

Les ordres étaient clairs, chacun s'élança vers le point J-23. Mais, après quelques pas, ils se retrouvèrent bloqués au pied d'un immense mur de pierre. Le point J-23 se trouvait quelque part derrière ce rempart infranchissable. C'était à rien n'y comprendre, cette construction n'apparaissait pas sur leurs cartes GPS…

Face à l'imminence de l'attaque, les soldats se couchèrent sur le sol, puis, comme dans un rêve, le temps parut ralentir. Les casques et combinaisons s'éteignirent et ils furent comme aspirés. Tous ressentirent une puissante accélération, puis une décélération au moins aussi intense.

Figés, dix soldats et leur sergent attendaient, résignés, la suite des événements…

Chapitre 1

ALPHA

Toujours recroquevillé sur lui-même, dans l'obscurité totale, Noé tentait de comprendre ce qu'il venait de vivre. Mais un détail l'interpella, les canaux rouge et orange de son scaphandre s'étaient éteints.

Il tapota contre son casque, espérant rétablir la liaison radio, mais rien ne se passa. Les deux canaux restèrent silencieux.

Noé murmura, désabusé :

— Mais quel matériel de merde !

Il en informa, comme l'exigeait le règlement, son sergent

— Sergent, ma radio est tombée en rideau. J'ai plus qu'un canal d'opérationnel !

L'officier ne répondit pas sur le canal privé de Noé, mais sur celui de Naha, responsable radio.

— Dis-moi, ma belle, il se passe quoi avec les communications ?

— Aucune idée, Sergent, j'y comprends rien. Tout est coupé…

Voilà qui n'était pas banal ! Le sergent reprit la parole sur le canal général :

— Que ceux qui ont encore le canal rouge ou orange d'opérationnel me contactent.

Sam, puis Hiro répondirent qu'ils n'avaient plus aucune liaison radio. Les autres restèrent silencieux, mais chacun interpréta cela comme une confirmation. Le sergent reprit la parole :

— Bon, vous l'aurez compris… Y a un truc pas clair. On passe tous en code rouge et on attend que les liaisons radios soient rétablies.

Les soldats placèrent leurs armures en 'code rouge'. Une fois dans cette position, les équipements émettaient un signal de détresse.

Noé n'en était pas à sa première mission, et passer en 'code rouge' durant une opération ne lui était arrivé qu'une seule et unique fois depuis son incorporation. Cette situation n'était pas courante, être ainsi livrés à eux-mêmes, en zone ennemie, ne faisait pas partie des hypothèses de départ. Quelque chose ne tournait pas rond.

— Sergent, on fait quoi si les liaisons ne sont pas rétablies ?

— Noé, tu la fermes et t'attends ! C'est clair ?

Une demi-heure passa dans un silence oppressant. Personne ne bougea, personne ne parla. Ce fut le sergent qui reprit la parole, sur le canal général.

— Aucune liaison rétablie, pour personne ?

Le silence qui suivit cette question confirma les doutes de chacun. Ils étaient mal barrés !

Noé remarqua alors une ombre se glisser sur sa gauche. Une petite bestiole couleur ocre se faufila entre ses jambes et disparut presque aussitôt dans le sol.

Il resta stupéfait et marmonna :

— Bravo l'état-major ! Cette planète n'est pas stérile du tout !

Plus par curiosité qu'autre chose, il lança l'analyse de l'air extérieur et fut surpris du résultat. L'atmosphère était respirable !

C'était incroyable ! Ou plutôt impossible…

Toutes les informations qu'ils avaient eues lors du briefing avant la mission expliquaient que l'air de cette planète, à base d'ammoniaque, était mortel. En aucun cas, ils ne devaient ouvrir leur casque !

Noé n'en revenait pas. S'il ne pouvait plus se fier à son équipement, il était dans de sales draps. Il contacta son supérieur :

— Sergent, je suis mal. Mon équipement débloque complètement. D'après lui, l'air de la planète est devenu respirable ! Je fais quoi ? Je lance un diagnostic global ?

— Bien reçu, Noé, tu ne touches à rien et t'attends que je vérifie !

Plusieurs minutes passèrent où le sergent analysa l'air avec son propre matériel. Étonné des résultats obtenus, l'officier contacta aussitôt Val, la responsable médicale, sur son canal personnel.

— Val, ma chérie ! L'analyse de l'air donne une atmosphère respirable ! Tu confirmes ?

— Confirmé, Sergent ! répondit la jeune femme d'une voix mal assurée.

— Val, en arrivant sur le sol de cette planète, tu as bien fait les analyses d'usage ? T'avais quoi comme résultats ?

— Atmosphère toxique… à base d'ammoniaque. Je transfère le

rapport, qui a été validé par l'état-major…

— Mais merde, Val ! Tu me dis que l'atmosphère est tout d'un coup devenue respirable ? Ce sont les tirs des canons-ions qui ont réalisé ce prodige ?

— Je ne comprends rien, Sergent… Faut attendre le retour des communications pour avoir des explications de l'état-major… Je ne sais pas quoi dire…

— Trouve-moi une explication, et vite !

Le sergent intervint alors sur le canal général :

— Bon ! On va tous rester calmes et appliquer la procédure. Un à un, vous allez réinitialiser vos armures. Val, tu commences par la tienne, dès que tu as ton verdict, tu me le confirmes, OK ?

— Compris, Sergent. Je lance le reset !

Plusieurs minutes passèrent avant qu'elle ne communique à nouveau.

— Armure opérationnelle, Chef. Aucun problème rencontré. RAS[1], confirmé et envoyé !

— OK, Soldat. Analyse l'air à nouveau.

— Air respirable à 80%, résultat inchangé depuis tout à l'heure.

— J'accuse réception de tes mesures, Val. Hiro ! À ton tour.

Chaque soldat réinitialisa son équipement à tour de rôle et analysa l'air de la planète. Le sergent reçut tous les verdicts. Il fut bien obligé de constater que tous les équipements confirmaient ses propres mesures : l'air de la planète était bien devenu respirable…

On nageait en plein délire !

Malgré ses doutes, il devait se fier à son équipement. La procédure était claire. « *Si ton équipement te dit quelque chose,*

---

[1] Rien à signaler

il faut t'y tenir. C'est une question de survie. »

— Soldats, je vais faire simple. Dans les Space-Legions, on a une devise : si ton équipement dit que tu pisses bleu, c'est que tu pisses bleu. Point barre ! On est bien tous clair là-dessus ! On ne remet jamais en question les informations qui viennent de son matériel ! Pour l'heure, je passe la section en mode « SOS ».

Chacun acquiesça en silence. Mais les paroles du sergent étaient lourdes de conséquences. Le mode « SOS » signifiait que leur armure, en plus d'émettre en continu un signal de détresse, passait automatiquement en mode « survie » et coupait tous les systèmes non-vitaux. Leur situation était devenue… préoccupante, pour ne pas dire alarmante !

Le sergent regarda s'afficher le message d'alerte sur la visière de son casque, c'était la première fois de sa carrière qu'il le déclenchait. Il savait parfaitement que cela ne présageait jamais rien de bon.

L'officier ajouta :
— Le temps qu'on comprenne ce qu'il se passe, on agit comme des Légionnaires ! Luc et Fred, vous passez en mode furtif. Vous escortez Hiro jusqu'au point I-22, là où il y a eu les échanges de tir avec les colons. Hiro, tu balances le drone pour savoir de quoi il retourne, puis tu me transfères la commande ! Faites gaffe, les gars, pas de connerie… C'est du sérieux !

Malgré la nuit, les étoiles éclairaient le ciel d'une douce lueur tamisée. Les trois hommes allumèrent leurs écrans de camouflage et se faufilèrent en terrain découvert. Sous la protection de son escorte, Hiro plaça le petit drone sur le sol. Ils se retirèrent alors précipitamment et le sergent prit la commande.

L'aéronef s'activa et se redressa. Il s'envola et partit décrire de larges cercles. En quelques minutes, il informa le sergent sur leur situation exacte. Aucun ennemi nulle part ! Plus de trace de la colonie, disparus les canons antispatiaux, plus rien… un désert de sable à perte de vue. Seule une sorte de pyramide géante égayait ce décor bien monotone et ils étaient tous réunis au pied d'un de ses côtés.

L'officier se redressa lentement et informa ses troupes de le rejoindre au point I-24, la deuxième coordonnée fournie par l'état-major.
Une fois qu'ils furent tous regroupés, le sergent fit un rapide état des lieux :
— V'là la situation ; il semblerait qu'on soit désormais tout seuls sur ce tas de sable ! On va donc établir un point Zéro ici. Réglez tous vos équipements là-dessus. Quoi qu'il arrive, ce point sera notre ralliement. Naha, tu t'occupes de la radio, Hiro va propulser la sonde en orbite. Essaye d'en savoir plus sur la position des troupes et de la flotte. Paul et Marc, vous sécurisez les alentours. Je veux être tenu informé si le moindre courant d'air se dirige vers nous ! Val, tu deviens notre « Medic » et tu règles ton équipement sur la surveillance de l'escouade. Tu me fais le bilan des munitions et autres provisions. Tu notes tout ce qui peut paraître louche, la température, le rythme cardiaque, s'ils ont mal au bide ou ailleurs. Je veux être informé de tout élément inhabituel ! Noé, tu consignes dans ton journal de bord tout ce qui nous arrive, j'ai bien dit TOUT !

Les « Bien, Chef ! » fusèrent de toutes parts sur le canal général.
— Hiro, tu pilotes le drone, poursuivit l'officier. Je te colle avec

Ben. Les autres, rassemblez-vous en binôme : Paul et Marc, Luc et Fred, Noé et Naha, Sam avec Val. Vous allez rester collés comme des jeunes mariés et ne pas vous séparer, même pour aller chier. Si j'en vois un de vous seul, je lui botte le cul si fort qu'on pourra lire ma pointure sur ses miches pendant une semaine !

— À vos ordres, Chef !

— Paul et Marc, placez la mitrailleuse multi-ions en hauteur et sécurisez-moi la position. Jusqu'à nouvel ordre, on ne bouge pas. Tant que la balise en orbite ne nous a pas éclairés un peu plus sur ce qui nous arrive. Soldats…, ajouta-t-il d'une voix grave, je ne vous cache pas qu'on nage dans le n'importe quoi pour l'instant, donc prudence !

L'officier avait du mal à dissimuler son inquiétude :

— Alors, radio, on en est où avec la sonde ? s'emporta-il.

— J'y comprends rien, Sergent, la sonde a dû être endommagée !

— Sûrement… Comme les communications, les analyseurs d'atmosphère et tout le reste ! Je veux savoir ce que nous renvoie la sonde, Caporale !

— Aucune trace de la flotte. Pas de trace non plus de débris qui résulteraient d'une bataille. Pas de trace des autres unités au sol, ni des nôtres ni des colons. Sinon, j'ai une bonne et une mauvaise nouvelle, vous voulez laquelle en premier, Sergent ?

— La bonne, et tâche qu'elle soit vraiment bonne et qu'elle me fasse plaisir, j'en ai besoin, fillette !

— Alors, la bonne, c'est qu'il n'y a plus d'ennemis. La mauvaise nouvelle, c'est qu'on n'est plus du tout sur la même planète !

— Quoi ! Dis-moi encore une connerie de ce genre et je te jure que tu te tapes dix jours de trou dès qu'on rentre !

— Alors d'une, on n'est plus sur la même planète. Mais on

n'est même plus dans le même système solaire, et vous voulez la cerise ?

— Naha, si tu continues à débloquer, j'te bute moi-même !

— Cette galaxie n'est même pas répertoriée dans la mémoire de la sonde. Donc, on est perdu au fin fond de nulle part. Du coup, si les jours de trou, c'est quand on rentre, je suis peinarde ! Car le retour n'est sûrement pas pour tout de suite.

Le sergent se jeta sur la station radio mobile et constata de lui-même la véracité des informations que lui donnait sa caporale.

— Mais elle débloque, cette sonde de merde !

— Sergent, y a pas que ça. Regardez l'horizon à l'Est. Il y a un soleil qui se lève et là-bas, au Sud, il y en a un autre qui pointe son nez à son tour. Ce système a deux soleils, alors que celui d'où on vient n'en avait qu'un ! ajouta Naha.

L'officier resta sans voix et vérifia une nouvelle fois les données en sa possession. Ce système solaire particulier n'avait rien à voir avec celui d'où ils venaient, tout cela n'avait aucun sens. Il finit par dire :

— C'est une blague ? Ou un piège ? Peut-être un test ? Oui, c'est un test ! Pour savoir si notre comportement dans une situation inattendue de stress est conforme à ce qu'on est en droit d'attendre des Légionnaires.

— J'en sais rien, Chef.

— Donc, sur cette planète, y a que nous et cette pyramide bizarre ?

— D'après la sonde, oui.

— Putain ! J'y comprends rien. Comment trouver le moyen de tirer tout ça au clair ?

Le gradé fouilla alors dans la poche ventrale de son

armure et en sortit une seringue contenant un liquide verdâtre. Il la tendit à Val et lui demanda.

— Val, analyse ça avec la trousse de survie et énumère-moi sa composition exacte.

— À vos ordres.

Val donna au sergent un listing assez long de mots aussi incompréhensibles les uns que les autres.

— Voilà ce que contenait votre seringue, Chef.

— Merci, Soldat.

Cette seringue s'appelait : « survie » ! Chaque soldat en avait une sur lui. Elle était composée de diverses vitamines, amphétamines et autres antibiotiques pouvant faire face à un bon 80% des situations graves qu'ils pouvaient rencontrer. Chaque officier connaissait par cœur sa composition, en cas d'allergie ou de rejet par un de ses hommes. Il vérifia chaque nom et en conclut que l'analyseur fonctionnait parfaitement bien.

— Tu vas faire la même chose avec un échantillon de sang de chacun d'entre nous. Tu me confirmeras qu'il n'y a rien qui manque et surtout rien en trop. Il est possible que nous ayons été drogués et que nous vivions une hallucination collective. Il faut vite être fixé !

— Pas de soucis, je commence par vous, Sergent.

Un à un, les soldats se soumirent à l'analyse, mais, comme ils s'y attendaient tous, les résultats furent conformes. Dans leur sang, aucune substance manquante et surtout, aucune en trop.

— OK, tu prends comme base ton propre sang, Val, et toutes les heures tu me refais une analyse, si quoi que ce soit bouge, tu me le signales.

— À vos ordres, Chef !

— Concernant la situation de la troupe, on en est où ?

— Alors, Fred a eu un problème avec son arme, elle était enrayée, Luc et Paul ont usé la moitié de leurs munitions lors de l'accrochage. Marc a consommé un quart de plus de vivres que les autres. Sam a un rythme cardiaque 15% plus élevé que le reste des hommes.

— OK, on peut survivre combien de temps sur ce caillou ?

— Si on reste sur nos réserves d'oxygène, on tiendra cinq jours. Mais on a d'autres possibilités.

— Lesquelles ?

— L'air semble être devenu respirable, autant en profiter. Rien que ce paramètre d'oxygène augmente notre survie au-delà des cinq jours de nos réserves. La sonde de Hiro a repéré une rivière à huit kilomètres vers l'Est. Si l'eau est potable, on gagne encore quinze jours. Proche de la rivière il y a une sorte de forêt, s'il y a des animaux comestibles… on est sauvés.

— Sauvés, mon cul ! Sauvés de quoi, Soldat ? Tu te vois vivre ici comme Robinson Crusoé ?

— Cela laissera le temps à la flotte de nous retrouver.

— Ne me fais pas rire, la sonde indique qu'on est paumés dans le trou du cul de l'univers. Personne ne viendra nous sauver, faut pas compter là-dessus !

L'officier passa sur le canal de Fred :

— Fred ?

— Oui, Chef.

— T'en es où avec ton arme ?

— Je l'ai réinitialisée, démontée, puis remontée, et tout semble être rentré dans l'ordre.

— OK, c'est toi le spécialiste armement de la troupe. Inutile de te dire qu'on compte sur toi, alors tu fais gaffe et lances des diagnostics toutes les deux heures jusqu'à ce soir.

— OK, Sergent !

Il changea à nouveau de canal et interpella Marc.
— Oui, Sergent ?
— Tu vas te calmer sur la bouffe, mon gars ! Passe ton armure en mode « survie », je t'interdis de piocher dans tes rations. On s'est bien compris ?
— Parfaitement compris, Sergent.

Il contacta alors Sam :
— Sam ?
— Oui, Sergent.
— Confirme-moi la valeur de ton rythme cardiaque.
— Aux alentours de quatre-vingt-dix, Chef.
— Soldat, tu vas lever le pied et redescendre en dessous de quatre-vingt. Passe ton armure en mode « survie », elle va automatiquement réguler ton pouls. Tant que tu ne seras pas revenu à une valeur normale, tu resteras en soutien. Si jamais tu déconnes encore et que tu t'amuses à ignorer mes ordres lors d'un accrochage, je te bute moi-même !
— Désolé, Sergent, j'ai merdé…

Et ce fut le tour de Luc et Paul, le sergent repassa sur le canal commun :
— Luc et Paul, vous avez branlé quoi avec vos munitions ?
— Désolé, Chef, répondit Luc. On s'est un peu crispés sur la gâchette.
— Bande d'abrutis, vous repassez immédiatement vos armes en mode « coup par coup » et je vous ai à l'œil, les deux tarés de la gâchette. Vous me refaites un coup comme ça et je vous vire de mon unité !
— Encore désolés, Sergent, répétèrent-ils tous les deux.

L'officier dépité garda le silence. « Chui dans de beaux draps avec cette équipe de bras cassés… ». Puis il passa sur le canal général.

— Si l'un d'entre vous a une idée géniale pour expliquer ce bordel, je suis preneur.

— Y'a un truc qui me chiffonne, dit Noé.

— Un seul ? ricana le sergent.

— Ce mur… Il nous bloquait bien le passage pour atteindre le point J-23 et…

— Tu veux en venir où ? le coupa sèchement son supérieur.

— Ce mur était physiquement présent sur le terrain avant que les tirs des vaisseaux ne débutent, avant que les canaux de communications ne soient coupés !

— Et alors ?

— Ce mur est le seul lien entre d'où on vient et où on est ! C'est la seule chose qui nous rattache à notre point d'origine.

— J'y comprends rien, explique-toi, Noé !

— Ce mur doit comporter une sorte de porte. Sans faire gaffe, on a activé un truc et pris un billet pour nulle part et nous voilà paumés ici.

— T'es taré, Soldat ? D'où un putain de mur nous envoie dans une autre galaxie ?

— Je pense que c'est une sorte de portail, un seuil qu'on a franchi sans le savoir. Un passage qu'on a activé par mégarde.

— Val, Hiro, vous en pensez quoi de ces conneries ?

— Là comme ça, à froid… Je pense que c'est pas si con que ça en a l'air et du coup, je me demande si on ne devrait pas un peu creuser l'idée, répondit Hiro.

— Le seul truc qui me chiffonne… C'est que si on avait franchi un portail, le mur devrait se trouver derrière nous et non devant nous. Ça parait logique, non ? ajouta Noé.

— C'est pas faux, conclut le sergent. Après… la logique dans tout ce merdier… Mais ne perdons pas de vue que le mur était là avant et il est toujours là, lui ! Alors que tout le reste a disparu !

Il y eut un long blanc sur le canal radio, puis l'officier reprit la parole :
— Inutile de vous dire, Soldats, que toute notre discussion, en ce moment, est enregistrée dans le journal de mission de Noé. Et que tôt ou tard, faudra rendre des comptes ! Je vous préviens, si on reste sur son idée, on sera bon pour la camisole !
— C'est vous le boss, Sergent, répondit Noé. Si vous avez une meilleure théorie, on vous suit. Sinon je suggère qu'on se rapproche du mur et qu'on trouve un moyen de le réactiver dans l'autre sens pour pouvoir rentrer chez nous !

Plusieurs heures étaient passées et les deux soleils éclairaient désormais de leurs rayons un paysage désertique à perte de vue. Comment se sortir de cette situation infernale ?
Le gradé resta silencieux ; aussi farfelue que fût cette théorie, il n'en avait aucune autre à lui opposer. Il prit la parole sur le canal général :
— On va considérer tout ce merdier comme une mission à part entière. Calez votre 0 HT[2] sur l'heure d'arrivée ici ! On est donc bien tous synchro : Jeudi 23 Mars 2350 et il est 22h28 HT. Soit Mission ALPHA : Jour 1 : 2h 23mn HT.

Chacun régla sa combinaison sur ces informations. Le sergent poursuivit :
— Paul, Marc, au rapport !
— Rien à signaler, Sergent, dit Marc. D'où on est, la pyramide n'est qu'un tas de cailloux, parfaitement lisse et sans ouverture visible.

---

[2] Heure Terrienne

— Hiro ! Envoie le drone, pour voir s'il y a une réaction.

Après plusieurs minutes d'attente, Hiro répondit :
— Négatif, Sergent, le drone passe et repasse devant et au-dessus de la pyramide sans que rien ne bouge.
— Noé, t'en penses quoi ?
— Rien du tout, Sergent.
— Chiasse ! Y a un volontaire pour faire le guignol à la place du drone et crapahuter vers cette pyramide ?
— J'y vais, Chef, lança Noé en avançant.
— OK, tu boostes à fond ton écran de protection. Luc et Fred, vous l'escortez ! Noé, si tu vois le moindre truc louche, tu fais demi-tour direct ! C'est clair ?
— Affirmatif.

« Putain, j'ai encore déconné ! » se reprocha Noé en avançant vers la pyramide « Le jour où j'arriverai à fermer ma grande gueule sera à marquer d'une pierre blanche ! » Puis l'image d'un certain Marty Macby s'imposa à lui. Cet enfoiré était à l'origine de son engagement dans l'armée…

Noé Blakmore

Le soldat de première classe Noé Blakmore, matricule M1-01-2318-2345-AXV-5318, n'avait pas toujours été un militaire. Il intégra l'armée en 2345, après une courte carrière comme responsable en chef de la division « génie civil » d'une des plus grandes multinationales terriennes : GeoCops.

Noé était né en 2318 dans la banlieue cossue de la Nouvelle-Orléans (États-Unis Coalisés). Nation regroupant les États-Unis d'Amérique, le Canada et le Mexique après le séisme de la faille de San Andréas de 2028 qui ravagea la côte ouest du continent Nord Américain.

Fils unique d'une famille aisée de la bourgeoisie, son parcours était tout tracé. Il fut accepté dans la plus grande université de l'état et obtint ses diplômes avec mention. En digne représentant des siens, les fortunés, il bénéficia des relations de ses parents pour décrocher son premier emploi dans la grande firme, Geo-Cops.

Cette entreprise, qu'on assimilait souvent à une pieuvre géante, s'était au fil des années infiltrée dans tous les cercles de pouvoir de la république terrienne. Considérée comme l'un des lobbies les plus puissants de l'armement, elle influençait tous les secteurs de la société civile aussi bien politique sociale, qu'industrielle.

Dénuée de toute morale et de tout scrupule, cette firme infiltrait tous les milieux en arrosant d'argent les tentatives de s'opposer à ses projets. Bien souvent, quand l'argent ne suffisait pas, une mort inexpliquée terrassait les téméraires qui n'entraient pas dans le rang.

Rapidement, les intérêts de GeoCops s'imposèrent aux états eux-mêmes. Et les budgets alloués à l'armement, mais aussi à la sécurité d'une manière générale, s'envolèrent pour atteindre des sommes faramineuses. Devenue une entreprise incontournable, aux moyens financiers colossaux, GeoCops s'installa durablement dans le paysage géopolitique de chaque continent.

Noé Blakmore était sous les ordres de monsieur Marty Macby. Ce responsable de département avait sous sa responsabilité une myriade d'ingénieurs suant sang et eau pour répondre dans des temps raisonnables à des demandes souvent… déraisonnables. Ce petit tyran détenait un pouvoir considérable : sur une simple décision, il pouvait condamner à la mort sociale tout collaborateur.

Comme chaque année, divers contrats d'armement étaient reconduits dans des conditions plus ou moins opaques. Pour les équipes concernées, c'était la promesse de financements pléthoriques dans des domaines toujours plus pointus. La plupart des ingénieurs de hauts rangs étaient conviés à ces félicitations internes et, le verre de champagne à la main, on se congratulait de l'outrageante bonne santé de l'entreprise.

Noé Blakmore était rapidement devenu responsable de la division « génie civil » et il travaillait avec son équipe sur la conception, la réalisation, l'exploitation et la réhabilitation d'ouvrages de construction. Son domaine s'étendait sur cinq grands domaines d'intervention : structures, géotechnique, hydraulique, transport, et environnement. Son secteur d'activité était en plein essor et on lui prédisait une nouvelle année où la croissance avoisinerait les deux chiffres !

Malgré son peu d'ancienneté, il fut cette année l'heureux bénéficiaire d'un carton d'invitation pour une de ces soirées mondaines. Après plusieurs verres, le jeune homme se laissa griser par l'ambiance bon enfant des lieux et, lorsque les bouteilles commencèrent à manquer, on chercha un bon samaritain pour reconstituer les stocks. Le barman lança un appel aux bonnes volontés :
— Qui pour aller chercher deux caisses de champagne chez Macby ?
— J'y vais, Chef, lança t-il en se précipitant vers l'ascenseur.

Deux étages plus haut, le bureau du chef de secteur occupait tout le niveau. Grisé par l'alcool, Noé ne prit pas la peine de frapper à la porte et entra directement dans la pièce. Éberlué, il se trouva nez à nez avec son supérieur, une seringue à la main et l'avant-bras tendu. L'homme venait de s'injecter un produit dans les veines, de toute évidence de la drogue. Il cacha précipitamment le matériel exposé devant lui avec un épais dossier.
Ne souhaitant pas mettre dans l'embarras son patron, Noé détourna le regard et lança d'un ton jovial :
— On m'envoie prendre du champagne, c'est la sécheresse en bas et tout le monde vous attend, Chef !

L'ingénieur prit deux caisses sous le bras et se retira sans un mot de plus. Estimant l'incident clos, Noé finit la soirée avec ses amis et rentra assez tard chez lui.

Le lendemain matin, ses cartes d'accès avaient été désactivées !

Les vigiles à l'entrée du bâtiment se montrèrent intraitables et il dut attendre dans la salle des visiteurs qu'on daigne lui expliquer le pourquoi… du comment.

C'est Marty Macby lui-même qui le reçut dans son bureau, après trois heures d'une attente interminable. Face à son supérieur, l'ingénieur exigea quelques explications. Les réponses furent cinglantes :
— À compter de ce jour, vous ne faites plus partie du personnel ! lança d'un ton sec Macby.
— Quoi ? rétorqua Noé, pas encore sûr de bien comprendre la situation.
— Je suis désolé, mais je dois me séparer de quelques collaborateurs.
— Mais cela n'a aucun sens ! Votre décision a-t-elle quelque chose à voir avec…
— STOP ! le coupa sèchement l'homme en colère. Ce bureau est équipé de micro et caméra, tout ce que vous direz pourrait être considéré comme diffamant et entraîner des poursuites par nos avocats comme il se doit ! J'aurais tendance à vous conseiller de ne pas tenter de salir ma réputation par vengeance.

« Vengeance »… comme le mot était bien trouvé, pensa Noé, mais il garda le silence. Une chape de plomb venait de se poser sur ses épaules. Macby reprit la parole :
— Vous n'avez perdu que votre emploi. Tenter de me nuire, à moi ou GeoCops, pourrait vous coûter bien plus. Des centaines d'avocats se jetteraient sur vous et vous réduiraient en miettes, mon pauvre ami.

— Ami ? s'interrogea Noé. Mais vous me plantez un couteau dans le dos ! Je vous en conjure, revenez sur votre décision, je ne mérite pas d'être traité ainsi.

— Vous ne faites plus partie de nos effectifs ! lança d'une voix tranchante Macby.

— Hier, j'étais soûl, tous vous le confirmeront. Je n'ai plus aucun souvenir de cette maudite soirée !

— Adieu, monsieur Blakmore, vos indemnités de départ ont déjà été versées sur votre compte. Je ne vous retiens pas, conclut Macby d'un ton sec.

Les deux hommes se dévisagèrent un moment. Puis Noé se leva et se retira sans un mot.

De retour chez lui, il constata, atterré, que la nouvelle de sa disgrâce avait déjà fait son chemin. Une trentaine de courriels l'informait de l'étendue des dégâts collatéraux de sa mésaventure de la veille.

Sa mutuelle professionnelle l'avertissait de la fin de sa couverture maladie.

Ses assurances lui rappelaient que les tarifs avantageux dont il bénéficiait par son employeur seraient rapidement révisés.

Son bailleur le prévenait que son logement devait être libéré dans le mois, ne pouvant plus prétendre à la caution de son employeur.

Ses divers abonnements, contrats et assurances : voitures, coiffeur, médecins, mutuelles, chaînes télé, télécoms et internet s'achèveraient à la fin du mois.

Même le trésor public l'avisait que ses impôts ne bénéficiaient plus des remises consenties aux salariés de GeoCops et, accessoirement, les sommes dues devaient être réglées sur-le-champ !

Noé n'en revenait pas. La perte de son emploi le précipitait dans un marasme invraisemblable dont il avait été jusque-là épargné. S'il ne réagissait pas rapidement, il allait dégringoler l'échelle sociale à une vitesse vertigineuse et sombrer en un rien de temps dans la misère.

Depuis le décès de ses parents, sa famille se résumait à un oncle et une tante qu'il voyait peu et divers cousins et cousines oubliés. Dès qu'ils surent qu'il était licencié, plus aucun ne prit la peine de répondre à ses appels. Ses amis, connaissances lui tournèrent le dos avec encore plus d'empressement. Il était dramatiquement seul face à ce terrible coup du sort.

En moins de trois mois, la durée de sa période de son assurance chômage personnelle, il avait tout perdu. Macby s'était montré très efficace et plus aucune de ses démarches n'aboutissait. Ses diplômes, son expérience n'avaient plus de valeur ; il était « grillé » dans le domaine qui était le sien !

Mais plus grave encore, il n'était même plus capable d'obtenir le moindre entretien pour un emploi digne de ce nom…

Son passeport « or » avantage lui donnant le droit de vivre à l'endroit de son choix, lui fut retiré pour un 'orange', lui interdisant les centres-villes. Désormais « banlieusard », il accusa le coup en s'enivrant plus que de raison. Ce déclassement, et le déménagement qui allait avec, furent suivis d'une petite déprime qui n'arrangea rien à sa situation.

Il traîna ainsi sa misère plus de six mois. De petits jobs en longues périodes d'intérim. Par la force des choses, il s'habitua à son nouveau statut, qu'on ne manquait jamais de lui rappeler : un précaire !

Puis, fatalement, on le relégua en troisième zone, hors de la banlieue avec « les déshérités ». Son passeport passa de la couleur orange à rouge, avec l'interdiction formelle d'entrer dans la ville, sous peine d'arrestation et de prison.

Une nouvelle fois, il découvrit à ses dépens qu'il y avait plusieurs niveaux d'existence qui cohabitaient dans ce monde sans jamais se rencontrer. En haut de l'échelle, les citadins et leur mode de vie raffiné, et en bas de l'échelle, les laissés pour compte et une vie s'apparentant plus à la survie. Il était désormais des leurs : un indésirable doublé d'un parasite !

Après une nouvelle année de cette vie révoltante où il ne mangeait qu'un jour sur deux, dormant dans des dortoirs mal éclairés et non chauffés, travaillant comme un forçat et ne pouvant se laver qu'une fois par semaine, il franchit le pas.

À la faveur d'une mobilisation militaire contre la déclaration d'indépendance des colonies extra-terriennes, il s'enrôla dans les forces spatiales terriennes.

Comme des milliers d'hommes en guenille, les exclus de cette société ultra-hiérarchisée, il vint grossir les rangs des parias, des pouilleux. Il signa un engagement pour sept ans afin de quitter un moment l'existence de miséreux qu'on l'obligeait à vivre. En apposant son nom sur ce contrat, il se rappela comme il avait été sot, le jour où naïvement il s'était proposé : ce « J'y vais, Chef ! » lui avait coûté cher !

Il paierait encore longtemps cette erreur funeste... Cela ne faisait pas l'ombre d'un doute.

***

Cette curieuse journée démarrait lentement. Les deux soleils de ce monde semblaient se courir l'un après l'autre et illuminaient le ciel de teintes allant de l'orange au violet. Des ombres, plus ou moins prononcées, dansaient de tout côté. Ce décor, surnaturel, mettait mal à l'aise les soldats pourtant aguerris.

Noé tenait fermement son arme devant lui. Tout près, la pyramide paraissait gigantesque et s'étalait sur plusieurs centaines de mètres en contrebas. En passant à sa hauteur, il fit un petit signe de la main à Fred et ajouta sur le canal commun :
— Fred, je vais prendre à gauche. Surveille bien ma droite.
— Pas de blème, mec, j'ai les deux yeux bien ouverts. Te bile pas, Luc est aussi sur toi.

Toujours sur ses gardes, le soldat avançait lentement. À intervalle régulier, le drone survolait sa position, créant une tension dont il se serait bien passé. Une terre noire et poussiéreuse se défilait sous ses bottes, rendant son équilibre précaire. Val décida de prendre la parole :
— Noé, ton rythme cardiaque monte en flèche. Règle ton armure pour compenser ton stress, et garde ton calme ou fais une pause.
— OK, ça ira, je gère.

Noé s'arrêta un instant pour effectuer les réglages nécessaires. Tous s'étaient regroupés autour du sergent pour voir la progression de l'éclaireur. Ils pointaient leurs armes dans la direction de la pyramide. En cas de coup dur, ils devraient protéger la retraite de leur camarade.

La combinaison spatiale diffusa dans le corps de Noé une sorte d'amphétamine. Aussitôt, il se sentit détendu et presque serein. Parfaitement informé des effets d'accoutumance de cette mixture à long terme, son usage était strictement limité à une dose par jour.

Noé reprit son chemin, une bestiole bizarre à six pattes se faufila entre ses jambes et disparut parmi les cailloux amoncelés à ses pieds. Il passa dans l'ombre de l'édifice, par chance, le deuxième soleil éclairait de ses rayons la face cachée de la structure.

Au sol, il remarqua une étrange frontière. La terre noire d'ébène laissait place à un sable fin doré. Il en informa son officier :
— Sergent ?
— Je t'écoute, Noé.
— J'entre dans la zone proche de la construction. Elle semble délimiter son propre territoire par un sol différent.
— Stop ! Où t'es, Noé. Je t'envoie Ben.

Ben était leur spécialiste terrain. Sa formation de géologue le prédestinait à intégrer les troupes d'intervention extérieure. Voyager, découvrir et se battre avaient toujours été les moteurs de son existence.
Noé s'exécuta et mit son arme en joue en direction de la pyramide. Ben dévala la pente avec sa valise d'analyse. Arrivé à sa hauteur, il s'accroupit et, à l'aide d'une petite éprouvette, récupéra le sable doré. L'analyse ne prit que quelques secondes et révéla une composition assez classique de quartz, granite et divers autres minéraux tels que du gypse et du mica.

Le contraste semblait si frappant entre la terre et le sable que franchir cette frontière donnait bien l'impression d'entrer dans l'intimité de la pyramide, sur son territoire. Noé laissa Ben retourner se mettre à l'abri, puis continua son périple.

Il compta une vingtaine de mètres entre cette limite et le socle de la structure. Il évalua à une centaine de mètres la distance entre le point de base I-24 et la zone de sable.

En quelques pas, Noé arriva au pied de la pyramide. Il inspecta minutieusement la paroi de pierre puis, avec son couteau, il en gratta la surface. La poussière qui s'écoula sur le sol lui confirma ce qu'il pensait déjà. Le sable alentour était de la même origine que la pierre composant cette pyramide. Il creusa devant l'édifice et s'aperçut que le mur continuait bien dans le sol, sur une profondeur indéfinie. Il en informa le sergent :

— La paroi est en pierre, lisse, de la même matière que le sable au sol. Aucune porte ou fenêtre à l'horizon. J'ai un peu creusé le sol, la façade se prolonge sous le sable jusqu'à… Pas moyen d'ailleurs de savoir jusqu'où précisément.

— Trouve les traces qu'on a laissées au sol et délimite la longueur de mur qu'on aurait été en mesure de toucher, demanda le sergent.

Noé repéra facilement les marques des chaussures faites par les soldats dans le sable et plaça deux repères en réalisant de larges sillons dans le sol.

— C'est bon Chef, j'ai balisé la zone.

— OK, braque ta caméra sur cette portion du mur et cherche le plus petit indice permettant de trouver un mécanisme quelconque.

Minutieusement, il examina chaque parcelle du mur.

Mais ni lui, ni les soldats qui suivaient sa progression sur vidéo ne détectèrent la moindre anomalie sur la surface. Après une heure de recherche infructueuse, le sergent s'impatienta.

— Alors pas de chichis Soldat ! Du sol à la limite de la hauteur de tes bras, je veux que tu appuies sur chaque pierre de ce putain de mur !

Méticuleusement, le soldat s'employa à taper du poing sur toute la surface du mur, mais rien ne se passa. Après une nouvelle heure d'effort, Noé s'avoua vaincu.

— Rien de rien, Sergent. Je ne trouve rien.

— Reviens vers nous, conclut l'officier.

En quelques enjambées, le soldat retrouva ses compagnons en retrait. Tous restèrent sur leur position, attendant un éventuel fait nouveau pour intervenir. Mais rien ne se passa.

Malgré une certaine appréhension, tous appréciaient ce calme et en profitèrent pour déstresser et se reposer un peu. Val finit par interroger le sergent sur son canal personnel :

— Chef, l'air est respirable, on devrait peut-être en profiter ?

— C'est pas faux, mais on va y aller mollo.

Il passa sur le canal général :

— Les gars, Val nous rappelle que l'air est « théoriquement » respirable. Je propose qu'à intervalle d'une demi-heure, on retire tous nos casques afin de préserver les réserves d'oxygène. Luc, désolé, mais c'est toi qui commences. Puis dans trente minutes, ce sera le tour de Marc, puis de Fred, compris ?

— Compris, Sergent, répondirent les trois hommes en même temps.

Avec précaution, Luc déverrouilla son casque, mais

garda l'oxygène de son armure ouvert. Il retira lentement son casque en respirant calmement. Tous le regardaient, anxieux, en retenant leur respiration. Ils étaient prêts à lui venir en aide s'il réagissait mal.

Val, les yeux écarquillés sur l'écran de contrôle des données physiologiques de Luc, s'apprêtait, dès la moindre alarme, à hurler au soldat de remettre son casque, mais tout se passa le mieux du monde. L'air était bel et bien respirable. Marc et Fred se décontractèrent, ils étaient les prochains à retirer leur casque. Ils le feraient avec un peu moins d'appréhension.

Paul finit par contacter Val sur son canal radio privé.

— Val ? Y a vraiment aucun risque ? Je le sens pas d'ouvrir nos casques comme ça !

— J'ai analysé avec le plus grand soin l'air de cette planète et je surveille tous les paramètres vitaux de Luc en temps réel. Si j'avais le moindre doute, je ne laisserais pas faire. Tu me connais.

— OK… T'y comprends quelque chose à tout ce merdier ?

— Pas plus que toi. Mais on est des légionnaires et faire face est notre seconde nature. Sois confiant, Soldat ! conclut Val.

Les uns après les autres, ils bloquèrent leur réserve d'oxygène et retirèrent leur casque. Le temps semblait passer au ralenti, chaque essai se révélait stressant pour tous.

Seuls, Val, le « Médic » attitré et Paul, chargé de la sécurité, gardèrent leur armure hermétique. Ils devaient être prudents. Chacun programma son matériel pour prélever de l'oxygène dans l'air extérieur et le stocker dans les bouteilles afin de reconstituer les réserves.

Le groupe resta ainsi à s'observer le reste de la journée, cherchant des réponses précises à des questions incertaines. Qu'allaient-ils devenir ?

Noé profita de ce moment pour consigner dans son journal la somme des informations recueillies sur leur situation. Un soleil, le plus petit, déclinait à l'horizon, près de 9 HT (Heures Terrestres) s'étaient écoulées depuis leur arrivée sur ce monde. Il regroupa les données venant de Naha et Hiro sur cette galaxie, ce système solaire et surtout cette planète et sa topographie. Il récupéra les notes de Ben sur la nature du sol et sa composition. Après avoir classé tout cela, il archiva consciencieusement toutes ces informations dans un répertoire : Alpha.

Fred et Luc, comme à leur habitude, s'éloignèrent un peu du groupe. Ils échangèrent quelques cartouches et, en invitant Marc sur leur canal radio privé, ils commencèrent à discuter :

— T'en penses quoi de tout ce cirque, Marc ? demanda Luc.

— C'est la merde… et je sens le coup pourri qu'on doit être considérés comme déserteurs pour l'armée, répondit-il.

— Putain, t'as raison ! Ces enfoirés vont sûrement arrêter de verser ma solde à ma famille, s'exclama Fred.

— On est mal ! répondit Luc.

Ils discutèrent ainsi plus d'une heure, puis chacun s'éloigna, la tête embuée par ses propres considérations inextricables.

Alors que le deuxième soleil rejoignait le premier derrière l'horizon, ils se préparèrent à passer leur première nuit dans cette galaxie inconnue. Chaque binôme reçut un tour de garde de deux heures et les autres tentèrent de se reposer du mieux qu'ils purent. Aucun ne réussit à vraiment bien dormir.

***

La nuit, de seulement huit heures, se passa sans incident. Il n'y avait que la ronde des soldats de garde qui rompait le calme de ce monde silencieux. Un premier soleil pointa le bout de son nez, son acolyte ne tarderait pas à le rejoindre.

Le sergent somnolait dans son coin et, comme il y était habitué, dès que le premier soleil apparut, il leva une paupière, puis la deuxième.

Il vérifia aussitôt que les deux sentinelles montaient bien la garde et se détendit.

Luc et Fred saluèrent de loin leur supérieur, confirmant par la même occasion qu'ils étaient bien éveillés à leur poste.

En quelques minutes, le jour orangé se leva, illuminant l'horizon de ses maigres rayons.

« Quelle planète de merde ! » pensa le sergent, en se frottant énergiquement les yeux. Toute cette lumière bizarre de bon matin n'était vraiment pas à son goût. Puis il interpella Fred :

— Au rapport, Soldat !

— R. A. S., Sergent, répondit Fred de loin.

— Bien, on s'en contentera, grogna l'officier qui partit réveiller Val.

Un coup de pied dans les rangers du soldat suffit à le tirer du sommeil. Val s'étira outrageusement, puis se redressa. Elle examina ses cadrans, tout semblait normal. Une petite vérification des données enregistrées durant la nuit lui confirma que la situation n'avait pas évolué. Rassurée, elle attendit les ordres un peu en retrait.

40

Le sergent réveilla chaque homme et, un à un, les envoya vers le médecin faire un rapide bilan. À son grand soulagement, les résultats se révélèrent identiques à ceux de la veille. Il se dirigea alors vers Naha :

— Des news de la radio, du commandement ?

— Je vous rappelle, Sergent, qu'on est si loin de tout que le moindre signal radio mettrait des millénaires pour trouver un récepteur capable de l'écouter.

— C'est pas faux…, se rattrapa le sergent.

Naha, toujours penchée sur sa radio, prit quelques minutes pour réinterroger la sonde restée en orbite. Les conclusions demeurèrent désespérément les mêmes. Une planète inexplorée tournant autour d'un système solaire atypique, dans une galaxie inconnue. Ils étaient bien paumés au milieu de nulle part !

L'officier réunit sa troupe et donna les consignes pour la journée :

— Écoutez, les gars. On se cale sur le temps terrien, sans tenir compte de ces deux soleils qui jouent à cache-cache. Paul et Marc, vous sécurisez la zone, prenez de la hauteur, mais pas trop loin. Vous serez relevés par Ben et Hiro quand ils reviendront de patrouille.

— OK, Sergent.

Et les deux hommes se rendirent sur la position E-22.

— Ben et Hiro, vous faites le tour de la pyramide et vous notez le moindre truc bizarre qui aurait échappé au drone. Pas d'initiatives douteuses ou de coups tordus. Vous me faites ça rapidos, qu'on ait une vue d'ensemble de cette structure.

— OK, Sergent.

Les deux soldats partirent à leur tour.
— Sam, tu poses ton flingue et tu grimpes au sommet de cet édifice. Pas de précipitation, en douceur, et une fois en haut, tu branches ta caméra et tu filmes sur 360°, compris ?
— Affirmatif, Sergent !

Les ordres étaient clairs, chacun savait exactement ce qu'on attendait de lui. Paul et Marc relevèrent Luc et Fred, en se postant derrière les canons multi-ion. Ben et Hiro entamèrent la longue marche autour de la pyramide et Sam étudia l'édifice à escalader avec les images du drone.

Paul, comme à son habitude, se plaça en soutien, un peu plus haut que Marc. Les deux hommes s'appréciaient et savaient pouvoir compter l'un sur l'autre. C'était leur troisième mission ensemble et le courant passait bien. Ils échangèrent quelques munitions, un chargeur de balles légères contre quatre balles explosives. Puis, ils branchèrent leur détecteur de mouvement et l'attente débuta.

Ben et Hiro n'avaient pas réussi à sympathiser. L'un était amoureux de la terre et de la vie alors que l'autre ne vivait que par les nouvelles technologies. Sans se détester, ils n'avaient pas grand-chose à se dire et cela semblait leur convenir. Aucun mot ne fut échangé durant leur ronde.

Quelques heures plus tard, les deux soleils brillaient de mille feux dans le ciel. Quelques nuages montraient bien le bout de leur nez, mais sans réelle volonté de nuire aux astres des cieux.
Bien que respirable, cette atmosphère n'en était pas moins dérangeante. L'arrière-goût salé et rêche les avait

d'abord surpris. Désormais, il gênait carrément les soldats et asséchait les bouches.

Sam se délesta de son fusil d'assaut et détacha de sa combinaison une multitude d'accessoires afin d'alléger au maximum sa tenue. La réserve d'oxygène, les cartouchières, le matériel de survie se retrouvèrent rapidement stockés à côté de son casque.

Puis, sans état d'âme, il s'élança à la conquête du sommet de l'édifice.

Le sergent se tourna vers Val.
— On entame la dix-septième heure sur ce tas de cailloux. Une idée ?
— Pas trop, mais si on doit s'installer… Il faut trouver un point d'eau, c'est vital.

L'officier s'approcha de Naha.
— Alors, Caporale, t'as finalisé la cartographie de la région ?
— Affirmatif !
— OK, fais-nous un topo rapide sur notre situation.
— À vos ordres, Sergent. Les gars, je viens de terminer la modélisation de notre nouvel environnement. Je l'ai téléchargée pour modélisation sur les consoles de vos avant-bras. Vous aurez le détail du terrain, des distances et des ressources disponibles.

Chacun étudia les diagrammes fournis, les cartes 3D et diverses notes qui accompagnaient le tout.
— Huit kilomètres à l'Est pour le point d'eau, c'est jouable, dit Val.
— De toute façon, le large canyon qui traverse tout le Nord nous ferme le passage, renchérit Ben sur le canal général.

— Le Sud s'ouvre sur un désert à perte de vue. Même le drone n'a pas réussi à en définir l'étendue. C'est mort de ce côté-là, ajouta Hiro par radio.

— Et l'Ouest est bloqué par une chaîne de montagnes qui semble infranchissable…, se contenta de dire Paul.

— Je vote pour l'Est, d'ailleurs, on n'a pas d'autre direction possible, ponctua Noé.

« L'Est… pourquoi pas ? » pensa l'officier. Mais s'éloigner de la pyramide restait une décision difficile à prendre.

— Et la pyramide ? On en est où ? demanda le sergent.

— D'après le drone, répondit Naha, c'est une pyramide à trois faces, chaque base mesure dans les 400 mètres, hauteur comprise. Cela donne trois triangles équilatéraux, bel ouvrage…

— Sam ! Au visuel, ça te semble ça ? ajouta l'officier.

— Affirmatif, les 400 mètres semblent bien y être, confirma le grimpeur.

— D'après mes souvenirs, c'est un peu plus grand que la taille des pyramides sur Terre, lança Naha.

— Ça veut dire quoi ? Que des Égyptiens de l'Antiquité ont construit une pyramide qui voyage de planète en planète ? s'énerva l'officier.

Personne n'eut le temps de répondre, car, tout d'un coup, la paroi de la pyramide vibra.

Aussitôt sur leurs gardes, les soldats se rapprochèrent du monument. Chacun cherchant dans toutes les directions un indice pouvant expliquer ce bruit.

Sam, plus très loin du sommet se colla sur la paroi et resta immobile, bien conscient que sa situation pouvait rapidement devenir risquée.

— Le sommet de la pyramide est en train de s'ouvrir, hurla Sam.

— Revenez tous vous plaquer contre la paroi de la pyramide et remettez vos casques, bande de cons ! Si on repart d'où on vient, on va tous y passer ! hurla le sergent sur le canal général.

— Sam ! Magne-toi de revenir t'équiper !

— Sergent ! Ça bouge là-haut ! hurla Naha. Le haut de la pyramide s'est ouvert et au sommet, y a plein de lumières dans tous les sens, expliqua Naha, les yeux rivés sur la console de commande du drone.

L'officier s'approcha et contempla une sorte de geyser, d'où s'échappaient des centaines de sphères lumineuses, de toutes tailles. Ces boules partaient dans toutes les directions en ligne droite telles des fusées.

Alors qu'il tentait d'approcher l'aéronef du sommet, l'image se brouilla. Aussitôt, Naha intervint :

— Éloignez le drone du sommet ou nous allons en perdre le contrôle !

— Quoi ? demanda le sergent.

— Je note une activité bizarre au sommet de la pyramide. Une sorte de champ magnétique assez puissant pour venir perturber les ondes radios qui pilotent le drone. Il faut être prudent ! Si on perd le drone, on est mal !

Naha avait raison, ils devaient faire très attention à ne pas abîmer bêtement du matériel irremplaçable. Le drone fut éloigné et placé en position géostationnaire, puis il filma les sphères qui jaillirent du sommet de la pyramide.

Ils restèrent tous stupéfaits à regarder ce phénomène qui dura près de trente minutes. Puis le flot s'apaisa et finit par se tarir, laissant le haut de la pyramide ouvert.

Les trois pointes des triangles s'étaient reculées et avaient glissé le long de la paroi, laissant le sommet décapité, d'où une lumière vive s'échappait.

Sam finit par les rejoindre au sol et enfila aussitôt son armure puis son casque. Tous étaient regroupés autour de leur officier et de l'écran de contrôle du drone. Le sergent devait se ressaisir :

— Personne ne sort de la zone de sable entourant la pyramide ! Gardez bien vos combinaisons fermées ! Et celui qui a une idée pour expliquer ce bordel est le bienvenu !

— Moi je pense que ce sont des sortes de drones, qui cartographient la planète, proposa Hiro.

— Pas mieux, enchérit Noé.

— OK, alors va pour des drones. Mais gaffe, certains drones peuvent être armés. Restons à couvert jusqu'à leur retour, s'ils reviennent un jour…, ordonna le sergent.

L'attente ne fut pas bien longue. Quelques minutes étaient à peine passées que déjà des boules plus ou moins grosses revenaient et réintégraient l'intérieur de la pyramide.

— Pourquoi les boules n'ont-elles plus la même taille ? s'interrogea Hiro.

— Elles ne doivent peut-être pas avoir la même utilité ? Certaines doivent analyser l'eau, l'air, la terre peut-être la mer ou des bestioles ? répondit Val.

— Oui, pourquoi pas, mais j'y comprends rien… ponctua l'officier.

— Je note tout cela, Chef, ajouta Noé.

— Pendant que tu y es, Noé, choisis un nom pas trop débile pour cette planète !

— ALPHA, c'est notre première planète. Vous en pensez quoi ?

— Vendu ! confirma le sergent.

Personne ne reprit la parole. Le reste de la journée se

passa au rythme des retours de ces boules lumineuses. Elles étaient des milliers et même le sergent finit par ne plus les compter.

Elles finiraient bien par toutes revenir, et cela, quelles que soient leurs missions. La pyramide se refermerait et … partirait ? Mais pour où ? Aucune idée, mais il fallait bien s'y préparer !
— On attend quoi, Sergent ? demanda Naha.
— Que la pyramide se referme, puis on avisera…, conclut le sergent.

La nuit finit par tomber, illuminée par le retour des sphères brillantes. Peu réussirent à dormir.

Hiro, responsable robotique, ne pouvait décrocher son regard médusé de ces sphères. D'où venaient-elles ? Quels étaient leurs rôles ? Tant de questions qu'un passionné de technologie ne pouvait taire. Il repensa avec nostalgie à son premier drone…

***

Après plusieurs heures, l'incessant retour des sphères lumineuses finit par se tarir. Petit à petit, la nuit retrouva son calme et sa sérénité. Hiro resta pourtant éveillé à attendre les boules retardataires qui, après un périple plus long ou une tâche plus ardue que les autres, revenaient à leur point de départ.

Le jour finit par se lever péniblement avec le premier soleil orangé. Toujours à l'affût du retour des sphères, chacun se préparait à cette nouvelle journée d'attente sans enthousiasme.

Près de deux heures passèrent, puis, après avoir avalé une sphère gigantesque, le sommet de la pyramide bougea et se referma lentement.

La troupe réagit aussitôt et le sergent rappela ses ordres :
— Quoi qu'il arrive, on reste collés au mur !

La sonde fut rappelée et le drone récupéré. Tous attendaient un signe quelconque annonciateur de l'imminence d'un changement total de leur situation.

Mais rien ne se passa. Après une demi-heure d'attente, l'escouade se détendit.
— On retire nos casques, Sergent ? demanda Val sur le canal radio.
— J'en sais trop rien… Il ne faudrait pas qu'on se retrouve dans la merde…
— Je ne préférerai pas, de toute façon, on a cinq jours devant nous en oxygène, conclut Val.

Moins de dix minutes plus tard, la pyramide se mit à vibrer à nouveau…

— Tous contre le mur ! hurla le sergent.

Les soldats se plaquèrent contre la pyramide, puis, comme dans un rêve, le temps parut à nouveau ralentir. Les combinaisons s'étreignirent et ils furent comme aspirés. Tous ressentirent une puissante accélération, puis une décélération au moins aussi importante.

Figé, chacun attendait, résigné, la suite des événements…

Chapitre 2

SOLAR

Ils débouchèrent dans une fournaise…

Les soldats se retrouvèrent au beau milieu d'un monde en fusion. Un soleil, dangereusement proche, embrasait la surface de cette planète de sa chaleur. Les filtres de lumière intégrés aux casques s'activèrent automatiquement et protégèrent les visages sans défense.

Malgré la vitesse d'exécution de cette parade, les soldats furent pris de panique :

— Putain! On va y passer ! hurla Paul qui avait du mal à respirer.

— La ferme, Soldat ! répondit l'officier. Nos armures vont gérer le problème, pas d'affolement… et on ne bouge pas !

Après plusieurs minutes d'autoréglage, chaque équipement s'adapta à cet environnement particulier. Une pesanteur plus dense rendait la respiration plus difficile, la combinaison s'ajusta et compensa cette gêne. Les corps furent refroidis et hydratés. Un baume apaisant fut propulsé sur les visages rougis par le coup de soleil spontané.

Dès son arrivée, le sergent avait réinitialisé son chrono : il constata qu'en moins de cinq minutes, la troupe était parée pour tenter de comprendre et d'analyser sa nouvelle situation.

Il se redressa avec difficulté et fit quelques pas dans le sable fumant, il se sentait écrasé par une chape de plomb.

— Putain ! On est où ? Val, bilan de la situation de la troupe !

— R.A.S., Sergent. Quelques coups de soleil, mais rien qui dépasse le deuxième degré. Cette planète est si proche de son soleil qu'on va finir par cuire sur place ! Sinon, on est donc deux fois plus lourds car ce monde doit être au moins deux fois plus gros que la Terre. Mais rien de bien grave ou d'insurmontable, nos armures vont compenser cela rapidement. Dans l'ensemble, on s'en tire plutôt bien… pour l'instant, conclut Val.

— Hiro, balance la sonde en orbite et envoie le drone quadriller la zone. Paul et Marc, position de couverture avec les multi-ions, mais ne dépassez pas la zone de sable autour de la pyramide !

— À vos ordres, Sergent, répondirent-ils tous en même temps.

— Val, Ben ?

— Présent, confirmèrent les deux soldats sur le canal radio.

— Analyse de l'air et du sol, prenez Luc et Fred comme soutien.

— Bien, Chef.

— À tous, réglez vos montres sur l'heure d'arrivée, vous l'aurez compris… on n'est pas retournés vers notre point de départ, alors… gaffe !

Tous s'activèrent à leurs tâches respectives en silence.

Le drone ne révéla rien de bien passionnant. Une surface brûlée, pour ne pas dire carbonisée et poussiéreuse, à perte de vue. Aucune végétation, aucune source d'eau, aucune forme de vie identifiée. Un caillou stérile calciné par un soleil infernal.

Ben s'était éloigné sous la protection de Fred. En quelques pas, il atteignit la limite de la zone sableuse attachée à la pyramide et piocha une poignée de la terre brûlée de cette planète. Après avoir reçu diverses informations de la valise de test, il prit la parole sur le canal général :

— Alors, le sol est composé de roche dure, de soufre et de carbone. Température au sol de 180°C, proche de Saturne, voilà. Plus d'infos dans quelques heures, mais en gros, on est sur un charbon ardent immobile en face de son soleil.

— De mon côté, ajouta Val, atmosphère quasi inexistante à base de soufre, pas d'oxygène….

— Donc irrespirable… on garde les casques ! Inutile de vous dire qu'il faut être économe, insista le sergent. On passe tous en mode « éco » ! Nos combinaisons géreront au mieux nos réserves.

Après plus d'une heure d'attente, la sonde ne se montra pas plus bavarde. Une planète énorme entourée de deux satellites naturels, dans un système solaire assez conventionnel, composé de plusieurs géantes gazeuses et de trois planètes telluriques. Un soleil très proche, voire trop, consumant lentement ce monde figé comme un astre mort.

Le constat restait alarmant, ce monde était encore moins hospitalier que le précédent… Le sergent reprit la parole :

— Pas d'air, pas d'eau et pas de bouffe… Si on reste ici, on est mort ! Il est hors de question de rater le prochain voyage !

— Gardons en mémoire ce que nous savons déjà, intervint Noé.

— Et on sait quoi…, le coupa Marc.

— On sait pas mal de choses. Sauf erreur, on a 17.12 HT devant nous avant qu'apparaissent les sphères ! Et après, 8.48 nouvelles HT avant qu'elles reviennent. Puis encore 1.40 HT avant qu'on décampe d'ici !

— Pas faux, ajouta le sergent. Val ? On les tient, les 26.40 HT, sur ce caillou ?

— Affirmatif, sauf imprévu… on est bon !

— Alors pas de vague, les gars. Hiro, tu récupères la sonde et le drone et on reste pénard. On attend juste le prochain départ…

Chacun se mura dans un silence pesant, ce monde infernal ressemblait à un four et leur vie ne tenait plus qu'à un fil. Naha commençait à douter de leur chance de s'en tirer.

Ben et Fred adressèrent une prière muette à leur Dieu respectif.

Paul ne décolérait pas, mais que faisait-il dans cette galère ?

Sam et Val se regardaient, comme des gamins effrayés, ils recherchaient dans le regard de l'autre des réponses qui, manifestement, ne s'y trouvaient pas.

Luc et Marc semblaient désemparés ; pour la première fois de leur vie, leurs armes ne leur étaient d'aucun secours.

Noé et Hiro réfléchissaient et commençaient à envisager les périls qui les attendaient.

Le sergent gardait les yeux fixés sur son chrono, moins de temps ils resteraient dans cet enfer, mieux ils s'en porteraient tous.

Le canal radio réagissait à chaque respiration et reniflement. Le sergent finit par demander à Sam de baisser la sensibilité de son micro afin de leur épargner le bruit de son souffle.

Les heures s'enchainèrent, longues et monotones…

Noé, concentré sur sa tâche, recevait et archivait les informations disponibles sur cette planète dans son journal de bord. En relation directe avec Naha, il consignait divers paramètres de ce système solaire inconnu. Les données de Ben sur la planète furent elles aussi enregistrées. Sans trop y croire, il formulait le vœu que ces renseignements seraient un jour retrouvés et puissent être utiles… à d'autres, quels qu'ils soient.

La planète restait désespérément immobile, aucune nuit ne viendrait supplanter ce soleil de plomb. Tous, appuyés contre la paroi de la pyramide, attendaient qu'elle s'active. Le sergent comprit que le moral de ses hommes commençait à flancher, il prit la parole :
— Alors, les gars ! Qui disait que ce n'était pas l'aventure, la Space-Legion ? Vous vouliez du frisson ? Vous êtes servis…
— Pas faux…, ajouta Val.
— Combien de chances avons-nous pour que le prochain saut nous rapproche d'un endroit connu ? demanda Luc.
— En considérant le nombre de galaxies multiplié par le nombre de systèmes solaires, lui-même multiplié par le nombre de planètes… je dirais proche de zéro ! conclut Naha.
— Chiasse…, rétorqua Luc.
— Comme tu dis, confirma Noé.

Deux heures passèrent, puis, contre toute attente, la pyramide vibra. Aussitôt sur leurs gardes, les soldats se redressèrent. Le sergent vérifia son chrono, qui lui confirma que le délai initialement prévu était loin d'être respecté !
— Hiro ! Place le drone, qu'on y voie plus clair.
— Je le mets en position, répondit Hiro.
— Mais c'est quoi ce bordel, Noé ? T'es à côté de la plaque avec tes 30 HT, rugit Fred sur le canal général.
— Il faut croire que oui, avoua timidement l'intéressé.

Le drone monta difficilement dans le ciel pauvre en

atmosphère. Il se plaça assez proche du sommet pour assister à son ouverture.

Fiévreux, les hommes attendaient la naissance du geyser de sphères lumineuses comme la veille, mais il n'en fut rien. Seules six malheureuses boules s'échappèrent et toutes partirent dans la même direction, plein Nord.

— Merde… six boules ! Vous en pensez quoi ? demanda le sergent.

— Planète de merde, rien à récupérer et peu à récolter… je vois que ça, répondit Ben.

— Pas mieux, ajouta Hiro.

Le sergent nota dans un coin de son cerveau toutes ces informations. Il semblait assez clair que leur séjour sur ce caillou fumant serait plus court que prévu et personne n'allait s'en plaindre !

— Noé ?

— Oui, Sergent ?

— T'en es où avec l'archivage des infos concernant ce monde ?

— Je fais au plus vite, mais les données brutes doivent être compilées soigneusement, cela va me prendre encore un peu de temps, Chef.

— Ne perds pas de temps, Soldat, je la sens mal cette planète.

Se tournant vers Naha, il ajouta :
— Ma belle, donne un nom à cette planète et refile-le à Noé pour les archives…, conclut le gradé.

— « Solar » me semble être approprié.

— Noté, Naha, répondit Noé.

— On récupère sonde et drone et on attend le retour des sphères, conclut le sergent.

Noé pianota encore plusieurs minutes sur la petite

console fixée sur son avant-bras. Le temps était compté, personne ne savait vraiment combien de minutes ils allaient encore rester sur cette planète. Il s'assura que l'ensemble du dossier était bien archivé dans le disque dur de sa combinaison et lança la compression des données.

Il s'écoula plusieurs minutes pour l'archivage des informations. Un lent décompte s'opéra, les méga-octets furent comprimés en kilo-octets, puis le tout fut zippé dans un format crypté dont seules les forces armées et quelques multinationales « autorisées défense » connaissaient la clé. Alors que l'opération s'achevait, la voix de Val retentit sur le canal général :
— Paul, tu fous quoi ?
— Rien, pourquoi ? répondit l'intéressé.
— Mais la pression de ta combinaison est en chute libre, bordel !

— Quoi !

Subitement, l'alarme intégrée à l'armure du soldat retentit et l'ensemble de ses voyants passèrent au rouge. Tous se précipitèrent sur le malheureux soldat, pressant de leurs mains gantées les zones de sa combinaison d'où s'échappait le précieux oxygène. C'était à n'y rien comprendre, l'armure en surchauffe perdait son étanchéité et se déchirait…

Paniqué, l'homme se sentit piégé comme ce 22 mai 2348, quand son passeport extra-terrien se révéla invalide et déclencha une alarme…

Paulson Carter

Paulson Carter, soldat de seconde classe matricule M1-01-2310-2348-DUN-6342, n'aurait jamais imaginé qu'un jour, il deviendrait militaire. Il intégra l'armée en 2348 en commuant sa peine de prison en TIM (travaux d'intérêt militaire).

Paulson Carter était de ces gaillards qu'on appréciait dans les colonies extra-terriennes. Jamais malade, d'humeur égale, il n'avait qu'une obsession : le travail bien fait !

Et l'activité ne manquait pas pour des types comme lui : expert en explosif et dynamitage.

Sa stature imposante, son franc-parler et son caractère brusque auraient déconcerté sur Terre. Mais dans les colonies, il incarnait à merveille l'expatrié bourru et s'en satisfaisait plutôt bien.

Cette nouvelle mission l'avait emmené très loin de la Terre, rien que le voyage pour se rendre sur place avait pris six mois. L'excavation des mines de Tératium enfoui dans les sous-sols du satellite naturel S-6U8-M6D, gravitant autour de la géante gazeuse GG-9P4-R3L, dura trois longues années.

Comme la plupart, Paulson ne s'autorisa aucune vacance durant toute la campagne de minage. Comment laisser son rôle de dynamiteur à un autre… Ce n'était pas envisageable !

Les gars comptaient sur lui, ils avaient confiance en lui. Lorsque Paulson démarrait un trou, il n'y avait jamais de problème. Aucun de ses tunnels ne s'était jamais effondré, il en tirait une certaine fierté et le respect de tous. On l'appréciait à sa juste valeur dans ce milieu solidaire des forçats de la mine, où les faux-semblants ne duraient qu'un temps.

Dans ces lointaines colonies minières, on s'intéressait peu à l'actualité. De toute façon, le temps que les nouvelles arrivent, elles étaient déjà périmées depuis des mois, voire des années. Seuls les documentaires parvenaient à distraire des ouvriers éreintés et imbibés d'alcool. Les drogues de synthèses faisaient, elles aussi, des ravages dans les rangs…

Supporter cette vie de privations n'était pas à la portée de tous. Beaucoup renonçaient et s'enfuyaient plus miséreux qu'ils n'étaient arrivés. D'autres, fauchés par la mort, ne repartaient jamais.

Trois longues années à percer, creuser, étayer puis déblayer avaient usé même les plus robustes. Paulson n'avait pas de projet bien précis, mais des congés s'imposaient. Il récupéra en une fois l'ensemble de ses salaires et primes, puis plaça le tout sur son compte en banque extracommunautaire. À la tête d'une véritable fortune, il avait largement de quoi voir venir.

Comme bien souvent, c'était l'ennui qui le rattraperait et non les problèmes d'argent. Dans quelques mois, il repartirait pour un autre minage, il en était certain.

Pour l'heure, il devait choisir la destination de ses prochaines vacances : il opta pour un retour sur Terre, la nouvelle Amérique lui manquait.

Paulson laissa son employeur se charger des formalités, les réservations furent confirmées et les passeports validés.

Personne ne prit soin de l'informer des tensions entre l'ONUT et les fédérations extraterriennes. Sans se douter qu'une guerre était sur le point d'éclater, le brave homme embarqua avec nombre d'expatriés sur un vaisseau à destination de la Lune, point de passage obligatoire pour tous les voyageurs vers la Terre.

Après six mois d'un voyage long et ennuyeux, le vaisseau pénétra dans l'espace terrien. Il se positionna en orbite autour de la Lune et se plaça en quarantaine administrative. Aussitôt, les douaniers se déployèrent autour des containers marchands et sécurisèrent l'étage des passagers.

L'imposant dispositif policier souleva les inquiétudes. À travers les hublots, chacun pouvait constater la profusion de vaisseaux de guerre positionnés autour d'eux et cela n'avait rien de bien rassurant. Petit à petit, la rumeur d'arrestations arbitraires se propagea.

Paulson, sûr de son bon droit, ne prêta pas attention aux avertissements qui se multipliaient autour de lui « les soldats arrêtent tous les colons ! », cela n'avait pas de sens. De plus, comme l'indiquait son passeport, il était terrien de naissance et de nationalité américaine ! Un doublé toujours gagnant, il l'avait de nombreuses fois constaté.

Quand son numéro d'embarquement-débarquement s'afficha sur la console de sa cabine, il se présenta dans la salle de transfert en toute confiance…

Sa stature imposante avait toujours fait son petit effet et généralement, on lui évitait les tracasseries inutiles. Mais cette fois-ci, il en fut tout autrement.

En posant son passeport sur l'écran de vérification, l'alarme retentit…

Autour de lui se dégagea aussitôt un large cercle où s'engouffrèrent quatre soldats. Affolé, Paulson appliqua plusieurs fois d'affilée son passeport contre la borne de contrôle, mais à chacune de ses tentatives, l'alarme repartait de plus belle. Dans la panique, il tenta de se saisir de sa carte d'identité, mais les soldats étaient déjà sur lui et il fut rapidement maîtrisé.

Les militaires s'agitaient en tous sens, fouillaient ses poches et palpaient son corps. Il restait hébété, tenant de comprendre de quoi il retournait.

— Il doit y avoir une erreur, mes papiers sont en ordre, expliqua Paulson.

— Vous êtes surtout un colon, Monsieur Paulson Carter, rétorqua le préposé aux douanes.

— Mais pas du tout ! Vous pouvez vérifier. Je suis un terrien, né en Amérique du Nord.

— Peut-être bien, répondit le fonctionnaire. Mais vous avez séjourné plus de quarante mois consécutifs dans les colonies… Dès lors, je suis dans l'obligation de vous placer en zone de rétention.

— Écoutez-moi, j'ai passé ces trois dernières années au fin fond d'une mine perdue sur une lune au milieu de nulle part. Je suis ici en vacances… Je ne comprends rien à ce que vous me dites…

Deux soldats s'avancèrent et menottèrent le malheureux voyageur. Stupéfait, le brave homme n'opposa aucune résistance quand sa valise fut saisie et qu'on l'emmena dans un local en retrait. Ce cauchemar n'avait aucun sens… Il était né sur Terre ! Que lui reprochait-on exactement ? Il n'en avait pas la moindre idée !

Il resta seul, deux longues heures, à attendre dans un bureau froid et vide. Les sentiments d'injustice et colère avaient vite laissé place à une certaine appréhension. L'administration pouvait vous briser, il le savait très bien. Combien d'histoires, plus dingues les unes que les autres, circulaient dans les mines sur des gars qui disparaissaient de la circulation à la suite d'un simple problème réglementaire ?

Puis la porte s'ouvrit et le fonctionnaire des douanes réapparut. Il était suivi d'un soldat lourdement armé et d'un civil âgé, à l'allure nonchalante.
Le militaire se fixa devant la porte, son arme bien en évidence. Le douanier semblait embêté et le civil ne cachait pas son agacement. Le fonctionnaire finit par prendre la parole :
— Monsieur Paulson Carter, votre cas nous pose un problème…
— Si je peux aider… Je ne demande pas mieux.
— Monsieur Bil Shine, ici présent, répondit-il en désignant le civil, représente le consulat d'Amérique du Nord. Il est très contrarié par votre arrestation et souhaite trouver un arrangement afin de vous éviter une longue période d'emprisonnement.
— Mais je n'ai rien fait, moi… Pourquoi j'irais en prison ?
— Alors, la période de rétention de sûreté, ne pouvant excéder trois années, n'est pas à proprement parler un emprisonnement. Mais plutôt une procédure visant à permettre le placement dans un centre sécurité-judiciaire fermé, des personnes dont on ne peut pas garantir la loyauté envers l'Organisation des Nations Unies Terriennes.
— Mais je suis terrien, je suis même né en Amérique…
— Oui, d'où la présence de monsieur Shine…
— Il est hors de question de priver de liberté un citoyen américain ! protesta Bil Shine.

— J'entends bien, répondit le douanier. Seriez-vous prêt à prouver votre loyauté envers l'ONUT, monsieur Carter ?

— Mais parfaitement ! s'insurgea Paulson.

— À la bonne heure ! se réjouit le fonctionnaire. Alors, bienvenu parmi nous, monsieur Carter.

Le douanier lui tendit alors une liasse de papier et décocha un petit stylo de la poche de son veston qu'il posa sur la pile, puis ajouta :

— Veuillez signer en bas de la première page, monsieur Carter.

Paulson saisit le stylo et se pencha pour lire le document. Il n'en croyait pas ses yeux, ce fumier de douanier venait de lui donner à signer un acte d'engagement volontaire dans les forces armées de l'ONUT…

— C'est quoi, cette embrouille ? Vous me prenez pour un con ? Je viens de passer trois années à casser des cailloux et vous voulez que je signe à nouveau pour trois nouvelles années dans l'armée ?

— Prouvez-nous votre loyauté ou direction le centre de rétention, pour trois ans !

— Je veux un avocat ! rugit Paulson.

— L'avantage de l'état d'urgence, c'est que cela met fin à tout un tas de tracasseries administratives. Plus question d'avocat pour les espions colons qui tentent de s'infiltrer dans l'espace terrien.

— Mais je suis terrien !

— Et moi, je dis que vous êtes un espion colon qui tente de se soustraire au légitime effort de guerre qu'on est en droit d'attendre d'un fier Américain !

— Monsieur Shine ! Je demande le droit d'asile et la protection de mon pays !

L'ambassadeur fit une moue des plus démonstratives, il réunit ses mains dans son dos et prit la parole :

— Mon ami, nous sommes en guerre. Votre profil, par bien des aspects, nous intéresse. Je suis venu négocier l'abandon des poursuites contre votre engagement volontaire dans le service actif des légionnaires.

— C'est du chantage ?

— Un échange de bon procédé, tout au plus… Qu'en dites-vous, mon garçon ?

— Je peux payer ma libération, je suis très riche…

— Les crédits intergalactiques n'ont plus cours depuis l'instauration de l'état d'urgence. Vous êtes plus pauvre que vous ne l'avez jamais été de votre vie, mon ami. L'armée pourvoira à vos besoins, cela va sans dire, ajouta l'ambassadeur.

Paulson resta sans voix… Il allait devoir s'engager dans l'armée ou accepter de finir en prison !

Il était piégé…

***

Piégé… Paul l'était bel et bien dans sa combinaison qui partait en lambeaux. Il hurlait de douleur et peinait à reprendre son souffle. Ses bras, volumineux, frappaient l'air en tous sens.

Fred s'était précipité à son secours, mais malgré sa dextérité, l'ingénieur en armement n'arrivait pas à reprendre le contrôle de l'équipement en perdition.

Le reste de la troupe tentait tant bien que mal de calfeutrer les fuites à l'aide de scotch improvisé. Mais personne n'était dupe, si Fred n'arrivait pas à trouver une solution, Paul n'en aurait plus pour longtemps.

Dans le ciel rougi par ce soleil infernal, une première sphère réintégra la pyramide. Rapidement, une deuxième, une troisième et une quatrième la suivirent. Noé les compta mentalement « plus que deux… putain ! »

La situation devenait critique, le sergent improvisa :

— Je balance la tente de survie, on doit le mettre dedans de toute urgence, avec un peu de bol, il sera à l'abri !

En même temps qu'il le disait, le sergent détacha de son dos un petit sac cylindrique et l'activa. En quelques secondes, l'abri se gonfla et se déploya.

Paul les suppliait du regard, il hurlait de douleur dans son casque, sa combinaison fondait littéralement sur sa peau. Les soldats le saisirent et le jetèrent dans la tente. Puis, Val ferma l'accès et brancha sa propre combinaison sur la console de l'abri pour la pressuriser et combler le manque d'oxygène.

Noé aperçut du coin de l'œil le retour de la cinquième sphère :

— Plus qu'une, bordel ! grogna le soldat.

Naha hurla alors sur le canal général :
— La dernière sphère arrive ! Plaquez la tente contre la paroi de la pyramide.

La sphère fut avalée et la pyramide se referma. Aussitôt, les vibrations commencèrent.
Les soldats tirèrent l'abri pour qu'il touche la pyramide, puis l'étrange sensation débuta…

Le temps parut ralentir et les combinaisons s'éteignirent, ils furent comme aspirés. Tous ressentirent la puissante accélération, puis la décélération.

Chapitre 3

TERRA

L'obscurité était totale. Tous les yeux restaient braqués sur les indicateurs de leurs combinaisons, les soldats retenaient leur souffle. Aucune alarme ne se déclencha, ils n'étaient pas en danger immédiat. Ce nouveau monde était plongé dans une nuit noire…presque paisible.

Les équipements, encore brûlants, fumaient dans cet environnement légèrement humide, puis le sergent brisa cet état de grâce. Il réinitialisa sa montre et hurla dans la radio :

— Fred, Luc, sécurisation du périmètre avec les multi-ions ! Val, analyse de l'air ! Noé, avec moi, on se prépare à tirer Paul de son abri. Les autres, formez un cercle de protection autour de nous.

Les soldats se déployèrent aussitôt avec efficacité. Val lança l'analyse de l'air et attendit, anxieuse, les yeux toujours rivés sur l'écran de contrôle des données vitales de Paul. Noé et le sergent se préparèrent à sortir leur camarade de la tente de survie.

Le verdict tomba : oxygène présent, air respirable à

60% !

— Respirable ! hurla Val, sur le canal général.

Aussitôt, le sergent et Noé ouvrirent l'habitacle et en sortirent le malheureux qui se débattait mollement. Val se précipita sur le soldat mal en point.

— Putain, Paul ! Tiens le coup, mon vieux.

Mais sa situation semblait désespérée. L'armure du soldat avait fondu sur une bonne partie de son corps et sa respiration se réduisait à de longs râles peu rassurants.

Puis une alarme sonna, le cœur de Paul venait de s'arrêter. Ses paramètres vitaux s'étaient figés en de longues lignes rectilignes.

Val se jeta en avant et tenta un massage cardiaque vigoureux, mais ses gants s'enfoncèrent dans le buste de son camarade. Le torse du soldat n'était plus qu'un amas de chair cuite et de plastique fondu. La jeune femme s'activa avec détermination, mais le cœur resta inerte.

Tous espéraient que Val parviendrait à le sauver, mais… ils devaient se rendre à l'évidence. Paul était bel et bien mort !

Val continua le massage cardiaque pendant plusieurs minutes, puis le sergent intervint :

— Val… peut-on faire quelque chose de plus ?

— Non, Sergent. C'est fini.

Un long silence s'ensuivit sur le canal général. Ils étaient tous tétanisés. La mort, si brutale de Paul, était un sévère avertissement pour la suite de leur mésaventure.

— Val… Heure du décès ?

— Samedi 25 mars 6.13 HT, Sergent…

En prononçant ces mots, Val arrêta petit à petit le massage cardiaque et finit par s'asseoir sur le sol. La mort avait toujours été le compagnon de route des soldats, ils étaient tous sous le choc. Pourtant, il fallait savoir l'accepter.

— Écoutez, les gars… Paul était un mec formidable et il nous manquera. On sait tous qu'il n'a jamais souhaité être là et encore moins mourir ici. Mais il ne faut pas baisser les bras, on va trouver une solution pour ne pas crever, un par un, comme des cons ! Courage, il ne faut pas flancher ou se décourager ! Fred, tu me fais un rapport sur les dysfonctionnements de l'armure de Paul. Sam, tu couvres Ben pour analyse du sol. On cale tous nos montres sur l'heure d'arrivée sur ce monde et on attend le debrief de Naha et Hiro, conclut le sergent.

Aucun mot ne fut ajouté, la mort de Paul les avait tous affectés et ils étaient encore sous le choc.

Une heure passa, elle permit à chacun d'évacuer le stress accumulé. Au final, cette planète semblait bien plus hospitalière que la précédente.

Naha recueillit toutes les données de la sonde et celles du drone, puis elle prit la parole sur le canal général.

— Planète de type « tellurique » à sol ferme, équivalente à la Terre évoluant dans un système solaire classique. Elle tourne sur elle-même en vingt-huit HT, le jour devrait se lever dans quatre heures tout au plus.

— Côté atmosphère, respirable, mais pauvre en oxygène, ajouta Val. On va devoir compenser ce manque en laissant ouvertes les arrivées d'oxygène de nos combinaisons. Mais on pourra ouvrir les casques et refaire nos réserves.

— Le sol semble très riche, intervint Ben. Au vu des analyses, cette planète devrait avoir une végétation dense et un écosystème varié.

Le sergent garda le silence « une terre riche et variée… » Les sphères allaient être nombreuses ! Donc, ils allaient rester sur place plus longtemps. Il contacta Fred sur son canal personnel :

— Fred ! T'en es où avec l'armure de Paul ?

— Les micro-contrôleurs de la ceinture sont cramés, cela a bloqué le refroidissement de la combinaison. Le pauvre a dû cuire comme dans un four… quel cauchemar…

Le sergent serra ses poings à en faire blanchir ses phalanges. Il ravala la colère qui l'envahissait et donna ses ordres :

— Quelle merde !… Tu me fais une vérification des « micros machin » de chaque armure. Si ces merdes sont défectueuses, autant le savoir ! Puis tu récupères sur l'armure de Paul tout ce qui pourrait nous servir.

— Compris, Sergent.

Les heures s'enchaînèrent dans un silence tendu. Chacun en profita pour repenser à Paul et la manière honteuse dont il avait été incorporé dans l'armée. Quel gâchis !

La mort d'un des leurs les obligeait à bien réfléchir à leur situation : comment se sortir de ce guêpier qui les tuerait sûrement tous un à un ?

Puis, lentement, le jour se leva. Un soleil bleuté prenait place et berçait de ses rayons chauds un horizon paisible et violacé.

Toujours sur leurs gardes, les soldats se regroupèrent autour d'Hiro et de son drone. La caméra de l'aéronef diffusait des images incroyables, un monde luxuriant comparable à la terre des premiers âges où la flore ne serait plus à base de vert, mais de violet. Fascinés, ils contemplèrent un écosystème développé, berceau d'une vie aussi fertile que diversifiée. Un monde en pleine effervescence s'ouvrait devant leurs yeux, des plantes et des animaux aux formes et couleurs surprenantes peuplaient déjà cette planète. Dans le ciel, quelques nuages orange avançaient lentement sous un vent légèrement âpre. De curieux animaux, ressemblant à des méduses volantes, évoluaient au-dessus de la plaine au gré des courants aériens.

Le sergent, toujours penché sur la dépouille de Paul, finit par se ressaisir. Il fallait continuer :
— Bon, on est mieux ici que d'où on vient. On a de l'air, il nous faut de l'eau et peut-être même un peu de bouffe.
— Cette planète regorge de tout. Donc, à mon avis, y aura masse de sphères, ajouta Hiro. Je pense qu'on est là pour un bon moment.
— C'est clair ! On va dépasser les temps relevés par Noé sur Alpha. Mais il faut rester sur nos gardes et vigilants. Hiro, trouve-moi de l'eau ! conclut le sergent.

Hiro programma le drone pour qu'il exécute de larges cercles concentriques autour d'eux afin de couvrir le plus de terrain possible. En quelques minutes, plusieurs sources d'eau furent localisées.
— Sergent ? La source d'eau la plus proche est à dix minutes à pied vers l'est. Y a un paquet de bestioles autour, mais rien d'insurmontable. Celle d'après est à trente minutes au nord, plus loin, mais plus calme, y a que trois ou quatre bestioles autour. J'ai modélisé tout cela, je vous l'envoie.
— Merci, Hiro.

Le sergent mémorisa ces informations et étudia la carte

que lui avait transmise le soldat.

Les militaires, absorbés par leurs tâches, ne remarquèrent pas immédiatement que cette pyramide surgie de nulle part était devenue le centre d'attraction de toute la plaine. Lentement, des créatures assez bizarres se dirigèrent vers eux.

Marc finit par intervenir sur le canal radio :

— Sergent, mouvement à trois heures.

— Quoi ?

— Des animaux, Sergent. Un petit groupe de « buffles à carapace de tortue » se dirige dans notre direction. Un autre groupe plus imposant de petits « raptors jaunes à plumes » se rapproche aussi à onze heures, ajouta Luc.

— D'après ce que je vois, un troupeau d'une trentaine de têtes arrive par le Sud. Ils sont cachés par la pyramide, mais s'ils la contournent, on les aura sur nous dans trente minutes, enchérit Hiro en regardant le cadran du drone.

— Chiasse… avec un peu de bol, ce ne sont que des herbivores…, ajouta le sergent.

— Il faut être sur nos gardes, qui dit : « gros herbivores », dit : « encore plus gros carnivores » ! insista Naha.

— Bon, tirez en l'air, s'ils approchent de trop près ! Je veux qu'on les disperse avant qu'ils soient trop nombreux autour de nous, conclut le sergent.

Luc et Fred estimèrent à un kilomètre les animaux les plus proches. Hiro plaça en géostationnaire son drone et surveilla le troupeau du Sud.

Le sergent saisit sa pelle et creusa un trou dans le sable, Noé l'imita.

— Bonne idée de l'enterrer dans le sable, dit Naha. Il poursuivra le voyage avec nous…

Une fois le corps déposé dans la tombe, ils se réunirent en silence et lui rendirent un dernier hommage. La gorge serrée, chacun eut un souvenir de Paul à faire partager puis, sans bruit, ils le recouvrirent de sable.

Alors que tous s'éloignaient, l'officier resta un moment seul à se recueillir : combien devrait-il encore en enterrer ? Cette question le glaça.

Une fois cette pénible tâche accomplie, le sergent posa sa pelle et s'adressa à Noé.

— Alors, Soldat, t'en penses quoi de tout ce merdier ?

— La pyramide nous trimbale avec elle, où qu'elle aille… C'est à n'y rien comprendre… Tôt ou tard, et chacun à notre tour, on va tous y passer, c'est qu'une question de temps, répondit Noé.

— C'est pas faux… On doit impérativement entrer dans cette pyramide et convaincre le pilote de nous ramener à notre point de départ ! Dès que les sphères seront parties, on relancera une expédition vers le sommet pour tenter de pénétrer par le haut, ajouta le sergent.

Noé acquiesça. Les deux hommes retournèrent auprès des soldats qui continuaient à observer les animaux approcher. Luc intervint sur le canal radio :

— Sergent ! Il faut faire un coup de semonce, ça urge !

— OK, Soldat, mais gaffe à l'effet de panique. Ne tire pas dans le tas comme un con. Tu m'éparpilles ce troupeau avec soin ! Effraie le chef de meute, les autres le suivront.

— Bien, Chef, j'ai déjà repéré le dominant. C'est du gâteau, les autres vont l'accompagner gentiment.

Le soldat arma son canon multi-ions et tira à deux mètres du plus gros des animaux. L'effet fut immédiat. La troupe recula et suivit le meneur.

Le sergent resta sur ses gardes et s'approcha de Val.
— Val, on fait comment pour l'eau ?

Puis, désignant le troupeau qui s'éloignait en trottinant, il ajouta :
— Et t'en penses quoi si on en butait une ou deux de ces bestioles pour les bouffer ?
— Pour l'eau, j'enverrais bien Ben avec Marc en couverture. Pour le barbecue, si Luc fait un carton, j'analyserai la viande avant de la consommer.

Le sergent se rapprocha de Ben :
— Mon gars, j'ai besoin de toi pour l'eau. Tu vas cavaler avec ton matos plein Est et trouver la source. Hiro va te télécharger la carte sur la console de ton avant-bras, tu n'auras qu'à suivre les indications. Marc va te couvrir.
— OK, Sergent.
— Tu trouves l'eau, tu analyses l'eau et tu rapportes l'eau. Rien d'autre, c'est clair ?
— Affirmatif, Sergent !

Val s'approcha et accrocha sur le dos de Ben quatre petits réservoirs vides. Tout en vérifiant sa combinaison et celle de Marc, elle ajouta :
— Je vous donne que quatre bouteilles à remplir. Ne déconnez pas les mecs, et méfiez-vous ! Au point d'eau, vous pouvez rencontrer des bestioles. Et les gros ne sont pas obligatoirement les plus dangereux. Pas de prise de risques, si c'est trop tendu, vous revenez direct.
— Pas de problème… et vous, de votre côté… évitez de vous barrer sans nous ! plaisanta Ben.

Pourtant, personne ne rit à sa blague. Le sujet, même s'il était soigneusement évité, restait présent dans tous les esprits. Abandonner l'un des leurs sur une planète perdue était leur pire angoisse.

Ben vérifia son matériel, il devait être sûr de lui. Il effectua plusieurs calibrages en prenant comme référence l'eau issue de son propre équipement, et informa son coéquipier qu'il était prêt.

Marc prit la direction que lui indiquait le GPS intégré à sa combinaison. Ben lui emboita le pas, bien décidé à prendre le commandement de cette expédition. Ils marchèrent pendant un kilomètre, puis Marc posa le genou au sol. Il intima l'ordre à Ben d'en faire autant.

— Hiro, ici Marc, tu m'entends ?

— Cinq sur cinq, Marc, que se passe-t-il ?

— Envoie le drone au-dessus du point d'eau, les animaux ont disparu…

— OK, Marc, je survole la zone et je fais le point.

Les deux soldats restèrent à couvert et attendirent qu'un nouvel état des lieux soit fait. Rapidement, l'aéronef passa au-dessus d'eux et décrivit plusieurs cercles autour du point d'eau.

— Marc ?

— J'écoute, Hiro.

— Rien à signaler, mais si tu dis que les animaux ont disparu… C'est qu'ils avaient une raison de s'enfuir. Il faut être prudent et prendre le moins de risque possible. Le sergent propose que tu tentes ta chance sur le deuxième point, quarante minutes au Nord.

— OK, Hiro, je confirme notre nouvelle destination : point

deux, dans quarante minutes.
— Reçu, Marc, confirma Hiro.

Les deux hommes activèrent à nouveau leur GPS et partirent en petite foulée. Ben se rapprocha de Marc.
— V'la le détour… On aurait dû poursuivre, imagine que la pyramide se barre sans nous !
— Et imagine qu'on soit attaqué ! Nos combinaisons endommagées… Prudence et pas de prise de risques inutiles, conclut Marc.

Trente minutes plus tard, ils arrivèrent en vue du petit étang. Le drone était déjà sur place et restait en position géostationnaire.
— Hiro ?
— RAS, Marc, le point d'eau est calme et les bestioles sur place ne montrent aucun signe d'agitation.
— Parfait ! On approche. Reste en surveillance au cas où…
— Affirmatif, conclut Hiro.

Les deux hommes s'approchèrent. Les énormes pachydermes à tête d'hippopotame à plumes ne leur accordèrent aucune attention. Ils ne daignèrent même pas s'écarter quand ils s'approchèrent de l'eau. Toujours sur ses gardes, Ben remplit une petite fiole d'eau et recula. Hiro intervint sur le canal radio.
— Attention, les pachydermes s'agitent ! Ils se regroupent et s'éloignent !

Aussitôt les deux hommes reculèrent avec les animaux et les suivirent dans leur fuite.
— Deux reptiles, type Tyrannosaure à poil long, s'approchent par le nord ! Tirez-vous !

Marc, l'œil dans le viseur, repéra le plus grand des deux. Leurs regards se croisèrent, l'homme comprit qu'il devenait une cible. L'animal sentit que sa proie avait peur et chargea.

La chasse débuta aussitôt, ces deux mammifères à deux pattes semblaient des proies bien faciles, les reptiles n'en feraient qu'une bouchée…
— À COUVERT ! Vous êtes pris en chasse, hurla Hiro dans la radio.

Marc posa un genou au sol et épaula lentement son fusil d'assaut. Dans cette savane, les herbes hautes ne leur permettaient aucun repli. Et dans la Space-Legion, quand tu ne peux pas t'enfuir, tu fais face !

Le premier coup partit, il creusa un trou parfait dans le crâne du reptile géant. Un deuxième coup sonna, puis un troisième, le deuxième reptile s'écroula au sol.
— Situation, Soldat ? interrogea le sergent sur le canal radio.
— Les deux reptiles sont éliminés ! Je demande confirmation qu'aucune menace ne persiste ? répondit Marc.
— RAS, d'ailleurs les pachydermes commencent à revenir sur le point d'eau, conclut Hiro.

Ben, toujours sous la protection de Marc, dégrafa le mini-laboratoire de son avant-bras et analysa l'échantillon de liquide. Les secondes passèrent, lentes et interminables, puis un verdict s'afficha : NON POTABLE !

Ben chercha dans la multitude des résultats et paramètres, ceux qu'il pouvait reconnaître facilement.
— Val ! On a 4% de sodium… et 3% de sulfate de fer… de l'eau vraiment pourrie !
— Je confirme, on va avoir du mal à en tirer de l'eau potable, répondit Val.
— On fait quoi, Sergent ? demanda Ben.

— J'en sais rien… répondit l'intéressé. Il faudrait aller tester une autre source d'eau. Celle-ci est peut-être dégradée en amont par autre chose…

— OK, Sergent, on repart sur le premier point d'eau ! conclut Marc.

Les deux hommes partirent en trombe vers l'Ouest. Lorsque le drone passa au-dessus d'eux, Hiro intervint :

— STOP ! Reptiles droit devant !

Les deux hommes se figèrent. Devant eux, les herbes hautes bougeaient curieusement dans le sens contraire du vent. Marc tira une rafale devant lui au hasard et recula précipitamment. Ben tira à son tour et, sous la direction d'Hiro, ils se mirent à courir.

— Droit devant, vous avez un court passage.

Autour d'eux, les animaux les avaient rattrapés et couraient en tous sens, la panique était totale. Les prédateurs, très rapides, se regroupèrent et fondirent sur plusieurs pachydermes isolés. Marc se contenta d'abattre les reptiles les plus proches, laissant la meute se nourrir sur les herbivores blessés.

Les soldats continuèrent droit devant. Derrière eux, le carnage battait son plein. En petites foulées, ils continuèrent leur course vers le point d'eau numéro un.

Sur la radio, le sergent les encouragea :

— Sam et Luc sont en route pour vous soutenir au point d'eau. Gardez le rythme et ne trainez pas !

À nouveau, vingt minutes passèrent, les soldats couraient à perdre haleine. Marc, en athlète accompli, ajustait sa foulée sur celle de Ben qui peinait à tenir le rythme.

Marc aperçut du coin de l'œil deux points bleus sur la carte GPS de son avant-bras. Il demanda confirmation sur la radio :

— Luc, Sam, vous nous avez sur vos écrans ?

— Affirmatif, répondit Luc. Venez directement au point d'eau, on a sécurisé la zone.

Les deux hommes s'approchèrent. Ben récupéra de l'eau et l'analysa à nouveau : NON POTABLE !

— Chiasse… grogna Ben, sur le canal radio. Sergent ? Le verdict est le même. Cette eau n'est pas potable, on va devoir la purifier.

— En la mettant à ébullition ? répondit son supérieur.

— Affirmatif. Je ramène l'eau, Sam, Luc et Marc ramèneront du bois.

— OK, mais Marc reste en couverture, conclut le sergent.

Les hommes se mirent immédiatement à la tâche. Ben remplit ses bidons de cette eau souillée, pendant que Luc et Sam récupérèrent des branchages issus d'arbres rabougris gris clair.

Marc, toujours en retrait et en liaison radio avec Hiro, fusil à l'épaule, gardait un œil vigilant sur les environs.

Tous revinrent au pied de la pyramide sans encombre, Ben fut accueilli en héros : ils avaient tous un besoin urgent de cette eau.

Benbera Moussa

Le soldat de seconde classe, Benbera Moussa, plus connu sous le matricule M5-01-2325-2344-ANK-7522, n'avait pas une vision très claire de son avenir. Il intégra l'armée par dépit amoureux, lorsqu'il apprit la mort de la femme qu'il aimait. Souhaitant rompre toute relation avec sa famille, il choisit l'exil. Diplômé des sciences de la vie et de la terre, il rejoignit la Space-Legion en 2344.

L'Afrique, berceau de l'humanité, connut une longue période de troubles durant le vingtième siècle. On exploita outrageusement ses ressources sans jamais lui permettre de pourvoir à son propre développement. La pauvreté, amplifiée par le réchauffement climatique, n'épargna pas ce continent déjà fragilisé par une démographie galopante et une corruption généralisée.

Le soleil brûlait la terre tandis que l'eau s'enfonçait toujours plus profondément dans le sous-sol. D'immenses déserts apparurent, poussant les populations affamées à s'entasser dans des villes déjà surpeuplées.

Indifférents à la tragédie qui se jouait sous leurs yeux, les pays occidentaux se murèrent dans le silence et bloquèrent leurs frontières pour éviter tout déferlement de migrants. Afin de toujours s'assurer l'accès aux matières premières dont ils avaient besoin, les pays riches financèrent divers coups d'État et placèrent, à grands frais, quelques dictateurs acquis à leurs causes. Les multinationales érigèrent des murs et des barbelés afin de se protéger des populations locales spoliées.

L'Afrique sombra peu à peu dans le désordre le plus complet. Face à cet afflux massif de réfugiés, les bidonvilles s'agrandirent pour devenir de véritables métropoles, qui se transformèrent peu à peu en mégalopoles. La pauvreté endémique aidant, chaque ethnie se regroupa et tenta de survivre dans ce chaos généralisé.

Les politiques avaient prouvé leurs incapacités à régler les problèmes, ils n'avaient plus aucune légitimité à gouverner. Alors que le continent s'embrasait de toute part, les religieux se mobilisèrent et réussirent à apaiser les populations désemparées. Le plus simplement du monde, les croyants prirent le pouvoir et imposèrent leurs dogmes millénaires aux nations désespérées. Elles furent accueillies avec soulagement et, il faut bien l'avouer, avec une certaine ferveur.

Le Sud de l'Afrique se plia à l'autorité des « Vrais Chrétiens ». De belles églises furent construites, un nouveau clergé se lança à la conquête de ces populations pourtant sécularisées. Avec force, les laïcs furent dénoncés, pourchassés puis embrigadés. L'obscurantisme s'imposa sans que personne, de peur du désordre, ne s'y oppose vraiment.

Le Nord de l'Afrique se plaça sous domination musulmane. L'Oumma reprit son expansion stoppée au début du moyen âge et finit de fédérer tout le Moyen-Orient, le Maghreb et l'Afrique de l'Ouest. Pourtant, en son sein, l'Oumma portait déjà les fruits de sa propre division à travers deux familles de pensées : les sunnites ultra-majoritaires et les chiites.

Benbera Moussa naquit le 23 juillet 2325, sous le Califat du règne d'Umar VI, au Nouveau Maroc. Fils cadet d'une famille nombreuse, il passa une enfance heureuse entouré des siens. Son père, connu et reconnu comme gardien de l'Islam, pratiquait une religion stricte et autoritaire. La vie était rythmée autour des cinq piliers de l'Islam : la foi, la prière, la charité, le respect et le pèlerinage. Cela ne laissait guère de place à toute autre considération.

Dans ce contexte religieux où toute une nation stoppait ses activités dès que le Muezzin appelait à la prière, la foi tenait un rôle prépondérant. Cinq fois par jour, le pays se recueillait dans un silence respectueux. Les voitures, les bus, les vélos s'arrêtaient et la population s'agenouillait de longues minutes. La loi islamique interdisait aux non-musulmans de sortir dans la rue en pleine prière, ils devaient attendre la fin du recueillement pour reprendre leurs activités. La femme restait la propriété de son mari, sans droit autre que celui de porter des enfants.

Cette société aux interdits nombreux et contraignants s'organisait en suivant scrupuleusement les préceptes inscrits dans la « Charia », recueil de textes qui évoluait chaque jour à la faveur des lubies des nombreux Imams.

Benbera grandit bien à l'abri du tumulte de ce monde, dans ce cocon familial favorisé et dominé par un père intransigeant.

Élève moyen, il réussit pourtant ses études avec brio et, comme il se doit, commença sa vie d'homme par la découverte du monde des filles.

Dans cette société cadenassée, verrouillée par des codes et des coutumes strictes, la moindre initiative pouvait être perçue comme contraire aux bonnes mœurs et sévèrement châtiée. Benbera, malgré ses précautions, n'échappa pas à la vindicte paternelle omnisciente.

Lassé d'être continuellement battu, il finit par accepter de rencontrer les jeunes filles jugées « acceptables » par sa famille.

Sans réelle conviction, il fleurta avec certaines, s'amusa avec d'autres et finit par jeter son dévolu sur une lointaine cousine… Pourtant, au détour d'une rue, il croisa le regard de celle qui peuplerait ses rêves le reste de sa vie.

Cette jeune femme, d'origine modeste, n'aurait jamais dû se trouver dans cette partie de la ville. Braver cet interdit pour une chiite et pénétrer dans le quartier sunnite de la ville était puni de dix coups de fouet et pouvait entraîner de sévères représailles pour toute sa famille.

Mais Nadia assumait ce risque et, munie de faux papiers, elle venait deux fois par semaine suivre en secret les enseignements d'un professeur en médecine de renom.

Benbera n'imaginait rien de tout cela. S'il l'avait su, il aurait immédiatement réprimé ses ardeurs. Une chiite… des faux papiers… étudiante en science… tout cela n'augurait rien de bon. Mais cette jeune femme dégageait une telle sensualité qu'il ne pouvait se résoudre à l'oublier.

Alors que, comme chaque mardi, il épiait la jeune femme qui se faufilait dans une ruelle étroite, deux hommes l'arrêtèrent. Les soldats ne se laissèrent pas duper par les faux papiers, ni même par les suppliques de la jeune femme. Benbera décida d'intervenir.
— Mais que fais-tu encore ici ! Nous te cherchons depuis une

demi-heure ! hurla-t-il en saisissant la main de la jeune femme.

Se tournant vers les gardes, il ajouta :
— Merci, messieurs, d'avoir retrouvé ma sotte de cousine, mon père vous en sera très reconnaissant !

Avant que les soldats ne réagissent, ils s'étaient éclipsés dans une ruelle sombre et étroite. Les gardes avaient reconnu Benbera et surtout, connaissaient bien son père. Chercher querelle à un gardien de l'Islam n'était jamais bon. Ils tournèrent les talons et oublièrent l'incident.

Comme des adolescents espiègles, les deux jeunes gens s'enfuirent en courant. Ils se perdirent dans la haute ville et ses jardins. Nadia découvrit, émerveillée, des splendeurs insoupçonnées et passa l'après-midi auprès de ce jeune homme aussi énigmatique que téméraire.

Ils se quittèrent à la nuit venue, avant que le couvre-feu ne bloque les accès aux quartiers chiites, avec la promesse de se revoir le lendemain.

Benbera ne comprit pas immédiatement qu'il se mettait dans une situation inextricable. Le délice de cette après-midi inoubliable emporta tous les doutes et toutes craintes, pourtant légitimes.

Leur relation se poursuivit sur plusieurs mois et ne fit que se renforcer. Désormais éperdument amoureux, il ouvrit son cœur à sa grand-mère. Il comprit à son regard, terne et courroucé, l'ampleur de la déception qu'avaient suscitée ses propos.

La vieille femme l'aurait volontiers giflé si ses rhumatismes le lui avaient permis. Elle se contenta de cracher au sol et le congédia.

Benbera comprit que son sort était tranché : son père allait le tuer ! Du moins, il allait lui couper la tête, lui arracher les membres, lui ouvrir le ventre et, s'il restait quoi que ce soit de vivant en lui, il le piétinerait…

Il se prépara donc à l'exil, mais avant de s'enfuir, passa embrasser sa mère. La pauvre femme ne comprit pas un traître mot de son discours hésitant et ambigu. Entre une soudaine vocation d'humanitaire, mêlée à une envie indescriptible de découvrir de nouveaux pays et un désir secret d'aventure, il tenta d'expliquer à sa mère sa volonté soudaine de quitter la famille.

Il informa Nadia de l'urgence de la situation par message holographique et en quelques heures, il vida ses comptes en banque et regroupa ses maigres affaires.

En se présentant au poste de garde de son district, son passeport déclencha une alarme. Il fut aussitôt arrêté et, sans aucune explication, directement emprisonné.

Benbera comprit qu'on ne le laisserait pas si facilement déroger aux règles familiales et il eut tout le temps pour méditer sur ce constat.

Deux jours plus tard, Tarik, son frère aîné, se présenta au poste de police. Il signa divers papiers et obtient sa libération. Sans un mot, les deux frères retournèrent à la maison familiale où un comité d'accueil l'attendait.

En plus de sa propre famille au complet, tantes et neveux inclus, la famille de Nadia était présente. Visiblement terrifiée, elle attendait son arrivé. Le sort de cette famille chiite allait se jouer sous ses yeux.

Benbera s'inclina longuement devant son père, puis sa mère et son frère aîné.

— J'implore votre clémence à tous, je me suis comporté comme un idiot. Pitié, oublions ma folie et reprenons le cours de nos vies, supplia-t-il.

Toute l'assistance fut sensible à cette entrée en matière, sauf son père. Le vieil homme se redressa et, d'une voix calme, récita plusieurs versets du Coran en arabe. Chaque tirade rappelait les devoirs d'un fils envers son père. Le vieil homme finit par tirer un long couteau de sa ceinture et lentement, devant tous, s'infligea une profonde coupure sur l'avant-bras.

Sa mère, ses sœurs et ses tantes pleurèrent en silence. L'affront devait être lavé dans le sang, alors le sang coula. L'homme, visiblement affaibli par sa blessure, tituba et s'assit sur son fauteuil de patriarche. À nouveau, il récita diverses sourates du Coran, puis dévisagea son fils.

— Ainsi, toi, la chair de ma chair, tu pensais que tes décisions ne m'affecteraient pas ?

— J'implore ton pardon, père. Aie pitié de nous, ne t'inflige pas les douleurs que je mérite, ajouta Benbera en désignant le reste de la famille.

— Mon fils, tu vas, devant nous tous réunis, répudier cette femme ! Et si j'estime que tu es suffisamment sincère, peut-être que je la laisserai vivre, elle, ainsi que toute sa famille.

Benbera sentit la colère monter en lui, il soutint le regard noir de son père et répondit :

— Ta décision est déjà prise… Ni moi ni personne ne sera en mesure d'apaiser ta colère. Mais je te supplie de m'écouter. Si Nadia meurt, tu me perdras à tout jamais !

Le jeune homme fut conduit sous bonne escorte dans sa

chambre, puis enfermé. Le soir venu, Nadia fut empoisonnée et s'éteignit lentement dans son sommeil. Son père et son frère reçurent vingt coups de bâton et durent quitter la ville avec toute leur famille.

Benbera resta prisonnier plus d'un mois dans sa chambre, sans aucun contact extérieur. Seul un Imam le surveillait et notait le nombre de prières qu'il faisait par jour. Les serviteurs qui le nourrissaient n'avaient pas le droit de lui parler. Puis on l'autorisa à faire quelques pas dans le jardin. Sous bonne garde, il put nager dans le bassin entourant le verger et faire de l'exercice. À force de le voir déambuler comme une âme en peine, son gardien eut pitié de lui et, peu à peu, adoucit sa détention. Et au hasard d'une porte restée ouverte, il réussit à s'enfuir.

Deux mois s'étaient écoulés, mais son histoire restait présente dans toutes les mémoires. Caché chez des amis étudiants, il apprit la sinistre vérité et le destin tragique de la femme qu'il aimait.

Désespéré, il se rendit dans le centre de recrutement militaire et s'engagea pour cinq années dans les forces armées terriennes.

Son père fut informé rapidement de la décision de son fils. Malgré son influence, il n'était pas en mesure d'intervenir et de casser un engagement volontaire dans la Space-Legion. Son fils tint sa promesse. Il ne le revit plus jamais !

Hiro, Naha et Val assistèrent Ben dans la mise en place de la distillerie. Le sergent prit Marc à part.

— Bien joué pour les reptiles, t'en penses quoi de ces bestioles ?

— Un mix entre le raptor et la girafe... Mais bon, on est trop petits pour les intéresser vraiment.

— La vache ! On va limiter au maximum les déplacements, je ne veux prendre aucun risque inutile, car comme on doit faire du feu, ça va attirer l'attention. Tu te places en embuscade et dès qu'un animal passe, tu le butes ! Qu'on vérifie s'il est bouffable ou non.

— Bien, Sergent.

— Luc et Fred, vous reprenez vos positions de sécurisation, gardez les yeux bien ouverts, je ne veux pas être surpris si des animaux approchent.

— OK, Sergent, répondirent les deux soldats.

Les trois militaires partirent se mettre en position. Autour de Ben, chacun réfléchissait à la meilleure façon de tirer l'eau pure de la mixture grisâtre rapportée.

— Noé !

— Oui, Sergent, répondit le soldat.

— Tu montes au sommet de la pyramide et, cette fois, je veux que tu restes en embuscade. Dès qu'elle s'ouvre, tu places ta caméra au bout d'un câble et tu la balances dans le trou.

— OK, Sergent.

Noé se prépara en silence. Cette mystérieuse pyramide devait livrer ses secrets, survivre dans son sillage n'avait pas de sens ! Il accrocha son fusil sur son dos et attacha son casque à sa ceinture : il devait être prudent.

Tous étaient affairés à des tâches diverses. La pyramide, c'était son job !

D'après son décompte, il avait encore quelques heures devant lui avant que le sommet ne s'ouvre. C'était largement suffisant pour y parvenir.

Noé se lança dans l'ascension, aidé de ses deux couteaux. Il grimpa facilement et, en moins de vingt minutes, parvint au sommet de l'édifice. Il filma l'horizon en décrivant un cercle sur lui-même. Il envoya la vidéo au sergent et la sauvegarda dans son journal de bord. Il dominait le paysage sauvage et indompté de cette planète, ce sentiment de puissance en était presque grisant.

Avec attention, il examina la paroi du haut de la pyramide. Comment trouver la marque qui révélerait la limite de son sommet escamotable ?

Il passa ainsi le reste de la journée à étudier chaque centimètre carré des pierres finement ajustées, mais ne put déceler aucun indice. Il finit par s'avouer vaincu.

Le visionnage des images archivées sur l'ouverture du sommet lui permit d'estimer la hauteur à prendre en compte. Il plaça deux mousquetons dans la pierre et se harnacha solidement avec le câble ventral de sa combinaison. Ainsi attaché, il improvisa un bivouac sur la pente. Il était bien décidé à obtenir des réponses à ses questions : comment obliger cette pyramide à les ramener chez eux ?

Au loin, Ben, accompagné de Sam, repartait au point d'eau refaire le plein. Hiro et Val se chargeaient du bois. Naha et le sergent s'occupaient du feu.

Lentement, le soleil déclina. Ils venaient tous de passer dix-huit heures sur cette planète sans dormir et la fatigue commençait à se faire sentir. Le sergent intervint sur le canal radio :

— Noé ! On en est où là-haut ? Toujours pas de sphère ?

— Négatif, Sergent…

— Chiasse, on s'est mal démerdés ! Il faut dormir quelques heures avant l'arrivée des sphères, sinon…

— Sergent ! le coupa brusquement Marc. Y a un truc bizarre, vous devriez venir voir.

Le sergent courut rejoindre le soldat, sur un emplacement un peu plus élevé au nord. Arrivé à sa hauteur, il ne remarqua rien de particulier et s'emporta.

— Il se passe quoi, Soldat ?

— Les animaux semblent nerveux, par groupe de deux, trois, ils quittent la plaine et se regroupent dans les grottes à l'est ou, carrément, ils s'enterrent ! Y a un truc louche qui se prépare !

— Des prédateurs nocturnes ?

— Sûrement, et ils peuvent surgir de n'importe où, répondit l'éclaireur.

— Hiro ! demanda le sergent.

— Oui, Chef.

— Place le drone sur notre zone et active ses capteurs thermiques. On doit se tenir prêts à une attaque de grosse envergure !

Tous restèrent sur leur garde, mais aucun carnassier ne se manifesta. Ce furent plutôt des centaines de petits insectes fluorescents qui s'élevèrent des points d'eau et voltigèrent en tous sens.

Ce ballet lumineux, bleu, rouge, jaune, émerveilla les soldats. Noé en profita pour immortaliser la scène avec sa caméra et chacun se détendit.

— On va rester sur nos gardes et faire attention aux bestioles à sang froid. Placez des détecteurs de mouvement autour du camp.

Cette solution sécurisa les soldats qui, la fatigue aidant, se détendirent. Le sergent, accompagné de Hiro, en profita pour relever Luc et Fred qui partirent aussitôt se coucher.

Ben, toujours près du feu, continuait à distiller l'eau. Lorsqu'il posa une nouvelle bûche dans les flammes, il ne remarqua pas qu'autour de lui virevoltaient déjà quelques petits insectes. Ce foyer lumineux, dans la nuit tombante, fut perçu comme un phare. Attirées comme des aimants, les mouches et autres lucioles se rapprochèrent lentement.

Ben ressentit une petite piqure à la naissance du cou, derrière la tête. Machinalement, il balaya le moustique et reprit sa tâche. Quelques secondes passèrent, puis Val intervint sur le canal radio :

— Ben ? Ça va ?

— RAS, Val, répondit l'intéressé sans même arrêter d'alimenter le feu devant lui.

— Je ne crois pas, non ! Ta température vient de passer à 39° ! Quoi que tu fasses, tu arrêtes immédiatement et tu t'éloignes du feu.

Ben se redressa et sentit aussitôt comme des fourmillements dans ses jambes. Il recula de trois pas et posa un genou au sol. Essoufflé, il fut pris de vertige.

— Putain… Val ! J'me sens pas bien, je viens d'être piqué par une bestiole !

— À tous ! Remettez vos casques et pressurisez vos combinaisons ! Immédiatement ! hurla le sergent.

Tous obéirent, même Noé perché en haut de la pyramide remit son casque et referma sa combinaison. Alors que Ben s'effondrait au sol, tous accouraient dans sa direction pour lui venir en aide. Val pianota rapidement sur la console de commande du soldat et réussit à stabiliser sa température à 40°. Le venin qui l'agressait semblait inconnu et donc, sans remède…

Le cœur de Ben cessa de battre un court instant, Val injecta dans le corps du soldat la fameuse potion de survie et, à l'aide des électrodes placées dans son équipement, elle réanima le pauvre homme. Ben sombra à nouveau quelques instants plus tard.

Val démarra aussitôt un massage cardiaque énergique, mais ses efforts restèrent vains…

Ils étaient tous médusés : à nouveau, un des leurs mourait à leurs pieds.

Val insista et injecta dans le corps inerte tout un tas de produits, mais cela resta sans effet. Ben était bel et bien mort…

— C'est pas vrai ! marmonna Val en reprenant le massage cardiaque.

— Ben, putain ! Accroche-toi ! ajouta le sergent.

Malgré ses efforts, Val ne put le réanimer. Tous constatèrent la mort de leur camarade suite à une banale piqûre d'une espèce de moustique. La rage se lisait sur les visages…

— Heure du décès, Val ? demanda le sergent sur le canal radio.

— Dimanche 26 mars 2350 à 1.27 HT, répondit la jeune femme.

Un silence pesant s'éternisa sur les ondes de la radio, puis le sergent reprit la parole :

— Sam, éteins le feu, on reprendra ça quand il fera jour.

— Bien, Sergent.

Le soldat obéit et, lentement, les insectes repartirent d'où ils étaient venus.

Le corps de Ben fut transporté près de la tombe de Paul, où il fut enterré à son tour. Tous lui rendirent hommage et se recueillirent plusieurs minutes. Ben avait toujours été un compagnon enjoué et agréable. Sa perte réduisait drastiquement leur nombre et les privait de toutes ses compétences. Le sergent finit par s'approcher de Sam.

— Tu prends sa console et son équipement. Tu te chargeras des études terrain dorénavant.

— Bien, Sergent, répondit le soldat dans un souffle.

— Noé ? demanda l'officier sur le canal radio.

— Oui, Sergent.

— Il faut entrer dans cette putain de pyramide, Soldat ! Ou on va tous y passer…

— Compris, Sergent.

La nuit noire tomba sur le camp. Les tours de garde et de sommeil s'échelonnèrent jusqu'au frémissement de la Pyramide. Aussitôt, ils furent tous sur leurs gardes.

Noé, qui somnolait à moitié s'éveilla aussitôt.

— Noé ! En position ! hurla le sergent dans la radio.

— Je suis sur le coup, Sergent.

En bas, c'était l'effervescence. Tous se précipitaient autour d'Hiro et la console de commande du drone qui filmait Noé en temps réel.

Noé se plaqua contre la paroi et s'accrocha au câble qui lui servait de prise afin de bien stabiliser sa position. Lentement, la paroi bougeait et, avec elle, il glissait vers le bas.

La descente dura quelques minutes, puis il se stabilisa. Tout était silencieux, même le vent semblait retenir son souffle.

Estimant que l'ouverture avait eu lieu, Noé contacta le sergent :

— Sergent, que dit le drone ? Ça se passe comment, au-dessus ?

— Le sommet est bien ouvert. D'après les images, t'es juste à vingt mètres en dessous. Les sphères ne vont pas tarder à être expulsées. Fais gaffe, il va y en avoir beaucoup !

— OK, j'attends qu'elles soient toutes sorties.

— Ne prends pas de risques inconsidérés, Soldat !

Tel un volcan, le sommet de la pyramide cracha des millions, peut-être même des milliards de bulles lumineuses. Cela dura plusieurs heures, puis le flot se tarit.

Grâce aux images du drone, le sergent avait une bonne vision de la situation.

— Noé, GO ! Tu as quelques heures devant toi, donc fais gaffe !

— Compris, Sergent, répondit le soldat.

Noé s'arcbouta sur ses cuisses et se retourna. Puis, à l'aide de ses couteaux, il entama l'ascension. En quelques minutes, il parvint à la limite du sommet, la pyramide semblait comme écrêtée. À sa grande surprise, ce n'était pas une ouverture qu'il contemplait, mais une sorte de dalle opaque où se reflétaient le ciel et les nuages. Il vérifia avec sa main que la surface était bien solide. Comme il s'en doutait, la lame de son couteau ne réussit pas à entamer cette matière qui semblait aussi dure que du diamant.

Il brancha sa caméra et transmit les images à l'équipe restée au sol.

— D'où tu es, t'en penses quoi, Noé ? demanda le Sergent.

— C'est dur et lisse. Y a pas d'ouverture… pas de passage… c'est impénétrable, comme du diamant !

— Attends que les sphères arrivent, ça va peut-être ouvrir un truc ? intervint Hiro.

— J'y crois pas trop… mais on verra bien, conclut Noé.

Tous restèrent silencieux, puis une sphère réapparut. Noé, toujours accroché à la paroi de la pyramide, assista à ce spectacle prodigieux et constata, désabusé, que la sphère passait à travers la dalle et qu'aucune ouverture n'était apparue.

— Aucune ouverture, Sergent… Les sphères passent à travers cette matière comme si elle n'existait pas.

— Putain de merde ! grogna l'officier. Reste sur place, ça va peut-être évoluer…

Pendant plusieurs heures, les sphères revinrent par petits groupes et étaient directement avalées par la dalle qui fermait le sommet de la pyramide. À plusieurs reprises, Noé vérifia, mais le passage restait désespérément fermé. Puis il décida de prendre quelques risques et posa un pied sur la surface plane. Le sergent suivait l'opération à travers les images transmises par Noé et par le drone resté en retrait.

— Tu fais quoi, Noé ?

— Je vais tenter de toucher des sphères et me rendre compte de leur matière. Je vais aussi essayer de mettre la main quand elles traversent la dalle… Tenter des trucs…

— T'es dingue ! Ben vient de mourir… Tu veux qu'on t'enterre à côté de lui ?

— Mais faut bien essayer d'entrer, sinon on y passera tous !

— C'est ta peau que tu risques… Fais pas le con ! Et reste bien attaché à ton câble.

Noé finit par se mettre debout sur la dalle et contempla les sphères qui passaient sans problème la surface à ses pieds. Lentement, il s'approcha d'une sphère et avança sa main.

Lorsqu'il en toucha une, le contact fut d'une rare violence et le choc terrassa le soldat.

Il fut projeté en l'air par une décharge d'électricité fulgurante qui éteignit son armure et lui fit perdre connaissance. Il retomba, inerte, suspendu à son câble de sécurité contre la paroi de la pyramide.

Ses compagnons se précipitèrent aussitôt pour le secourir. Les morts de Paul et Ben restaient dans toutes les mémoires, il était hors de question de perdre Noé. Il fut ramené au sol en toute urgence.

Val lui injecta une dose d'adrénaline et tenta de le réveiller. Malgré ce premier soin, le soldat resta dans le coma. La jeune femme ne perdait pas confiance, ses paramètres vitaux étaient conformes et il ne semblait souffrir d'aucune lésion.

Fred repéra de nombreux dysfonctionnements dans la combinaison de Noé, mais malgré ses efforts, elle restait désespérément éteinte. Plus aucune liaison n'était possible avec son ordinateur de bord. Il tenta de changer divers fusibles, mais les dégâts se révélèrent trop importants. Elle était bel et bien grillée !

Il débrancha le disque dur et transféra tout le journal de bord dans celui de Naha et du sergent.

Noé resta ainsi près de six HT inconscient, puis lentement, il refit surface. Le sergent, toujours à ses côtés, s'inquiéta de son état :

— Alors, Soldat, comment tu t'sens ?

— J'ai mal partout, comme si j'étais passé sous un camion… mais ça a l'air d'aller.

— T'as foutu quoi là-haut, bordel ?

— J'ai essayé de toucher une sphère… Bah mauvaise idée ! Je

vous le déconseille.

Constatant qu'il était torse nu, il s'inquiéta :
— Putain ! Mon armure ?
— Elle est cuite…, répondit Fred toujours en train de tenter de la réactiver.
— Y a celle de Ben, pas de panique, intervint le sergent. Faudra la bidouiller, on a encore un peu de temps avant le prochain saut.
— Combien ? s'inquiéta Noé.
— Dans les dix HT, peut-être plus…, ajouta Naha.
— Hiro ! Tu récupères la sonde et le drone. Je veux une vérification du matériel et que tu recharges les batteries, ordonna le sergent.
— À vos ordres, Sergent, répondit le soldat.

La combinaison de Noé s'avéra impossible à remettre en état, la plupart des circuits avaient fondu. Elle fut minutieusement démontée, puis Fred récupéra ce dont il avait besoin pour l'intégrer à l'armure de Ben. Le temps pressait, mais ce travail délicat devait être fait avec précision.
À mesure que les sphères revenaient, la tension montait. Fred s'avéra à la hauteur de sa réputation et Noé put réintégrer une armure en parfait état de marche. Tous avaient pu dormir plusieurs heures, ils étaient désormais en pleine forme.

Le soleil finit par se lever et, avec lui, les animaux reprirent possession des lieux. Les sphères lumineuses se faisaient de plus en plus rares et chacun appréhendait le prochain saut, surtout Noé.
La fin du compte à rebours approchait, le sergent informa tout le monde :
— On rassemble le matériel, on range la sonde et le drone. Chacun connait son rôle, on se prépare, car on ne sait pas où on

va atterrir !

Une petite bulle lumineuse fut absorbée, puis le sommet de la pyramide se referma. Peu de temps après, le temps parut à nouveau ralentir. Les combinaisons s'éteignirent et ils furent comme aspirés. Tous ressentirent une puissante accélération, puis une décélération au moins aussi importante.

Tous les visages étaient rivés sur Noé... Son armure allait-elle tenir le coup ?

Chapitre 4

SEASHORE

La pyramide réapparut sur une immense plage, au bord d'une mer calme et limpide. Le soleil éclatant obligea les casques à activer deux niveaux de filtre. Le sergent se redressa et, en déclenchant son chrono, aboya ses ordres :

— Noé ! Ça va ?

— RAS, Sergent, répondit le soldat.

— Comme d'hab', Marc, Luc, sécurisation du périmètre avec les multi-ions ! Val, analyse de l'air ! Hiro, lancement de la sonde et du drone. Les autres, formez un cercle de protection autour de nous.

Dans le ciel, une gigantesque planète rouge et son anneau d'astéroïdes occupaient plus de la moitié de l'horizon. L'attraction que générait cette énorme gazeuse rendait la pesanteur de leur planète écrasante. Le petit soleil de ce système, assez proche, offrait une température plutôt élevée et un éclairage assez aveuglant.

L'air s'avéra si pauvre en oxygène qu'ouvrir les casques n'était pas envisageable. Ils pourraient tout de même l'extraire de l'atmosphère et le conserver. De toute façon, après les circonstances de la mort de Ben, plus personne n'aurait ouvert son casque.

Le drone leur apprit qu'ils se trouvaient sur une petite île quasi-déserte au milieu d'un vaste océan. Très peu de végétation et une faune terrestre quasi-inexistante. Aucun oiseau ne peuplait les cieux. La vie sur cette planète, si elle existait bien, devait se trouver dans l'eau.

La sonde, quant à elle, leur révéla une galaxie assez classique. Deux planètes telluriques éloignées du soleil et trois géantes gazeuses, dont une très proche de leur monde. Comme d'habitude, cette galaxie ne figurait pas dans la mémoire de la sonde. Aucune activité radio ne parvenait de ces mondes. La sonde se tourna alors vers leur planète et diffusa des images surprenantes. Autour d'eux, une myriade de petites îles, aussi désertiques les unes que les autres et au large... une gigantesque vague qui se dirigeait droit sur eux.

Aussitôt, les soldats s'interrogèrent sur cet étrange phénomène.
— Putain ! C'est quoi ça ? hurla le sergent.
— La vache... Une vague énorme rapplique par le nord ! répondit Hiro.
— À quelle vitesse ? Elle est sur nous dans combien de temps ? demanda Noé.
— Faut calculer, mais elle est encore super loin et elle n'avance pas trop vite. Il se peut même qu'elle passe à côté ou retombe d'elle-même, se hasarda Hiro.
— Arrête de rêver, Soldat ! trancha le sergent. J'ai besoin de certitude et vite !

Chacun se concentra sur sa tâche. Naha et Noé relevèrent toutes les informations émises par la sonde et le drone, puis se lancèrent dans divers calculs. Sam, sous la protection de Marc, prit la trousse d'analyse terrain et s'éloigna pour faire des prélèvements de gros grains de sable bleuté et d'eau. Hiro utilisa le drone pour créer une carte 3D virtuelle des alentours et la téléchargea sur les équipements de ses compagnons. Fred lança divers diagnostics des équipements, cherchant à définir si la fiabilité des armures ne serait pas mise en défaut sous l'eau salée.

Le sergent profita de ce calme relatif pour faire le point : comment pénétrer dans cette satanée pyramide ? Diverses possibilités lui traversèrent la tête, comme creuser un trou sur le côté, mais aucune ne lui paraissait digne d'être mise en œuvre. Il devait pourtant trouver une solution et vite !

Naha finit par faire son rapport :
— Donc, planète tellurique, recouverte à 99% d'eau.
— Salée, ajouta Sam.
— Planète de petite taille, poursuivit Naha, rayon : trois mille kilomètres, comme Mars. Dans une galaxie inconnue. Cette planète tourne très lentement, 30 HT de jour. La nuit tombera dans à peu près 10 HT.
— Si on reste sur les données d'Alpha, une planète plutôt vide. On a 17 HT devant nous avant l'apparition des sphères, puis 9 HT avant le retour de la dernière : soit 26 HT à rester sur cette planète.
— Concernant la vague, poursuivit Noé, elle est à 2 500 kilomètres. Elle avance assez lentement à 50 km/h et sera sur nous dans, à peu près, 50 heures HT, en fonction du vent. Donc, « théoriquement » on est bon. On sera parti avant qu'elle

n'arrive.

— 50 heures… avec un peu de bol, on sera loin ! Peut-on se fier aux données d'Alpha ? On a vu que Solar et Terra avaient des temps totalement différents.

— Ça va dépendre surtout des fonds marins… Il est possible que la faune et la flore marine soient abondantes… le nombre de sphères expulsées nous en dira plus, conclut Noé.

— Bon… Naha, tu donnes un nom à cette planète et tu fixes la sonde sur la vague. Fais gaffe à ce que rien d'autre n'approche sur notre zone. Pour les autres, on a un peu de temps devant nous. Que chacun vérifie à fond son équipement : armure, armes et paquetage. Au moindre truc louche, appelez Fred, qu'il jette un œil.

— À vos ordres, conclurent-ils tous.

Naha annonça à tous qu'elle baptisait cette planète Seashore. Les heures passèrent lentement, dans ce paysage sobre et épuré, le ressac des vagues se substituait au décompte des secondes. Au loin, un vent chargé d'embruns se leva. La vague se rapprochait, ils avaient l'impression de la sentir. Le sergent finit par rejoindre Noé :

— Comment réussir à entrer dans la pyramide ?

— Aucune idée… je déconseille de tenter de passer avec une sphère. Par contre, je pensais me laisser enfermer lorsque le sommet se verrouillera…

— Quoi !

Le sergent n'en croyait pas ses oreilles.

Tous avaient levé leurs yeux vers Noé. Dans la longue liste des mauvaises idées, celle-là semblait tenir la première place. Naha ne put retenir sa colère :

— T'es barré, Soldat ! On a déjà deux morts, tu postules pour la troisième place ?

Personne n'ajouta un mot. Même Noé semblait regretter ses paroles. Pourtant, ils étaient tous en sursis et ils le savaient très bien. La vague approchait, et cela ne présageait rien de bien bon pour eux.

— Si quelqu'un doit se faire enfermer là-haut, ça sera moi !

— On a besoin de vous, Sergent. Si mon idée ne marche pas et que j'y reste, vous trouverez bien une autre façon de sauver l'escouade, répondit Noé.

— Je ne peux pas te laisser faire cela, conclut le sergent avant de se lever et partir vers la plage.

Chacun reprit son activité là où il l'avait laissée, mais la tension était palpable. Plusieurs heures passèrent puis, lentement, le soleil se coucha.

Le vent avait dissipé les nuages et la nuit révéla une moitié de ciel illuminé d'étoiles. Le peu d'atmosphère de cette planète rendait le firmament impressionnant. Chacun tenta de retrouver des étoiles ou constellations connues, mais comme l'avait annoncé Naha, ce système n'était pas référencé. Peut-être l'un de ces points lumineux était leur soleil, mais ils n'avaient aucun moyen de s'en assurer.

Deux heures passèrent, puis, à l'étonnement de tous, la pyramide vibra. Aussitôt, tous les soldats s'activèrent.

— Hiro ! Place le drone en géostationnaire, rugit le sergent.

Noé nota avec précision la position de la vague, puis compara avec les relevés déjà effectués durant les dernières heures. Il entreprit quelques calculs rapides afin de savoir, avec exactitude, quand le tsunami serait sur eux.

Hiro réinitialisa son chrono afin de mesurer le temps d'éjection des sphères.

Lentement, le sommet de la pyramide s'ouvrit et ces dernières apparurent. Elles furent expulsées et pénétrèrent directement dans l'eau. Quand le flux se tarit, il bloqua son compteur et annonça :

— Moins de huit minutes ! Pour être précis, sept minutes cinquante-trois secondes.

Noé fouilla dans ses notes :

— Huit minutes, c'est carrément plus court qu'Alpha ! C'était à prévoir, la planète est plus petite. On peut théoriquement en déduire que la collecte sera plus courte et plus rapide. J'estime qu'on doit avoir, à peu près, 7 heures HT avant le retour de toutes les sphères et la fermeture du sommet.

— Et la vague ? interrogea le sergent.

— À la vitesse actuelle, et si elle ne change pas de cap, on a 38 heures HT avant qu'elle soit sur nous, répondit Noé.

Un long soupir de soulagement parcourut les soldats. Chacun se détendit de son mieux. Fred acheva sa tâche et fit son rapport au sergent : toutes les armures étaient opérationnelles, même si divers capteurs commençaient à avoir des comportements curieux. Dans le doute, il les avait déconnectés… Mais cela n'augurait rien de bien bon. Le matériel allait, petit à petit, les lâcher.

L'idée de s'enfermer vivant dans le dôme de la pyramide finit par revenir dans la conversation.

— À part Noé, y a d'autres volontaires pour le haut de la pyramide ? demanda le sergent.

Le canal radio resta silencieux.

— Je sais ce que je fais, Sergent. Je suis ingénieur, je suis formé pour trouver des solutions aux situations les plus… insolites, ponctua Noé.

— Putain, c'est pas un jeu, Soldat ! Je ne tiens pas à ajouter ta carcasse à la liste de ceux tombés dans cette mission, s'énerva le sergent.

— Mais moi non plus, je ne tiens pas à crever comme un con dans ce piège à rats. Mais on doit entrer dans la pyramide et je ne vois que ce passage… ou alors on creuse ?

— T'as pas tort.

Puis sur son canal personnel, le sergent ajouta :

— Surtout que Fred est assez pessimiste sur la durée de vie de nos armures dans ces conditions.

— Pffff on est mal, conclut Noé. Y a pas d'autre solution, je dois trouver un moyen d'entrer et négocier avec celui, ou ceux, qui pilotent !

— OK, Noé, reprit le sergent sur le canal radio général. Tu resteras là-haut quand le sommet se refermera.

Aucun autre mot ne fut échangé, mais ils étaient tous reconnaissants que Noé se porte, encore une fois, volontaire. Il était, de loin, le plus compétent d'entre eux pour trouver une solution à leur situation.

À nouveau, plusieurs heures passèrent, puis un vent puissant se leva. Lentement, la vitesse du vent augmenta et une véritable tempête s'imposa. Chacun se rassura en voyant que les rafales partaient vers le large et devaient bien finir par se heurter à la vague géante et donc… la ralentir.

Pourtant, Naha repéra la naissance d'une seconde vague issue de cette dépression et ce nouveau tsunami les menaçait bien plus directement.

— Sergent, une nouvelle vague fonce sur nous !

— Quoi ?

— Elle est moins haute, mais bien plus rapide, elle arrive plein est.

Noé accourut auprès de Naha, consulta les images de la sonde et ses divers relevés : il reprit ses calculs. Le vent autour d'eux ne cessait de se renforcer, le soldat devait en tenir compte « avec un vent pareil, la vague ne va faire qu'accélérer ! »
— Noé ! Putain ! Ça passe ou ça casse ? hurla le sergent.
— Impossible de l'éviter, Sergent ! Je calcule le temps qu'il nous reste avant qu'elle soit sur nous et la hauteur qu'elle aura atteinte lorsqu'elle nous percutera.
— Récupérez tout le matos, on grimpe au sommet de la pyramide ! Vite !

Les soldats attachèrent leurs armes sur leurs dos et activèrent les grappins de leurs bottes. C'était par centaines que les sphères revenaient désormais et cela stressait les soldats qui n'avaient pas besoin de ça. Noé, concentré sur ses calculs, fut sévèrement rappelé à l'ordre par l'officier :
— Noé, ramène tes miches !
— J'ai presque fini, Sergent.
— On s'en fout de tes calculs ! On monte le plus haut possible, juste sous le sommet et on croise les doigts pour que cela soit suffisamment élevé pour ne pas être emportés !

Noé attacha son fusil d'assaut dans son dos et rejoignit ses camarades. La géante gazeuse rouge éclairait la scène de sa luminosité cuivrée.

Haut de près de quatre cents mètres, le monument donnait une vue imprenable sur l'horizon. Tous les horizons ! À leur gauche, au loin, la monstrueuse vague n'était pas encore visible, mais, à leur droite, s'approchait un tsunami qui grossissait à vue d'œil.

Le sergent les tira brusquement de leur contemplation.

— On fixe les attaches dans les jointures des pierres. Faites passer les treuils de vos ceintures plusieurs fois puis testez bien la solidité de vos prises. Naha, Hiro, vous récupérez la sonde et le drone et vous les rangez avec soin. Inutile de vous dire que sans ces machines, nous sommes aveugles.

— On a deux HT devant nous avant l'impact ! hurla Noé, sur le canal général.

Ils s'exécutèrent et, rapidement, un petit bivouac prit forme au sommet de la pyramide.

Au sol, la mer s'était retirée sur plusieurs kilomètres, découvrant une faune et une flore marine de toute beauté. Des algues aux formes et couleurs vives et fluorescentes inattendues se trouvaient entremêlées sur des coraux impressionnants et d'une diversité exceptionnelle. Une multitude de petits crabes à la carapace en pointe et autres crustacés multicolores s'extirpaient du sable avec peine. Ils semblaient furieux d'être ainsi exposés à l'air et couraient en tous sens.

Au loin, le tsunami approchait et le vacarme qu'il engendrait était stupéfiant.

Les minutes passèrent, longues et lentes. Le bruit de tonnerre, engendré par le tsunami désormais tout près, s'intensifiait. Les sphères, quant à elles, réintégraient désormais la pyramide par milliers. Le stress était à son comble.

— Redonne les temps, Noé, demanda le sergent.

— Impact du tsunami dans une HT. Départ de cette planète dans environ 3 HT. Méga vague dans 34 HT. Voilà en gros les ordres de grandeur, répondit Noé.

Chacun garda le silence et vérifia les fixations de son

harnais de sécurité. Au loin, la vague était désormais bien visible. L'attente reprit.

— H-1 HT avant l'impact ! annonça Noé.

Tous les regards étaient fixés sur la montagne d'eau qui se précipitait sur eux.

— H-30 minutes !

Le vent, le bruit, les vibrations devenaient assourdissantes. À l'œil nu, chacun pouvait se rendre compte que la vague les submergerait. Dans un dernier espoir d'instinct de survie, ils s'accrochèrent solidement à la paroi.

« H-10mn », tous attendaient, résignés, le choc… Ils ne furent pas déçus.

La vague les percuta de plein fouet. Elle les submergea de plusieurs mètres et créa une sorte de contre-courant sur la face cachée de la pyramide, celle où ils s'étaient tous réfugiés.

Les remous déstabilisèrent les soldats qui tentaient de se plaquer contre la paroi afin de donner le moins de prise possible à l'aspiration du tsunami.

Rapidement et aussi brutalement qu'elle était montée, la mer se retira pour ne laisser derrière elle qu'une plage immaculée à perte de vue.

Alors qu'au loin se perdait le tsunami qui venait de les recouvrir, le sergent ordonna la vérification des équipements. Les « RAS » fusèrent sur le canal radio. Sous le flot des sphères qui revenaient de leur périple, chacun entreprit la descente vers la plage. Noé resta pourtant à sa place.

— 2 HT avant la fermeture de la pyramide, annonça Noé.

— Reçu, Noé ! répondit le sergent.

Tous les soldats regagnèrent leur place à la base de la pyramide. Une fois au sol, Naha reprit la parole :
— Noé, tu ne peux pas te fier au temps relevé. Une fois à l'intérieur, tu ne pourras plus compter que sur toi-même, car je suis certaine que la radio ne passera pas la paroi !

Le canal radio fut aussitôt surchargé de commentaires des soldats. Chacun voulant apporter ses réflexions au débat. Le sergent ordonna le silence :
— Fermez-la ! Noé, une fois à l'intérieur, tu dois sécuriser ta position. Fixe ton grappin sur une paroi et géolocalise ta position avec ton GPS. Si la dalle s'ouvre sous tes pieds, tu descendras à l'aide de ton treuil. Ne te détache jamais de ton treuil ! Si le sol est trop loin et reste inaccessible, tu remontes et on te récupère à la prochaine ouverture. Bien compris ?
— Affirmatif, Sergent.
— Pour ce premier essai, poursuivit Naha, ne joue pas au héros ! Le temps d'ouverture minimum constaté fut pour Solar et ses six sphères, donc, moins de deux HT. Tu ne dois prendre qu'une heure pour faire le tour de l'intérieur, puis tu remontes au sommet et tu attends la réouverture ! Compris, Soldat ?
— Oui, Caporale, répondit Noé.

La tension se sentait dans les échanges, Val ajouta :
— Avant de te lancer dans l'inconnu, tu dois analyser tout ton environnement et tu enregistres tout !
— OK.
— Quoi que tu rencontres là-dedans, sois prudent et négocie finement… On compte sur toi, ajouta le sergent.
— Vous pouvez compter sur moi, Sergent, conclut le soldat.

Noé remonta le long de la pyramide, se plaça sur la dalle opaque du sommet et attendit. Une énième sphère s'engouffra et cela actionna une sorte de mécanisme qui fit remonter les parois. Le soldat se redressa et arma son harpon :

— Si vous repartez sur terre et que moi je reste prisonnier de cette pyramide, je veux un enterrement de maréchal !

Personne ne rit, et pour cause… alors que le sommet se refermait, Noé ajouta en criant :

— Putain de merde ! La paroi interne est plus dure que du diamant, je n'arrive pas à la percer pour fixer mon attache…

Les soldats restèrent médusés. Noé était désormais prisonnier. Si la dalle s'ouvrait, il tomberait dans le vide et s'écraserait plusieurs centaines de mètres plus bas. Naha tenta d'entrer en contact avec Noé.

— Noé ? Je fais un balayage sur toutes les fréquences, si tu me reçois, confirme. Même en morse, je reste à l'écoute !

Mais elle n'eut aucune réponse…

Lorsque la pyramide vibra à nouveau, tous se rassemblèrent contre la paroi. Ce saut dans l'inconnu n'était plus leur unique souci.

Comme ils y étaient désormais habitués, le temps ralentit. Les casques et combinaisons s'éteignirent et ils furent comme aspirés. La puissante accélération fit place à la décélération, puis ils apparurent ailleurs…

Chapitre 5

STONEMIST

La pyramide se matérialisa au milieu d'une brume poussiéreuse et blanchâtre, sous un ciel vert de gris. Tous les soldats s'envolèrent légèrement de quelques centimètres du sol avant que leurs armures ne compensent le peu de gravité de ce nouveau monde. Le sergent activa aussitôt son chronomètre.

Trois soleils lointains éclairaient de leurs faibles rayons l'horizon. Le froid soudain givra l'humidité encore présente autour d'eux. Les équipements furent mis à rude épreuve pour préserver les hommes de la morsure du gel. Les batteries vacillèrent et montrèrent d'inquiétants signes de faiblesse.

Fred, sur le qui-vive, intervint rapidement sur la combinaison d'Hiro, qui semblait être en mauvaise posture. Il brancha sa propre batterie en parallèle et éteignit toutes les fonctions non vitales.

La situation se stabilisa, aucune alarme n'avait retenti. Ils étaient rassurés, mais pour combien de temps encore ?

L'horizon semblait incertain, la brume tourbillonnait en tous sens. Dans le ciel, des astéroïdes plus ou moins gros virevoltaient et formaient un anneau tout autour de la planète. Les soldats se secouèrent et brisèrent la glace qui s'était figée sur leurs membres et leur torse. Chacun connaissait son rôle et s'y attela sans attendre. La sonde fut envoyée, mais le drone ne décolla pas.

Naha tenta, sans trop d'espoir, d'entrer en contact avec Noé. Mais les canaux radio restèrent désespérément silencieux.

Sam, chargé de l'analyse terrain, prévint tout le monde :
— Les gars, cette planète n'en est pas vraiment une ! C'est une petite gazeuse, sans surface stable, sans atmosphère ni gravité, restez accrochés aux parois de la pyramide ! Ou vous allez dériver dans l'espace le reste de votre vie.
— Je confirme, Sam, pas d'atmosphère, ajouta Naha.
— Je m'occupe de la sonde, car sans atmosphère, les drones ne servent à rien, annonça Hiro.

Lentement, la troupe se mit en mouvement. Toujours en apesanteur, ils passèrent l'un après l'autre dans l'ombre de la pyramide. Naha tenta d'entrer en contact avec Noé.
— Noé ? Ici, Naha. On n'a pas bien compris ton dernier message. T'en es où, exactement ?

La jeune femme attendit un éventuel retour, mais le canal radio resta muet. Elle décida de poursuivre :
— Noé, ici tout va bien. On gère la survie et on compte sur toi pour nous sortir du pétrin. Cette planète est pourrie, y aura très peu de sphères. Ne t'éloigne pas trop.

La sonde finit par faire son rapport. Comme à son habitude, elle noya les soldats d'informations. Sans Noé pour les trier et les analyser, Naha les stocka sur son propre disque dur et récupéra l'appareil.
— Attention, un curieux soleil va se lever, ajouta Naha. Il faut

activer d'urgence l'ensemble des filtres de vos casques, car cet astre violet est foutrement proche. Il va nous bombarder de rayons gamma…Si on veut survivre, il faut se mettre à l'ombre de la pyramide et suivre son déplacement.

— Naha, donne un nom à ce misérable caillou et sauvegarde les données, dit le sergent.

— Stonemist ? Vous en pensez quoi ? répondit la jeune femme.

— Ca fera bien l'affaire, lui confirma l'officier.

— Je parie qu'il n'y aura qu'une seule sphère à sortir du haut, lança Luc.

— Moi, je me lance pour deux ! surenchérit Marc.

— Fermez-la, bande de cons ! Espérons que Noé est toujours vivant là-dedans et qu'il pourra s'extirper de ce merdier ! s'énerva le sergent. Car je sens qu'on ne va pas rester longtemps ici. Je vais me positionner là-haut.

Luc contacta Marc sur son canal privé.

— Dix crédits qu'il n'y en a qu'une ?

— Tenu ! répondit l'intéressé.

La pyramide et son environnement immédiat de sable semblaient flotter dans un épais nuage grisâtre qui délimitait la surface de ce monde instable. Le sergent se rapprocha assez lentement du sommet et se positionna au niveau des prises qu'avait laissées le soldat sur Seashore.

Quand une alarme retentit. Les batteries de la combinaison de Sam commençaient, elles aussi, à faiblir. Une nouvelle fois, Fred les allégea en connectant ses propres batteries en parallèle, mais cette solution ne pouvait durer bien longtemps.

Deux heures passèrent, puis la pyramide vibra. Aussitôt, le sergent adressa une prière muette à la bonne fortune qui, depuis le début de leur aventure, leur avait cruellement fait défaut.

Le sommet finit par s'ouvrir, mais se révéla désespérément vide… Noé avait disparu !
— Noé ? hurla Naha sur le canal radio général.
— Putain de merde… Il n'est pas là, répondit simplement le sergent.

La colère submergea l'officier qui, d'un poing rageur, frappa la surface fermant l'accès à la pyramide. Il s'en voulait terriblement. C'était son rôle, celui du chef, d'entrer dans la pyramide et certainement pas à ce « bleu » de Noé. Lui, il aurait trouvé une solution pour s'en tirer !
Il chercha le moindre indice de la survie de son soldat, mais n'en trouva aucun.

Comme Luc l'avait prédit, une seule sphère apparut. Elle fila vers le nord et disparut dans le brouillard. Marc transféra la somme due sur la combinaison de l'intéressé, en râlant.

Moins de trente minutes plus tard, Hiro s'adressa à son supérieur :
— Sergent ! La sphère est de retour, vous devez immédiatement quitter le haut de la pyramide !
Un court instant, le sergent pensa rester sur place et se laisser enfermer dans le dôme de la pyramide, mais la voix impérieuse de Naha le ramena à la raison :
— Sergent ! Mettez-vous en sécurité !

En quelques sauts, il retrouva ses hommes. Il assista, impuissant à la réintégration de la sphère et à la fermeture du sommet de la pyramide. Il enrageait !

Presque aussitôt, la pyramide vibra. Tous se collèrent à la paroi du monument et se volatilisèrent.

La Pyramide (1)

Noé réalisa lors de la fermeture du sommet de la pyramide que la paroi intérieure n'était pas en pierre, mais de la même matière que la dalle qu'il avait sous les pieds. Il chercha la moindre irrégularité afin d'y planter son attache, mais n'en trouva aucune.

En désespoir de cause, il pointa son arme au hasard et propulsa son grappin. Le bout de fer percuta la surface et ricocha. Puis, il tomba sur le sol, sans même réussir à y laisser une simple marque.

Noé n'en croyait pas ses yeux, il comprit qu'il était piégé et, avant que le sommet ne se ferme définitivement, il réussit à crier sur le canal radio :

« Putain de merde ! La paroi interne ressemble à du diamant, je n'arrive pas à la percer… »

Une fois le sommet fermé, la lumière de son casque s'activa automatiquement, mais les liaisons radios se coupèrent. Paniqué, il tenta de s'accrocher à un angle de la paroi, mais comprit que c'était peine perdue. Il se résigna à attendre l'ouverture du plancher et la chute de près de quatre cents mètres qui en résulterait.

Pourtant, lorsque le sol se déroba sous ses pieds, il ne chuta pas, mais se retrouva en apesanteur. Alors qu'il dérivait lentement vers le haut, il tenta à nouveau de contacter ses camarades pour les rassurer, mais la pyramide devait se comporter comme une cage de faraday et aucune onde ne pouvait la traverser. Face à lui, le gouffre semblait infini et d'une obscurité profonde.

Une fois bloqué dans le coin supérieur du sommet, il activa son GPS. Ce point « zéro » resterait son unique point de repère durant sa mission.

Il prit une profonde inspiration et plaqua ses jambes contre la paroi. D'une poussée puissante, il se propulsa vers le bas.

Lentement, il avançait vers l'inconnu. Les yeux rivés sur son GPS, il compta les mètres qui passaient. La barre des cent mètres fut rapidement franchie.

Sans atmosphère pour le ralentir, les dizaines de mètres défilèrent à une vitesse vertigineuse. Lorsqu'il s'approcha des trois cents mètres, il tendit son bras devant lui. Estimant qu'il s'approchait de la base de la pyramide, il se prépara à rencontrer le sol.

Pourtant, la frontière des quatre cents mètres fut franchie sans encombre, puis celle des cinq cents. Lorsque la barre du kilomètre fut atteinte, il se retourna et activa les rétro-fusées de ses bottes pour stopper son élan.

Comment expliquer ce kilomètre de profondeur ? Perdu au milieu de nulle part, le soldat demeurait seul en apesanteur. Il vérifia les données de son GPS, tout cela n'avait aucun sens…

Cette pyramide semblait se configurer comme un iceberg, seul un infime pourcentage de sa hauteur émergeait. Bien décidé à éclaircir ce mystère, il réactiva ses propulseurs et reprit sa descente. Les kilomètres défilèrent lentement. Après plus d'une heure de descente, il stoppa à nouveau son élan. Il avait parcouru plus de sept kilomètres et rien ne prouvait qu'un hypothétique sol se trouvait bien quelque part sous ses pieds.

D'après ses calculs, les parois devaient se trouver, en

toute logique, à plus de quatre kilomètres vers l'Est ou l'Ouest !
Il pointa l'Ouest et alluma ses réacteurs.

Après quarante minutes, le point supposé de contact avec la paroi fut dépassé. Noé continua sur sa lancée sans grand espoir. Après une heure, et sept kilomètres parcourus, il stoppa à nouveau sa course.

D'après le GPS, il se trouvait à neuf kilomètres du point zéro, il était temps de remonter.

La remontée fut longue et laborieuse, pourtant, il remarqua une lueur sur sa droite. Il activa la caméra de son casque et grossit l'image sur sa visière : une sphère approchait à toute vitesse !

Loin au-dessus de lui, une éclaircie apparut aussi : le sommet de la pyramide s'ouvrit, la sphère s'échappa et disparut dans la lumière.

Son cœur se mit à battre à tout rompre, il avait pris trop de temps ! Et le passage vers l'extérieur lui serait fermé par la dalle opaque. Pourtant, il ne pouvait se résoudre à ne rien tenter. Il finit par atteindre ce plafond opaque. Comme il le redoutait, il ne pouvait le franchir et les ondes radios ne passaient toujours pas.

Près de trois heures s'étaient écoulées depuis qu'il s'était laissé enfermer. Ce délai extrêmement court et la présence d'une seule sphère prouvait que ce nouveau monde n'avait que peu d'intérêt et qu'une seule et unique chose à proposer. Le départ serait rapide, il devait attendre ici, cela ne serait pas long.

La sphère revint en moins de trente minutes et surgit à l'intérieur de la pyramide en éclairant de sa luminosité l'espace vide des lieux. Noé s'écarta, ne souhaitant à aucun prix détruire sa combinaison par un contact fortuit. Puis, aussitôt, elle se dirigea vers l'est. Le soldat hésita un instant, puis décida de la suivre.

Il s'élança à sa poursuite. Revenir auprès de ses camarades sans aucune réponse n'avait pas de sens. Pourtant, la sphère fila à une vitesse prodigieuse et rapidement, elle se perdit au loin et disparut rapidement de sa vue. Noé poursuivit tout de même sa course et alors que la lueur de la sphère disparaissait, une autre naissait, plus au sud. Cette lumière semblait statique, il décida de s'en approcher.

Il lui fallut bien trente minutes pour la rejoindre. Lentement, il finit par distinguer un large miroir ovale. Plus il s'approchait, plus il remarquait que l'objet ressemblait à une fleur dont les dix pétales étaient multicolores et le centre métallique brillait de mille feux.

Alors qu'il se stabilisait devant l'objet, il l'étudia avec soin. La première idée qui lui vint en tête fut : une grosse marguerite, dont huit pétales étaient d'une couleur différente et deux incolores. Cela n'avait pas de sens, que pouvait bien faire cet objet au milieu de nulle part à flotter ainsi dans le vide ?

Brusquement, le pétale bleu se mit à clignoter. Noé resta sur ses gardes et attendit qu'il s'éteigne. Après dix minutes d'attente, le bleu brillait toujours. Noé tendit le bras et appuya sur la couleur bleue, elle s'éteignit aussitôt. L'instant suivant, la couleur bleue s'alluma puis s'éteignit et la lumière verte s'anima à son tour.

Noé resta stupéfait. Cet objet réagissait et tentait d'entrer en contact avec lui. Ce jeu de couleur ne lui était pas inconnu, il mit quelques secondes à s'en souvenir : un

« SIMON » !

Oui, enfant, il avait eu un de ces jouets lumineux et en connaissait parfaitement la finalité : reproduire la séquence des couleurs proposées. Pourtant, un problème de taille se présentait : de quelle couleur pouvaient bien être les deux pétales translucides ?

Son spectre visuel ne définissait que huit des dix couleurs présentes, le bleu, le vert, le rouge, le jaune, le gris, l'orange, le marron et le violet. Noé comprit qu'il lui était impossible de voir l'ultraviolet et l'infrarouge, il allait échouer à ce test pourtant à sa portée.

Il activa plusieurs filtres de sa visière et réussit à percevoir l'infrarouge. Rapidement, l'ultraviolet se révéla à son tour, il était prêt !

Il prit une profonde inspiration et se lança ; il appuya sur le bleu, puis le vert. Sa réponse fut répétée, puis trois couleurs s'allumèrent successivement.

Le jeu se répéta jusqu'à la série de huit couleurs consécutives, puis Noé fit une pause. Il allait rapidement être dépassé, alors il activa sa radio et enregistra à voix haute les combinaisons qui défilaient devant ses yeux. Il n'eut plus qu'à les réaliser en écoutant l'enregistrement.

À nouveau, il réussit dix séries. Mais à la difficulté du nombre, s'ajouta la vitesse de clignotement des couleurs. Afin de pouvoir continuer le test, Noé activa sa caméra et fit défiler le film au ralenti. Il réussit huit nouvelles séries, mais même son équipement s'avéra incapable de poursuivre le test et, rapidement, il accumula les erreurs.

Finalement, l'objet finit par s'éteindre et s'éloigna.

Noé resta seul en apesanteur dans le noir, au milieu de nulle part. De toute évidence, il avait échoué !

Il enrageait et s'en voulait d'avoir bêtement raté l'occasion d'entrer en contact avec l'entité qui dirigeait la pyramide.

Alors qu'il s'apprêtait à repartir pour le point zéro de son GPS, il fut à son tour aspiré. La pression qu'exerça la vitesse sur son équipement lui fit perdre connaissance.

Chapitre 6

WOODLAND

La pyramide se matérialisa dans une pénombre qui se révéla être la nuit, au milieu d'une épaisse forêt. Deux gigantesques lunes éclairaient la scène d'une lumière bleutée.

La frontière de sable doré formait un trait rectiligne dans la végétation. Passée cette limite, la nature reprenait ses droits et occupait chaque centimètre carré de surface disponible.

Le sergent déclencha son chronomètre et aboya ses ordres.

— Marc et Luc, multi-ions et soyez sur vos gardes, la jungle est toute proche. Naha, la sonde et Hiro, le drone. Val, l'air et Sam, le terrain !

Afin de libérer Sam, Fred débrancha le câble qui le liait à sa propre batterie. Aussitôt, la combinaison du soldat s'éteignit. Les deux hommes se fixèrent, interloqués. Fred rebrancha ses batteries avec empressement, mais rien ne se passa. L'alarme d'oxygène retentit sur le panneau de contrôle de Val qui accourut et connecta le casque de Sam à sa deuxième bouteille d'oxygène.

La tension était palpable, tous s'étaient regroupés autour

de Sam. Si sa combinaison ne redémarrait pas, il était perdu.
— Putain, les gars, ne me regardez pas comme ça…, marmonna Sam sur le canal général.

Tous retenaient leur souffle en attendant le verdict de l'analyse de l'air. Val finit par crier « Respirable ! ». Sam ouvrit légèrement son casque et les soldats se détendirent, mais la situation n'en était pas moins problématique.
Le sergent rappela les consignes :
— Tous les autres, vous gardez vos casques fermés, inutile de se retrouver dans la même merde que sur Terra et ses moustiques tueurs. On passe tous en mode recharge d'oxygène. Fred, tu me remets l'armure de Sam en état et fissa ! À vue de nez, t'as plus de trente HT pour faire le job !
— Bien, Sergent, répondit l'intéressé plein d'entrain.

Tous les autres se concentrèrent sur leurs tâches respectives. Naha en profita, sans beaucoup d'espoir, pour tenter d'entrer en contact avec Noé, mais elle n'obtint aucune réponse à ses appels. Marc et Luc comprirent rapidement que la forêt devant eux grouillait de vie. L'œil rivé sur leur viseur, ils repérèrent rapidement quantité de mouvements suspects. Avec fébrilité, les deux soldats tentèrent d'identifier à quoi ils allaient rapidement être confrontés.

Naha recueillit les données de la sonde et en informa l'escouade :
— Planète inconnue de type tellurique, deux fois plus grosse que la Terre. Un système planétaire autour d'une étoile de type trois, comme notre soleil, mais en fin de vie. Cette planète en est très proche, les neuf autres astres sont assez loin et certainement stériles. La journée dure quarante-six HT et le jour, qui sera sûrement un peu pâlichon, se lèvera dans huit HT.

Hiro regroupa les informations délivrées par la sonde et prit la parole :

— Écosystème de type équatorial, chaud, très humide avec une moyenne de trente degrés. Un vaste océan sépare deux continents comparables. Autour de nous, une immense forêt vierge qui s'étale à perte de vue. Aucune trace d'une civilisation avancée, mais la faune semble dense. Nous devons nous préparer à des contacts plus ou moins rapides, voire dangereux.

Fred contacta le sergent sur son canal personnel :

— Sergent, ça se présente mal avec l'armure de Sam.

— Tu as carte blanche pour récupérer tout ce qu'il te faut sur les armures de Paul et Ben.

Alors qu'ils discutaient sur les problématiques de changer les cartes à puces dans des conditions loin d'être optimales, Marc intervint sur le canal général :

— Un mammifère s'approche à six heures !

Tous les regards se tournèrent au Sud pour découvrir un animal assez étrange, un croisement improbable entre un singe et un sanglier. Il longeait la limite de sable de la pyramide en restant prudemment à l'orée de sa forêt. Naha intervint :

— La pyramide a sûrement pris la place de sa tanière. Nous devons nous préparer au pire.

— Ne le tuez pas ! Ou ses congénères risquent de nous en tenir rigueur, insista Val.

— Marc, tir de semonce s'il vient dans notre direction, ordonna le sergent.

— Bien reçu, répondit le soldat.

L'animal fit quelques pas sur le sable jaune de la

pyramide, puis repartit rapidement dans la forêt où il disparut. Le sergent mit tout le monde en garde :

— Il reviendra… seul ou à plusieurs, nous devons rester vigilants ! Hiro, le drone a-t-il dressé une carte de la zone ?

— Des arbres, des arbres et encore des arbres, plus ou moins touffus, répondit le soldat.

— Trouve-moi de l'eau ! Et pas trop loin, de préférence.

— À vos ordres, conclut le soldat.

Hiro se concentra sur sa tâche. La cime des arbres présentait un risque élevé pour le drone, il devait être prudent.

Fred profita du silence sur le canal radio pour reprendre sa discussion en privé avec le sergent :

— Sergent ?

— Oui, Fred ?

— L'armure de Sam est morte…

— Quoi ? Putain ne me dis pas ça !

— Son armure ne redémarre pas et je n'ai pas de quoi la réparer. On est dans la merde…

— Et celle de Ben ? Il peut la prendre ? demanda le sergent.

— J'ai déjà récupéré du matos pour réparer l'armure de Noé… et Ben mesurait un mètre soixante, Sam avoisine les un mètre quatre-vingt-dix ! Impossible qu'il rentre dedans.

— Y a-t-il une solution avec tout ce que tu as sous la main, même en prenant des trucs sur nos armures à nous ? Si chacun donne un bout, t'as moyen d'arranger les choses ?

— Je vais étudier la question, mais cela me semble compliqué. Qui va donner son processeur ? Qui va donner sa batterie ? ponctua le soldat.

Le sergent ne répondit rien. Sans armure pour le protéger, chaque saut deviendrait l'équivalent du jeu de la roulette russe. Pourtant, laisser Sam sur cette planète était hors de question.

Le sergent contacta Naha :

— Des nouvelles de Noé ?

— Négatif, Sergent, répondit Naha.

D'épais nuages s'amoncelaient au loin, un orage allait bientôt éclater. Lentement, le peu de luminosité déclinait et un vent puissant se leva.

Hiro rangea le drone et transmit toutes les informations récupérées sur cette planète dans le journal de bord. Naha en fit autant avec la sonde, inutile de prendre des risques avec le matériel, il était trop précieux.

— Sergent, planète baptisée : « Woodland ». Informations sauvegardées et archivées.

— Merci Naha, répondit l'intéressé.

Dans le ciel, le soleil apparut derrière d'épais nuages alors que la tempête approchait. Chacun s'apprêta à passer un mauvais moment. La pluie fit son apparition, un léger crachin qui se transforma rapidement en trombe d'eau. Sous cette averse, Val analysa la pluie et, à la joie de tous, déclara l'eau « consommable ».

Il était difficile d'apercevoir l'orée de la forêt, mais Marc avait activé ses détecteurs de chaleur et de mouvement. Il repéra rapidement l'activité au milieu des arbres.

— Sergent, ça bouge du côté de la forêt. Une dizaine de bestioles en mouvement.

— Dès qu'ils marchent dans notre direction, une salve de sommation au sol. Puis ceux qui avanceront toujours, tu les dégommes ! ordonna le sergent.

— OK, Sergent, ponctua le soldat.

Quelques minutes plus tard, le tir d'avertissement déchira le silence. Puis, distinctement, huit détonations résonnèrent. Chaque balle atteignit la tête d'un animal, laissant son cadavre tomber lourdement sur le sol. Les corps sans vie restèrent sur place et serviraient d'avertissement aux autres animaux : la sanction pour toute intrusion dans cette zone serait définitive.

La pluie finit par s'arrêter, ils en avaient tous profité pour remplir leur réserve d'eau potable. Fred put reprendre son travail, mais comment réussir à rafistoler l'armure de Sam ?

Sam, de son côté, ne se faisait plus d'illusions, comme on dit souvent « à l'impossible, nul n'est tenu ! ». Il avait confiance en Fred, mais le mécano semblait bel et bien perdu. Pour lui, la situation devenait critique !

Samuel Plobosky

Le soldat de seconde classe, Samuel Plobosky, plus connu sous le matricule M3-01-2328-2346-JBU-6912, n'avait jamais eu une idée très précise de son avenir. Il intégra l'armée pour échapper à des criminels dangereux et déterminés. Sans diplôme, mais d'un esprit vif et assez débrouillard pour se sortir de toutes les situations, même les plus tordues, il fut incorporé au génie de la Space-Legion en 2346.

La vielle Europe connut plusieurs vagues de migration massive durant tout le vingt-et-unième siècle. Face à cet afflux de pauvres, la communauté européenne vola en éclat et chaque état se referma sur lui-même. Le rêve « Européen » issu du génocide de la Seconde Guerre mondiale se brisa sur l'égoïsme des nations vieillissantes.

Ce brusque repli sur soi fragilisa l'économie de certains états dont les finances exsangues ne permirent plus l'entretien indispensable des installations sensibles. Après plusieurs incidents mineurs, deux accidents graves rappelèrent à tous que l'énergie nucléaire pouvait rapidement devenir dangereuse, voire catastrophique.

Les réparations effectuées à la hâte ne donnèrent qu'un court répit à ces pays ruinés, gangrénés par la corruption.

La centrale nucléaire de Zaporijia, en Pologne-libre, perdit le contrôle d'un de ses six réacteurs le 30 août 2310 à

8h32 du matin. Le gouvernement provisoire de cette nation amputée de la moitié de son territoire par la Grande Russie n'informa personne de cette situation alarmante et tenta par ses propres moyens de maitriser l'incendie.

Le terrible accident de Tchernobyl était dans toutes les mémoires et pourtant, comme ce fut le cas dans le passé, les techniciens pensèrent pouvoir rétablir la situation sans alerter personne.

Mais, comme le rappelait Einstein : « La folie est de toujours se comporter de la même manière et de s'attendre à un résultat différent. »

Deux journées interminables passèrent, avant qu'un second réacteur n'entrât lui aussi en fusion. Dès lors, tout était perdu et l'évacuation ordonnée en urgence ne fit qu'accentuer la pagaille et l'incompréhension de la population.

Les grandes nations européennes furent alertées et il fallut encore attendre six longues heures avant que les premières équipes internationales ne parviennent sur les lieux de la catastrophe.

Le terrible constat s'imposa de lui-même ; la centrale était en perdition. L'Europe comprit à ce moment qu'elle allait subir le cataclysme nucléaire tant redouté.

La centrale nucléaire de Zaporijia, en Pologne-libre, explosa le premier septembre 2310 à 11h23, plongeant l'Europe tout entière et une partie de l'Asie et du Moyen-Orient dans la confusion la plus totale. Ce jour-là disparurent un million de personnes et plusieurs pays.

L'Europe prit conscience qu'un quart de son territoire

venait d'être contaminé et que toute cette surface devenait inhabitable pour plusieurs milliers d'années.

Face à cette terrible catastrophe, chaque pays s'isola et des murs furent construits, bientôt surélevés de barbelés, qui finirent par être électrifiés.

Un épais et haut mur fut érigé le long de cette nouvelle frontière délimitant la zone contaminée et l'espace sanctuarisé. Mais cela ne suffit pas à empêcher l'afflux des survivants et la frontière fut prise d'assaut. Alors, à leur tour, les villes s'enfermèrent sur elles-mêmes. Puis les quartiers se murèrent et se barricadèrent, finalement chacun s'isola de son mieux.

Un second mur fut construit dix kilomètres en retrait, offrant ainsi une zone « tampon » servant de zone de quarantaine.

Dans cet espace confiné, les survivants s'entassèrent avec le maigre espoir d'être acceptés en zone « sûre » et pouvoir refaire leur vie loin des stigmates de la contamination radioactive.

Le temps des « laissez- passer » s'instaura de lui-même comme la réponse logique de l'ordre face au désordre.

Le jeune Samuel naquit le 24 janvier 2328 dans un bidonville construit à la base du grand mur, autour de la porte n° 433. Ses parents avaient quitté la Pologne juste avant qu'elle ne s'embrase dans les terribles incendies nucléaires. Mais sans argent, ils ne purent prétendre à un passeport pour la zone « sécurisée ». Comme bien d'autres, leur voyage fut stoppé à la frontière italienne et ils durent s'entasser dans des constructions de fortune qui, désormais, s'étendaient tout le long du grand mur.

Le père de Sam mourut quelques années plus tard dans une rixe entre migrants. Chaque jour, il devait se battre pour obtenir sa part d'aide alimentaire et, cette fois-là, il fut victime d'un coup de couteau mortel. Sa mère ne put endurer ce nouveau coup du sort et sombra dans la folie. Elle ne survécut à son mari que quelques mois. Recueilli dans un orphelinat surchargé, le jeune Samuel ne dut sa survie qu'à sa dextérité hors du commun. Chaque jour, il volait pour survivre.

Samuel connut alors la précarité d'une existence sans argent. Dans le bidonville, tout se monnayait et il comprit rapidement qu'il avait tout intérêt à gravir les échelons du gang local.

D'un naturel entreprenant, il créa sa première bande à l'âge de huit ans. Se limitant à de petits larcins sans prétention, il réussit l'exploit de ne pas se faire arrêter et ficher par les autorités.

À l'âge de douze ans, son réseau couvrait plusieurs quartiers et comptait une trentaine de membres. C'est là qu'il fut approché par une organisation plus importante.

Des accords furent scellés et le jeune Samuel entra par la grande porte dans la mafia italienne qui sévissait de chaque côté du grand mur.

Fidèle à sa doctrine « Pas de vague », il réussit à éviter les balles perdues et, petit à petit, gravit les échelons du clan d'Alfredo Calva, dit « le borgne ».

À l'âge de seize ans, il était à la tête d'un réseau de plus de cent personnes et l'argent coulait à flots. Grisé par l'argent facile, il commença à prendre des risques et organisa plusieurs coups tordus qui lui firent perdre des sommes importantes.

Face à ces déconvenues, il se retrouva dégradé et placé sous les ordres d'un Italien qui gérait un réseau de passeurs vers l'autre côté du mur.

Samuel avait désormais dix-huit ans et, après avoir fabriqué un faux passeport français, il entama les démarches pour obtenir un droit de passage vers la zone « propre ». Son dossier fut intercepté par la police des frontières et il fut arrêté.

Pour la première fois de sa vie, il était entre les mains de la justice, il était fiché. Ses empreintes, son code génétique ainsi que sa reconnaissance faciale furent entrés dans l'immense base de données des criminels et, pour couronner le tout, il fut « pucé » !

Une balise GPS, contenant son identité ainsi que son casier judiciaire, fut placée entre sa deuxième et troisième vertèbre. Ainsi positionnée, elle était intouchable. Les rares qui avaient tenté de la déloger l'avaient payé de l'usage de leurs jambes !

Samuel comprit qu'il n'était plus d'aucune utilité pour la mafia et que ses jours étaient désormais comptés. Il négocia habilement une amnistie et dit tout ce qu'il savait sur l'organisation du clan Calva. Ses révélations permirent l'arrestation de nombreux membres du cartel et la saisie de plusieurs tonnes de marchandises de contrebande.

De son côté, la mafia posa une prime sur sa tête et la chasse à l'homme débuta.

Samuel pensait naïvement pouvoir échapper à ses anciens employeurs en franchissant le grand mur, mais il avait oublié que, d'un côté comme de l'autre, la mafia était toute puissante.

À peine un mois après son passage en zone propre, il échappa à une première tentative de meurtre dans un hôtel miteux où il séjournait. Désormais, il se savait traqué. Il changea de continent et débarqua à New York avec l'espoir qu'il y trouverait un répit.

Une semaine passa et, en traversant une ruelle peu éclairée, il reçut un coup de couteau d'un clochard qui l'avait reconnu. Cette blessure lui rappela qu'il n'était plus en sécurité nulle part sur Terre : il devait partir, loin, et se faire oublier.

Quelques jours plus tard, il pénétra dans un centre de recrutement militaire. La Space-Legion proposait un engagement rapide et sans question indiscrète. Pour cinq années de service, on lui garantissait un passeport universel.

Il signa sans hésiter et partit le soir même pour la Lune où le camp d'entraînement spatial l'attendait.

Il faudrait bien cinq années pour que la mafia l'oublie et passe à autre chose. Il était confiant, s'il survivait à la Space-Legion, il pourrait revenir sur Terre et faire son trou.

Mais le sort s'acharnait sur cet homme et, sans armure, il ne pouvait désormais plus aller nulle part !

***

Les heures s'enchaînèrent, la journée semblait interminable. Les soldats en profitèrent pour se reposer et dormir à tour de rôle. Le spectacle de ce ciel illuminé par ces lunes très proches et ce petit soleil rougeâtre semblait surréaliste. Cet apport lumineux, sans être excessif, permit à Marc, toujours de garde, de se détendre.

Fred réfléchissait dans son coin, il ne décolérait pas. Chacune de ses nouvelles idées semblait se heurter à des problèmes insolubles. Sam, de son côté, comprenait bien que son destin était scellé. Il se leva et posa une main sur l'épaule de son ami :

— Laisse tomber, c'est cuit d'avance. Je vais rester là !

Fred, qui n'écoutait pas vraiment, le rembarra sans ménagement :

— Arrête tes conneries et laisse-moi réfléchir !

Sam recula et, s'adressant directement au sergent, il déclara :

— Sergent ! Je démissionne officiellement de l'armée. Mon voyage avec vous s'arrête ici !

— Hors de question ! T'es dingue ? On va trouver une solution ! rétorqua l'officier sur un ton qui ne laissait aucune place au débat.

— Caporale Nahaya Alvès, veuillez consigner dans le journal de mission qu'à partir de cet instant, je quitte l'armée et reprends ma liberté.

— T'as pas les moyens de rompre ton contrat ! Où vas-tu trouver l'argent pour rembourser toutes tes soldes ? dit le sergent.

En disant ces mots, il comprit à quel point sa phrase était ridicule. En restant sur place, Sam renonçait, de facto, à tout ce qui pouvait le relier à sa vie passée.

Naha s'approcha incrédule du soldat et tenta de le raisonner :
— Sam, ne fait pas cela ! Fred va trouver une solution, tu le sais bien, il trouve toujours une solution…
— Il va surtout détruire la combinaison de Ben et moi, j'en ai besoin si je dois rester ici.

Tous étaient sous le choc, mais personne n'osait prendre la parole. Comment le ramener à la raison ?
— Déconne pas, Sam, tu nous fais tous flipper, tenta Fred en s'approchant du soldat.
— Ma décision est prise, Fred.
Se tournant vers le sergent, il insista :
— Sergent, il faut m'aider sur ce coup. J'ai besoin de vous, de vous tous !

Le sergent était abasourdi. Dans un murmure, il répondit :
— T'aider ? Mais à quoi… à mourir ?
— Non, plutôt à vivre ! Si je reste ici, Val doit mettre mon profil biologique dans l'UC de l'armure de Ben. Même si cette armure est trop petite et ne peut plus être étanche, elle n'en reste pas moins opérationnelle pour ce que j'ai à en faire. J'ai besoin que le drone de Hiro survole la zone et la cartographie. J'ai besoin qu'avec Luc, on explore les environs. J'ai besoin que Val me confirme si la viande est consommable et si l'eau est potable. J'ai besoin d'un tas de trucs avant que vous foutiez le

camp !

Le sergent resta immobile quelques secondes, puis un furieux « exécution » s'échappa de sa bouche. Aussitôt, tous se mirent en mouvement. Seul Marc, toujours à l'affut, redoubla de vigilance. Il restait désormais le seul de garde.

Le sergent fit un inventaire rapide du matériel qu'il pouvait laisser sur place pour le soldat. Fred apporta la combinaison de Ben à Val, qui la brancha afin de la réinitialiser et télécharger dans son unité centrale les paramètres vitaux de Sam. Hiro fit de même avec les informations de la sonde et enregistra toutes les données utiles à la survie d'un naufragé en milieu hostile.

Chacun choisit un objet et l'offrit à leur ami : un couteau, une ceinture, un sac à dos, des rations de survie…

Le sergent consentit à lui laisser un chargeur solaire. Cet objet, ô combien précieux, servirait à maintenir en état de marche tous ses équipements électroniques pendant des années.

Désormais, ils en étaient tous bien conscients, Sam devrait survivre dans ce monde inconnu par ses propres moyens.

Le sergent finit par ajouter :
— Sam, tu rends la trousse d'analyse terrain à Marc et tu lui montres, à lui et à Naha, comment ça marche. Désormais, ils seront tous les deux chargés d'analyser la terre et l'eau de nos points de chute.

Les trois soldats se posèrent dans un coin et Sam expliqua les diverses démarches à suivre pour analyser l'environnement. Il leur montra comment sauvegarder les données et les transmettre sur les équipements de leurs compagnons. Puis ils passèrent aux travaux pratiques et, chacun à leur tour, ils durent refaire toutes les analyses terrains déjà effectuées. Après plusieurs essais, ils réussirent à retrouver les mêmes résultats que ceux obtenus par Sam.

La journée se poursuivit avec le test de la viande du mammifère mort à l'orée de la forêt. Comme l'eau de la rivière toute proche, la viande fut déclarée consommable. Autour d'un feu improvisé, ils mangèrent en essayant de cacher leur trouble.
Abandonner un compagnon n'était pas dans leurs habitudes, cela était même contraire au code d'honneur des Space-Legions !

Le sergent finit par se rapprocher de Sam.
— Écoute, Sam, tu dois renoncer à ce projet. On va trouver une solution !
— Merci Sergent de vous soucier de moi, mais le sort en est jeté. Et tout compte fait, je m'en tire plutôt bien, comparé à Ben et à Paul ! J'ai plus de chance de survie ici que dans le sillage de cette pyramide de malheur. Je parie mes dernières rations que votre prochain saut sera bien plus périlleux que de rester sur ce monde assez proche du nôtre. Je ne peux pas me permettre de jouer à la roulette russe sans armure étanche. Si je vous suis… je suis cuit !

Le sergent resta silencieux. Sam avait raison, sans combinaison étanche et fonctionnelle, les chances de survivre au prochain saut avoisinaient zéro !

La pyramide vibra… Le sergent déclencha son second chronomètre :
— Naha, tu notes : 23.41 HT depuis notre arrivée…. C'est plus long que Terra ! Y a sûrement plus à récolter. On reste sur 14 HT pour les sphères, mais à mon avis, on aura un peu de rab' !

Le sommet de la pyramide finit par s'ouvrir, et aussitôt, un geyser de sphères lumineuses s'en échappa. Pendant plusieurs heures, les boules lumineuses se déployèrent dans toutes les directions.

Le sergent en profita pour grimper en haut de la pyramide et attendit que l'éruption se tarisse. Il marcha sur la dalle qui fermait le haut de la pyramide et tenta un appel radio vers Noé. Comme il s'en doutait, il n'eut aucune réponse.

De ce point de vue, il remarqua une certaine agitation dans la forêt. Il redescendit aussitôt et alerta la troupe :

— Mouvements suspects tout autour de la pyramide. Ils vont nous attaquer de toutes parts !

Tous se regroupèrent et préparèrent leurs armes. Une dizaine de singe-sangliers sortirent de la forêt et se massèrent en rang face à la pyramide. Afin de se motiver, ils hurlèrent leur colère et frappèrent le sol avec leurs poings. Un second groupe, puis un troisième et un quatrième émergèrent à leur tour de la forêt. La pyramide était encerclée.

— Marc ! Tente de les disperser ! hurla le sergent.

— OK, répondit le soldat en épaulant son arme.

Marc visa et tira soigneusement aux pieds de plusieurs animaux, mais ils ne reculèrent même pas. À la lunette, il tenta de repérer le meneur. Après quelques minutes de recherche, il trouva un spécimen au moins deux fois plus gros que les autres. Le mâle alpha semblait fou de rage et beuglait des cris stridents dans tous les sens. À chacune de ses invectives, les membres de son clan répondaient par des grognements sourds et saccadés. En croisant son regard rouge, le soldat comprit que l'attaque était imminente. Il visa alors la poitrine du mammifère, mais il était déjà trop tard, la horde attaquait.

Sans état d'âme, le soldat tira une première salve qui décima le premier groupe. Le bruit assourdissant du canon multi-ion figea les animaux, mais la fureur qu'engendra la mort des leurs fut la plus forte, ils repartirent à l'attaque.

Les soldats étaient prêts, ils abattirent les animaux qui se précipitaient sur eux. Mais c'était par centaines que ces bêtes sortaient de la forêt et ils furent rapidement submergés. Le sergent lança une grenade et ordonna l'abandon de la pyramide.
La grenade dévasta tout sur vingt mètres, les soldats en profitèrent pour s'engouffrer dans ce couloir improvisé et s'enfoncer dans la forêt. Le sergent ferma la marche et, tout en courant, mitrailla derrière lui en tous sens.

Ils s'enfuirent droit devant eux et se regroupèrent sur une petite colline. Aussitôt, Marc et Luc placèrent les canons multi-ions en position et sécurisèrent les alentours. Le sergent fit rapidement le point, mais une seule chose monopolisait son attention : ils devaient reprendre la position sur la pyramide ou, eux aussi, ils resteraient sur ce monde à tout jamais !
— Naha ! Combien de temps avant le prochain saut ?
— 10 HT, peut-être un peu plus, avant la fermeture de la pyramide, répondit l'officier radio.
— Hiro, balance le drone, qu'on voie ce qu'il se passe autour de la pyramide ! ordonna le sergent.
— OK.

Le drone décolla et se plaça hors d'atteinte des pierres et autres projectiles des mammifères. La situation était peu engageante, une multitude de sangliers-singes avaient pris position sur la paroi de la pyramide et comptaient bien y rester. Les attaquer de front semblait dangereux, surtout que les tirs en attireraient sûrement d'autres !

Ils restèrent ainsi plusieurs heures à attendre que ces bestioles abandonnent la pyramide, mais les animaux en avaient décidé autrement.

Lentement, la pénombre de la nuit s'installa. Les deux lunes prirent le relais de ce soleil moribond pour éclairer le sous-bois de leurs rayons.

Peu à peu, les animaux se retirèrent, ne laissant que quelques gros mâles pour monter la garde. Le drone se plaça en position géostationnaire et chacun resta sur ses positions.

Le sergent finit par déclarer :

— Dès que la pyramide se refermera, on fonce dans le tas et on reprend la position. Combien de temps, Naha ?

— 6 HT, si on se base sur les temps de Terra.

À nouveau, les heures s'égrenèrent. Les animaux les attendaient de pied ferme et ne se laisseraient pas facilement déloger de la pyramide. Il faudrait les tuer, tous les tuer !

Naha finit par reprendre la parole ;

— 1 HT avant fermeture !

Tous se concentrèrent sur le décompte, mais lorsque le « zéro » fut atteint, rien ne se passa. Toutes les sphères n'étaient pas encore rentrées. Ils purent s'en rendre compte eux-mêmes lorsque deux énormes sphères apparurent et furent comme aspirées par le sommet de la pyramide.

Le sergent intervint alors sur le canal radio :

—Pas de panique, on le savait ! Les temps dépendent du nombre de trucs à ramasser et cette planète est de loin la plus riche que nous ayons rencontrée. À partir de maintenant, on reste sur nos gardes, car la fermeture peut intervenir n'importe quand !

Une heure passa, tous attendaient fébrilement. Les sphères se faisaient rares, mais continuaient à revenir par petits groupes. Alors que la seconde heure allait s'achever et, après avoir absorbé une énième sphère, la pyramide vibra et se referma. Le sergent se leva aussitôt et hurla ses ordres :
— Hiro, ramène le drone ! Et tous, à l'attaaaaaaaaaaaaaaaaaaaaaaaaaque !

Ils chargèrent en pointant leurs armes en avant. Les premiers animaux, restés au pied de la pyramide, succombèrent rapidement pendant que d'autres lançaient une pluie de pierres qui stoppa la course des soldats. Les mammifères se regroupèrent et se jetèrent sur les militaires dans un corps à corps surréaliste. Leur nombre obligea la troupe à reculer, mais le canon multi-ions continua à décimer les rangs adverses. Finalement, les animaux se sauvèrent et, dans leur fuite, attrapèrent Val par les jambes et l'entraînèrent avec eux.

Voyant leur « Médic » être ainsi enlevée, les hommes se précipitèrent à son secours. Malgré leur rapidité, les singes-sangliers s'étaient déjà envolés dans la forêt et ils ne leur parvenaient plus que les cris de la jeune femme.
Le sergent était tiraillé, Val ou la pyramide ? Et il savait bien que ce choix serait définitif.
Sam récupéra son sac à dos de survie et se lança de lui-même sur les traces de la jeune femme.
— Je fonce et je vous la ramène, MAIS surtout remontez sur la pyramide au cas où je serais trop long, hurla Sam à l'adresse de ses compagnons.
— Magne-toi, Sam ! La pyramide ne va pas tarder à déguerpir, répondit le sergent sur le canal radio général.

Sam partit à la poursuite des singes-sangliers avec la ferme intention de ramener Val avant que la pyramide ne quitte cette planète.

Val, quant à elle, tentait vainement de stopper la course des animaux qui l'avaient enlevée. Mais la force de ce singe-sanglier était vraiment impressionnante et, malgré des coups de botte répétés, elle ne réussit pas à le faire lâcher prise.

Traînée à même le sol, la jeune femme se rappela qu'elle avait déjà subi un tel traitement, le premier jour de son incorporation…

Valery Strarovski

Le soldat de première classe, Valery Strarovski, plus connue sous le matricule M4-02-2330-2348-WHB-8223, avait toujours été effrayée par l'espace. Elle intégra l'armée en 2348 par devoir envers sa patrie natale, la grande Russie. Victime de la loterie implacable du service national, elle fut affectée comme soignante dans la Space-Legion, qui en manquait cruellement.

Valery appartenait à la petite bourgeoisie russe de Moscou. Avec toute sa famille, elle vivait dans la banlieue aisée de cette capitale gigantesque de plus de soixante millions d'habitants. Excellente étudiante, elle gravit rapidement les marches de l'université et réussit le concours pour entrer dans l'une des plus prestigieuses écoles de médecine. Bien décidée à réussir ses études, la jeune femme s'imaginait une vie paisible et tranquille.

D'une intelligence rare et d'une beauté délicate, elle cachait pourtant, derrière une façade raffinée, des angoisses inavouées et tenaces. La peur du vide et de la solitude l'handicapaient beaucoup.

Certaine qu'elle ne quitterait jamais la terre ferme, elle s'était entourée d'amis de sa condition. Sa vie semblait toute tracée et cela la satisfaisait au plus haut point.

Pourtant, le 26 avril 2348, pour ses dix-huit ans, Valéry reçut une convocation pour le service national…

La première grande crise du pétrole, en 2168, entraîna tous les pays producteurs à se placer sous la protection des Nations Unies pour ne pas être attaqués par des multinationales sans scrupules. La Russie préféra assurer sa propre protection et tomba sous le joug de mafias internes tout aussi voraces. Pillée par des oligarques sans foi ni loi, la grande Russie sombra dans la pauvreté et rapidement le chaos. Afin de faire face aux bandes armées de plus en plus vindicatives, des milices se formèrent et s'armèrent. La guerre civile, inéluctable, qui éclata en 2204, dura près de dix années. Elle prit plus de huit millions de vies humaines et laissa une nation ruinée, au bord de l'extinction.

Dans le but de ramener une certaine unité dans ce pays ravagé, la propagande gouvernementale glorifia le souvenir de l'empire soviétique. Le pays fut alors repris en main par une nouvelle armée rouge, « les écarlates », qui se montra impitoyable. Sous leur tutelle, les mafias furent pourchassées et les milices désarmées.

La période qui s'ensuivit fut difficile et sa population, déjà fragilisée par des années de disette, resta parmi la plus pauvre du continent.

Le dérèglement climatique frappa la Russie de plein fouet. Ses saisons se résumaient désormais à deux longues périodes, des hivers extrêmement rigoureux où la neige recouvrait tout le pays et des étés particulièrement chauds, sans eau. Les canicules entraînèrent des sécheresses qui s'abattirent sur un pays exsangue et mal équipé. Les famines s'enchaînèrent, tuant drastiquement une population déjà affaiblie.

Mais à nouveau, la grande Russie finit par se relever et la conquête spatiale du vingt-quatrième siècle la fit revenir au premier plan des nations. Fort d'un passé glorieux dans le domaine spatial, elle réussit à devenir incontournable dans la fabrication et l'exploitation des fusées. Un nouvel âge d'or balaya les années sombres.

Alors que l'argent coulait à flot pour ses dirigeants, les Russes furent lourdement mis à contribution dans l'exploitation des ressources extraterriennes. Durant de nombreuses années, la mère Russie s'enrichit sur le dos des malheureux qui partaient pour l'espace.

Afin de ne jamais manquer de « volontaires », les nouveaux soviets couplèrent un tirage au sort et le traditionnel « service national ». Chaque génération devait payer le prix du sang et ainsi grossir les rangs russes dans l'effort légitime que devait chaque nation dans la conquête spatiale.

Et 2348, pour ses dix-huit ans, le nom de Valéry Strarovski avait été sélectionnée par la « grande loterie » et la convocation pour son service national avait aussitôt suivi.

Sous une apparence très ordinaire, la lettre l'informait qu'elle était attendue dans les prochaines quarante-huit heures dans son commissariat de référence. Aucune autre information n'était donnée et le tout était signé d'un banal coup de tampon de son district.

Valery en avait pourtant le souffle coupé et les jambes chancelantes. Les gens disparaissaient suite à ce genre de convocation et on n'entendait plus jamais parler d'eux. Toute convocation, même la plus anodine, devait être prise au sérieux !

Seul un russe sur quatre la recevait. Et même parmi ceux-là, seule la moitié partait pour l'espace, les autres étaient mis à la disposition de l'incontournable parti communiste durant cinq années.

Valery se rendit à la convocation, la peur au ventre. Elle fut reçue par une jeune femme qui la rassura de son mieux :
— Détendez-vous, mademoiselle, c'est un grand honneur de pouvoir servir sa patrie.
— C'est que j'ai la phobie de l'espace…
— Vous pouvez vous détendre, l'espace a besoin d'hommes vaillants et de travailleurs courageux. Bien peu de femmes sont envoyées dans les colonies, je peux vous le certifier. Même moi, qui souhaitais ardemment partir pour l'espace, j'ai été recalée ; c'est vous dire !

Les deux jeunes femmes discutèrent encore pendant plus d'une heure et le profil de Valery fut minutieusement établi. Rassurée, la jeune femme retourna chez elle, où l'attendaient, anxieux, ses parents. Une semaine passa et une nouvelle convocation arriva.

Cette deuxième entrevue se passa dans un gymnase militaire. Après avoir déclaré son identité, elle présenta sa convocation. Les soldats qui la reçurent, austères, ne dirent pas un mot et lurent attentivement les conclusions administratives notées dans son dossier. Elle fut invitée à se changer et se retrouva en tenue militaire, face à un parcours d'obstacle assez impressionnant. À nouveau, une jeune femme vint à sa rescousse et la rassura :
— Mademoiselle, vous devez considérer ce test d'aptitude physique comme un défi et le passer de votre mieux. Aucun temps n'est éliminatoire, mais plus vous réussirez cette épreuve, plus vos chances d'intégrer l'unité de votre choix seront

grandes. Ne vous ménagez pas ou vous pourriez le regretter amèrement.

Valery fit de son mieux et, pour un temps plus que correct, passa cette épreuve. Elle enchaîna ensuite plusieurs examens de santé, on vérifia sa tension, sa récupération, sa vision et quantité d'autres paramètres. Puis, après une dernière prise de sang, elle fut invitée à noter son choix d'affectation. Sans état d'âme, elle nota l'hôpital universitaire de Moscou, puis put repartir chez elle.

Le mois suivant, elle reçut son affection : soignante à la Space-Legion…
Elle était dévastée. Ses parents tentèrent, grâce à des relations bien placées, de modifier l'affectation. Mais son profil était si particulier qu'en haut lieu, on ne pouvait revenir sur cette décision. La Space-Legion avait posé un droit prioritaire sur son dossier et bien peu de personnes étaient en mesure de passer outre. Malgré leur insistance, les parents de Valery n'avaient pas dans leurs relations des personnes de cette importance.
Valery pleura toutes les larmes de son corps, mais le sort en était jeté. Elle reçut son ordre de mission le mois d'après et la mort dans l'âme, elle se rendit dans le cosmodrome de Baïkonour où elle démarra son entraînement.
Le jour même, elle faisait son premier saut en parachute. Malgré l'aide technologique de son armure de combat, la jeune femme, terrorisée, ne put maîtriser sa chute. En touchant le sol, son parachute fut happé par une violente bourrasque et la traîna au sol sur plusieurs centaines de mètres.
Cette terrible sensation, de subir la situation sans être en mesure d'intervenir, se grava dans son esprit et ne la quitterait jamais…

Les soldats finirent par reprendre le contrôle de la pyramide. Les cadavres de mammifères jonchaient le sable doré et la base du monument. Le sergent, toujours en contact radio avec Sam, ne détachait plus son regard du chronomètre fixé à son bras :

— Sam, putain ! Tu fous quoi ? La pyramide va se barrer !

— Ces cons de singes sont super rapides, mais j'ai Val en visuel. Dès que je peux, je tire dans le tas !

Le sergent se retourna alors vers le reste de sa troupe et leur annonça d'une voix caverneuse :

— Il nous reste quinze minutes tout au plus… Je la sens pas, cette histoire !

— Sam, Val, je vous en supplie, le temps presse, revenez le plus vite possible ! hurla Naha dans la radio.

Naha n'avait pas fini sa phrase que les singes-sangliers repassèrent à l'attaque. Par dizaines, ils sortirent de la forêt et chargèrent les soldats regroupés au pied de la pyramide. Le combat reprit, plus âpre que jamais. Une pluie de cailloux plus ou moins pointus s'abattit sur les soldats, qui préférèrent reculer de peur de voir leurs armures endommagées.

Sam, de son côté, finit par épauler son fusil et tira. La première salve passa au-dessus de la tête du mammifère qui traînait Val. Sa deuxième tentative le toucha dans le dos. L'animal, tué sur le coup, s'écroula au sol et roula sur lui-même, entraînant la jeune femme dans sa chute.

Val se débarrassa du cadavre qui la gênait et se redressa.

Elle réussit à prendre son pistolet et tira au hasard devant elle.

Plusieurs salves de leurs deux armes furent nécessaires pour éloigner les singes-sangliers et, aussitôt, ils se remirent à courir dans la direction de la pyramide.
— C'est bon, les gars, j'arrive ! cria Val dans la radio.
— MAGNEZ-VOUS ! répondirent tous les soldats dans un brouhaha sans nom.

Les deux soldats savaient que le temps leur était compté, mais plus rien ne leur barrait la route, ils étaient confiants. Pourtant, tout d'un coup, le canal radio devient silencieux.
Val ressentit comme une sensation de vertige, elle hurla dans la radio :
— Les gars ? Les gars !

Ce fut Sam qui sortit le premier de la forêt. Il stoppa sa course, stupéfait, par ce qu'il découvrait. La pyramide avait disparu et, à sa place, il n'y avait plus qu'un trou béant dans le sol.
Val le rejoignit quelques secondes plus tard et s'agenouilla au sol. Elle pleura les quelques secondes qui lui avaient manqué afin de repartir avec ses amis. Elle était anéantie.

Les deux soldats abandonnés tombèrent dans les bras l'un de l'autre et s'étreignirent. Sam avait déjà assimilé qu'il resterait sur cette terre, mais Val avait encore besoin d'un peu de temps pour se faire à l'idée.
Ils approchèrent du gouffre qu'avait laissé la pyramide dans la terre. Le trou, un carré de quatre cents mètres de côté, se perdait dans le sol à perte de vue. Il lança une pierre dans le gouffre et attendit, mais rien ne se passa. Quelle que soit la

profondeur de ce trou, elle se perdait bien plus loin qu'ils ne pouvaient l'imaginer. Tel un iceberg, ils ne connaissaient de cette pyramide que la partie émergée.

Derrière eux, les singes-sangliers commençaient à se rassembler. Comme les soldats, ils restaient stupéfaits par le trou qui était apparu dans leur forêt. Estimant que les deux humains en face d'eux étaient sûrement responsables de cette catastrophe, ils attaquèrent à nouveaux.

Sam et Val épaulèrent leurs armes et abattirent la première vague de leurs agresseurs. Puis ils s'enfuirent dans la forêt. Grâce à la carte miniaturisée des lieux, ils réussirent à quitter le territoire des signes-sangliers et se réfugièrent dans une zone plus calme et peuplée d'herbivores charnus ressemblant à des limaces géantes.

Les deux naufragés savaient qu'ils ne recevraient désormais aucune aide. Ils allaient devoir se débrouiller seuls. Mais ils avaient des ressources et les capacités aussi bien physiques qu'intellectuelles pour être les premiers représentants de la race humaine sur cette planète.

Avec un peu d'imagination, leur histoire serait une variante de celle d'Adam et Ève. Avec un peu de chance, leur descendance serait aussi prolifique…

La Pyramide (2)

Noé restait immobile au milieu du cosmos. Autour de lui, l'univers s'étalait dans toute sa splendeur. Des galaxies vinrent à sa rencontre, puis s'éloignèrent rapidement. Des myriades de planètes tournoyaient autour de lui avant de disparaître dans le tréfonds de l'espace. Des corps célestes virevoltaient en tous sens. Une comète s'approcha de lui, puis s'éloigna aussi vite.

Devant lui, un soleil explosa et les planètes qui gravitaient autour de lui se dispersèrent. Certaines furent avalées par un trou noir qui, à son tour, fut broyé par deux supernovas qui entrèrent en collision.

Le soldat regardait ce spectacle avec émerveillement. Tout cela semblait si réel et si démesuré.

Autour de lui, tout s'accéléra et il plongea vers une petite galaxie bleutée. Il survola diverses planètes mortes, sans aucune vie. Certaines, très petites, tournaient seules dans le vide absolu. D'autres, des géantes gazeuses, étaient entourées d'une quantité de petites lunes, mais aucune ne semblait accueillir la vie.

Puis il s'approcha d'une immense planète de couleur verte et, jaune et sans même ralentir, plongea vers ce monde. Alors que sa surface approchait à grande vitesse, le soldat perdit connaissance.

***

Noé se réveilla sur un lit, dans une pièce toute blanche. Il était couché sur un drap blanc avec un oreiller sous la tête. Sans fenêtre ni porte, l'endroit était vide et froid. La lumière venait du plafond, mais il ne distingua aucune lampe. Le sol, d'un blanc immaculé, ne présentait aucune irrégularité. Autour de lui, sur sa gauche, un moniteur bipait à intervalle régulier. Sur sa droite, un pied à perfusion attendait sagement d'être utilisé. Un décor parfait pour une chambre d'hôpital témoin. Il était seul.

Pendant qu'il se frottait les yeux et redressait la tête, un homme était apparut devant son lit.

Noé le dévisagea, incrédule. L'homme lui sourit.

L'inconnu ressemblait à un érudit de l'antiquité. Une soixantaine d'années, bedonnant et le front dégarni. Il portait la barbe, une longue toge blanche et des sandales aux pieds.

Noé sourit à son tour et interpella l'inconnu :

— Mon ami, êtes-vous un philosophe grec de l'Antiquité ?

— C'est bien possible, n'est-ce pas ainsi qu'on imaginerait un érudit ou un savant, un professeur ?

— Oui, c'est pas faux, répondit Noé. Donc, on nous a retrouvés ? Et c'est qui, l'heureux veinard qui m'a tiré de la pyramide ?

— Alors… ce n'est pas tout à fait cela, répondit l'inconnu.

— OK, y a jamais eu de pyramide ou de mondes lointains ? On a été les cobayes « volontaires » d'une expérience scientifique ? On a testé une nouvelle drogue hallucinogène ? On a échoué ? On a merdé ?

— Non, ce n'est pas cela non plus.

— Mais vous êtes qui, au juste ? s'interrogea Noé.

— C'est assez compliqué à expliquer, ajouta le vieil homme avant de reculer de quelques pas.

— Et où suis-je, exactement ? demanda Noé en examinant les murs de sa chambre.

— Je crains de devoir te dire, Noé, que tu es toujours au même endroit, dans la pyramide, conclut l'inconnu en le regardant droit dans les yeux.

Noé se crispa légèrement, il n'était donc pas encore tiré d'affaire. De toute façon, ce décor sonnait faux, même cet homme semblait tiré d'un mauvais film de série B.

Le soldat se redressa et sortit ses jambes du lit.

— Et... je fais quoi ici ?

— Ici ? Dans cette chambre ?

— Bah oui ! s'énerva Noé.

— Donc, tu penses vraiment être dans une chambre ? Et tu crois sans doute que tu discutes avec un de tes semblables ?

— Et ce n'est pas le cas ?

— Je crains de devoir te décevoir. Cette pièce blanche n'existe pas et je ne suis pas un être humain.

— Vous intervenez directement dans mon esprit ?

— Oui, en quelque sorte. Je me suis connecté à ton cerveau et je me suis enrichi de tes connaissances pour mieux te connaître. Cette pièce, mon aspect, m'ont semblé être la façon la plus « facile » d'entrer en contact avec toi.

Noé décida de croire ce qu'on lui disait. Aussi fou que cela puisse paraître, il devait rester pragmatique et face à une situation absolument folle, il fallait accepter des explications complètement dingues.

— Mais à quoi on joue, tous les deux ? Qui êtes-vous ? Que me voulez-vous ? dit Noé en se levant.

— Je suis... comment dire... l'âme de cette pyramide ! Ma

fonction est celle d'un conservateur, oui, c'est ainsi que tu me nommerais.

— Et vous conservez quoi ?

— La VIE, mon cher ami ! répondit-il, les yeux pétillants d'enthousiasme. La vie sous toutes ses formes et elles sont infinies. Cela, je peux te le certifier.

— Je n'y comprends rien… Qui êtes-vous vraiment ? redemanda Noé.

— J'ai pour mission de m'assurer que la pyramide mène à bien la tâche pour laquelle elle a été créée.

Le vieil homme sembla réciter cette réplique avec une certaine fierté.

— Et vous vous débrouillez comme un chef ! Je dois donc vous signaler que mes amis et moi, nous voyageons de manière tout à fait clandestine sur la paroi de votre pyramide. Si vous pouviez faire un détour et nous redéposer là d'où l'on vient, on vous en serait infiniment reconnaissants.

— Oui, je comprends ton point de vue… Mais vois-tu, les choses sont un peu plus compliquées que cela, répondit le vieil homme avec beaucoup moins d'exaltation.

Noé comprit qu'il n'était pas au bout de ses peines, mais les choses avançaient. Il était venu chercher un contact et, désormais, il en avait un. Cet être supérieur, quelle que soit sa nature, avait déjà fait un bel effort pour entrer en contact avec lui, il avait donc une motivation. Tout n'était pas perdu, il reprit la parole :

— Mes amis meurent à chaque saut dans l'espace. Il faut arrêter ce massacre qui n'a pas lieu d'être. Vous en avez le pouvoir, vous devez intervenir ! dit Noé en haussant le ton.

— Comprends bien que je ne suis pas ton ennemi et je vais tenter de t'expliquer la situation. Je suis l'intelligence présente au sein de cette pyramide. Mes créateurs exprimèrent le souhait de chercher, prélever et conserver toutes les formes de vie existante à travers le vaste univers et j'ai, moi aussi, des priorités !

En même temps qu'il parlait, la chambre d'hôpital se volatilisa. Noé se retrouva au milieu d'images issues du récit du vieil homme. Des créatures inconnues passèrent sous ses yeux, des mondes aux écosystèmes stupéfiants défilèrent à leur tour. Il découvrit des civilisations avancées, leurs apogées, puis leurs chutes et leurs disparitions.

— Cette pyramide fut l'œuvre d'une race extrêmement ancienne et très évoluée que nous appellerons « les anciens ». Ils accomplirent de grandes choses et, à l'apogée de leur civilisation, ils voyagèrent à travers tout l'univers et déposèrent les prémices de la vie sur des milliards de planètes. Rien n'est malheureusement éternel et ces êtres, si lumineux fussent-ils, finirent eux aussi par disparaître. Pourtant, certaines de leurs créations, dont cette pyramide, leur survécurent. Lorsque le dernier représentant des anciens mourut, il me plaça aux commandes de la pyramide afin de poursuivre son œuvre ; je suis la mémoire et la volonté d'une civilisation disparue. Seul, j'ai continué ma route et prélevé la vie qui s'était développée sur les planètes ensemencées, mais…

Le vieil homme marqua une pause et reprit.

— Avec le temps, certains petits dysfonctionnements ont compliqué ma tâche. J'avais besoin d'aide, car de plus en plus de sphères se perdent dans les méandres de la pyramide et ne parviennent pas à trouver leur place de stockage. J'ai donc décidé d'ouvrir le dôme de la pyramide et ce qui devait arriver, arriva ! Un organisme indépendant pénétra à l'intérieur et vint à ma rencontre. Je fus confronté à l'intelligence rudimentaire

d'un être né de l'évolution de la vie dispersée par les anciens…
J'ai donc décidé de le faire évoluer afin de pouvoir
communiquer avec lui. « Numéro 1 » muta et s'arracha de sa
condition d'insecte pour atteindre un stade d'évolution
supérieur. Avec mon aide, il put alors s'attacher à sa tâche et
rediriger les sphères égarées vers leurs destinations finales.
« Numéro 1 » vécut des milliers d'années puis finit par
s'éteindre. Des millénaires passèrent avant qu'à nouveau, une
entité pénètre dans la pyramide. « Numéro 2 » était un
mammifère à sang chaud, une sorte d'oiseau. À son tour, je le
fis évoluer et il gravit, au cours des années qui suivirent,
plusieurs paliers d'évolution et il put se mettre à sa tâche.
Pourtant, à son tour, il finit par mourir. « Numéro 3 » se révéla
être un végétal, une sorte d'algue. Malgré tous mes efforts, je ne
pus la faire évoluer.

Le vieil homme marqua une nouvelle pause, puis en
plongeant son regard dans celui de Noé, il ajouta :
— Tu es le numéro 648.259.367. Et je suis enchanté de te
connaître.

Noé n'en croyait pas ses oreilles. Mais en fin de compte,
tout cela ne le concernait pas vraiment. Son seul souci restait
ses amis en perdition sur les flancs de la pyramide. Comment
réussir à convaincre cet être de l'aider ?
— Écoute-moi, « mémoire d'une race supérieure ». Je n'ai pas
besoin d'évolution et je te demande de venir en aide à mes amis
en danger sur le flanc de ta pyramide. Puis un simple petit saut
vers notre point de départ et on se quitte bons amis.

Le vieil homme, dont le sourire n'avait jamais quitté le
visage, répondit simplement :
— Et mes sphères, dis-moi ? Qui va s'en occuper ?

Noé comprit qu'il était désormais dans une situation peu enviable…

Chapitre 7

SAVANNAH

La pyramide réapparut dans une vaste plaine, sous un soleil écrasant. Plusieurs filtres se placèrent automatiquement sur les casques afin de protéger les yeux des soldats. Réalisant qu'ils étaient sur un nouveau monde, ils stoppèrent les tirs contre les singes-sangliers et se regroupèrent en attendant la réaction des mammifères.

Les singes-sangliers s'étaient figés, ils ne comprenaient pas vraiment ce qui venait de se passer. Ils respiraient avec difficulté et ce soleil éclatant les agressait. L'instinct de survie prit le dessus et ils reculèrent. L'atmosphère de cette planète n'était vraisemblablement pas à leur goût, mais ils s'y habitueraient. Ils cherchèrent pendant quelques instants leur forêt et leurs congénères, mais tout avait disparu pour laisser place à une vaste savane d'herbe jaunie qui s'étendait à perte de vue. Une petite dizaine de singes-sangliers s'enfuirent en courant vers le nord. Avec un peu de chance, ils s'intégreraient à l'écosystème de ce monde sans trop de difficulté.

Le sergent déclencha son chronomètre et adressa une

prière muette à Dieu…

— Val ? dit-il sur le canal radio.

Les soldats, regroupés autour du sergent, attendaient, tétanisés, la réponse du Médic, mais la radio demeura désespérément silencieuse.

— Val, Sam, Noé ? Au rapport ? dit à son tour Naha.

Mais une nouvelle fois, il n'y eut aucune réponse.

La perte simultanée de Val et Sam les laissait sans voix. Les savoir vivant sur un monde compatible avec l'espèce humaine restait une chance que Ben et Paul n'avaient pas eue. Le sergent lança ses directives :

— Hiro, balance le drone. Val a gardé la sonde avec elle…

— Fred, Luc, en position avec les multi-ions.

— On bute les singes, Sergent ? demanda Luc en visant à travers sa lunette.

— Non, laisse-les filer… Ils sont comme nous désormais, des naufragés !

L'officier marqua une pause. Il s'en voulait terriblement d'avoir abandonné Val sur cette planète à la faune aussi hostile. Son seul réconfort était que Sam était à ses côtés ; à eux deux, ils allaient s'en sortir, il en était certain.

— Marc, analyse terrain. On compte sur toi pour faire les choses correctement et ne pas nous foutre dans la merde.

— Pas de soucis, Sergent. Naha est à côté de moi, elle confirmera tous mes relevés.

Le résultat de l'air rassura les hommes : respirable avec peu d'oxygène, mais suffisamment pour eux. Le sol se révéla très riche en minéraux organiques. La plaine qui s'ouvrait devant eux faisait penser aux vastes savanes d'Afrique.

Quelques lacs étaient visibles et une petite rivière serpentait à l'Est. Ce monde ressemblait à la Terre et devait abriter une faune et une flore tout aussi abondante.

Hiro avait programmé le drone pour qu'il fasse des cercles concentriques de plus en plus larges autour de leur position. Ils découvrirent des troupeaux géants d'animaux assez semblables à des autruches. Lorsqu'il filma la plaine derrière une petite colline, le soldat s'émerveilla. Il appela aussitôt ses compagnons :
— Venez voir ce que j'ai trouvé ! J'en crois pas mes yeux !

Tous s'approchèrent et constatèrent, sidérés, que l'appareil survolait une citée extra-terrestre étincelante. Des bâtiments fins s'élevaient vers les cieux et de larges avenues les reliaient les uns aux autres. Des êtres évolués étaient présents sur cette planète ! Le sergent ajouta aussitôt :
— Tu penses qu'ils nous ont repérés ? Planque le drone ! On sait jamais, je ne veux pas qu'ils se sentent menacés !

Les soldats se regroupèrent et passèrent derrière la pyramide pendant qu'Hiro actionnait les commandes pour éloigner l'appareil. Luc intervint sur le canal radio :
— Sergent, vous croyez qu'ils nous ont vus ?
— J'en sais trop rien… Hiro, place le drone en géostationnaire entre eux et nous. Si ça bouge de leur côté, tu nous informes.
— OK, Sergent.
— Fred, tu fais le point sur les équipements et… munitions ! Je veux savoir de quoi on dispose si les choses tournent mal.
— OK, Sergent.

La confrontation avec les singes-sangliers avait sérieusement entamé leurs réserves. Désormais, ils devaient faire attention, chaque balle valait son pesant d'or.

— Hiro ? T'as vu quoi dans cette ville ? Y a du monde ? demanda le sergent.

— Je vais repasser les images enregistrées et faire des zooms, mais je crois que les rues étaient désertes. Rien ne bougeait.

Hiro transféra le fichier vidéo du drone dans son unité centrale qui diffusa le film sur toutes les consoles des avant-bras des soldats. Les images étaient très claires, cette cité n'était pas d'origine humaine. Ils n'avaient jamais rien vu de semblable et, à première vue, elle était vide. Les hommes restèrent pourtant sur leurs gardes. Le sergent rappela les consignes :

— On ne s'emballe pas ! Cette ville est le cadet de nos soucis. Pour l'instant et sans les informations de la sonde, on ne peut faire que des hypothèses sur cette planète. Mais à ce qu'on en voit, on peut facilement se dire qu'on devrait avoir des temps comparables à ceux de Terra. On a grosso-modo, trente HT devant nous et vingt HT avant l'ouverture.

Tous les regards étaient rivés sur le nord et cette cité étincelante. Des extra-terrestres étaient présents, ou l'avaient été, à quelques kilomètres d'eux !

Depuis le début de l'ère spatiale, l'humanité avait rêvé et redouté cet instant où elle se retrouverait confrontée à une autre civilisation évoluée. La technologie terrienne et les distances à prendre en considération n'avaient jamais permis pareille rencontre, mais la pyramide changeait radicalement toutes ces vérités jusqu'alors indépassables.

Il ne faisait aucun doute que la pyramide était, elle aussi, issue d'une race extra-terrestre, mais découvrir une vaste cité enflammait tous les imaginaires.

Une heure s'écoula sans que rien ne bouge, puis une autre. Le sergent ordonna de continuer à cartographier les environs avec le drone.

— Hiro, relance l'exploration de la plaine, puis tu effectueras plusieurs passages aux abords de la ville. Si elle est bien abandonnée, on doit en être certains avant de décider quoi que ce soit.

— OK, Sergent, confirma le soldat.

Le drone accéléra et se rapprocha des abords de la ville. Comme le révélaient les images précédentes, rien ne bougeait. La cité formait un grand cercle et était exclusivement constituée de bâtiments aux formes géométriques. Une multitude de cubes, de carré, de rectangle, de losange et de polygones aux multiples côtés se succédaient à perte de vue. Ces édifices à l'aspect élancé et futuriste semblaient être en métal et les sommets en cristal. Les ensembles se divisaient par paquets de trois ou quatre, puis un autre bloc disparate prenait la suite. Peu de fenêtres apparentes, mais de nombreuses portes au niveau du sol. Les rues, rectilignes, étaient bordées de rails. Chaque intersection était composée d'une petite place surplombée par des obélisques et des poteaux longilignes. Quatre majestueuses avenues, alignées sur les quatre points cardinaux, remontaient vers la place centrale et une sorte d'arche lisse et fine. Tout semblait neuf et propre, aucune vétusté ou détérioration n'était visible sur les bâtiments ou les rues.

Seule la nature était absente des lieux, aucune plante, aucun arbre n'était visible. En fait, il n'y avait aucune trace de vie dans cet ensemble architectural d'acier et de verre. Cette cité, aux reflets métalliques éblouissants, paraissait figée dans l'attente du retour d'éventuels habitants.

Les heures passèrent sans que rien ne bouge. Les singes-sangliers revinrent pour s'assurer que la forêt n'était pas réapparue. Ils traînèrent quelques heures à la frontière du sable doré de la pyramide et de la plaine puis repartirent vers le nord sans demander leur reste.

Les hommes s'étaient eux aussi regroupés derrière Hiro et regardaient, médusés, les images qu'envoyait en continu le drone. Fred prit la parole :

— Sergent, on doit aller voir cette cité, il faut rapporter plus que des images de cette rencontre, ou personne ne nous prendra au sérieux.

— Parce que tu comptes encore sortir vivant de cette merde ? Et même si c'était le cas… n'imagine même pas qu'on croirait ton histoire de fou ! répliqua le sergent.

— Rien à foutre, faut y aller. Je dois toucher ces édifices de mes mains, ajouta Fred.

— Me faites pas chier avec cette cité ! On a besoin de bouffe, d'eau et d'un bon lit ! Cette ville est le cadet de mes soucis… Mais ôte-moi d'un doute, tu veux vraiment risquer ta peau et aller faire du tourisme là-bas ?

— Pourquoi pas ? répondit Fred.

— Toi, t'es de la graine de Noé… Et tu vois où ça l'a mené ? s'amusa le sergent. Qui pense comme Fred ? Qu'on devrait se mettre en danger pour savoir si cette cité existe vraiment ou si ce n'est qu'une illusion ? Sans parler du risque de voir la pyramide se barrer sans nous… On serait alors comme Sam et Val, perdus sur ce monde inconnu…

— Moi, je suis partant, dit Hiro sur le canal général.

— Hors de question que tu risques ta peau pour ces conneries, Hiro. On a trop besoin de toi pour manipuler le drone, rétorqua l'officier.

— OK, alors moi aussi je suis volontaire, annonça Luc sur le canal radio. Je couvrirai Fred au cas où ça tourne mal.

Le sergent ravala la colère qui menaçait de le submerger. Il réussit à ne pas s'énerver et finit même par accepter l'idée qu'il n'avait pas les mots nécessaires pour convaincre ses hommes de renoncer à ce plan, aussi stupide que risqué.

— Putain, les gars… OK, les deux compères, mais je vous aurai prévenus. Je ne la sens pas du tout, cette excursion ! Vous branchez en continu vos caméras, qu'on suive votre progression en temps réel, compris ? Il est hors de question qu'on vous laisse sur cette planète, dès que la pyramide s'ouvrira vous aurez dix HT, et pas plus, pour revenir, compris ?

— Oui, Sergent, répondirent d'un même souffle les deux soldats.

Fred et Luc vérifièrent leurs équipements et, sous la garde du drone, commencèrent à avancer vers le nord.

L'officier les regardait s'éloigner, résigné. Ces deux cons allaient se faire buter et c'était encore lui qui porterait le chapeau ! Il avait beau retourner le problème dans tous les sens, l'un après l'autre, ils allaient tous y laisser leur peau…

Dans un excès de colère, il aboya ses directives :

— Naha ! Tu viens avec moi, on va chercher de l'eau à l'est et, avec un peu de bol, de l'autruche. On a le temps d'aller et revenir avant qu'ils arrivent devant leur cité.

— À vos ordres, Sergent.

La jeune femme se délesta d'une partie de son matériel et vérifia son arme. Le sergent confia le camp à Marc, toujours en position de défense avec son canon multi-ion.

Hiro rappela que le drone ne pouvait sécuriser qu'une seule équipe. Dans un soupir désabusé, le sergent lui ordonna de garder l'appareil au-dessus de Luc et Fred.

La protection du sergent valait largement celle du drone, Naha récupéra les gourdes disponibles et rattrapa son supérieur qui s'était déjà mis en route. Dans sa tête, le sort de Noé accaparait toutes ses pensées. Elle décida d'en parler avec le sergent :
— Vous pensez qu'il est toujours vivant ?
— Noé ? J'en sais rien… Il est peut-être prisonnier de ceux qui pilotent la pyramide. J'espère qu'il va assez leur casser les couilles pour qu'il le vire lors de la prochaine ouverture…

Naha sourit, même si elle doutait de la présence de ces organes sexuels pour une race extra-terrestre.
— En tous cas, j'exclus toute tentative de sauvetage dans la pyramide !

Le sergent salua le drone qui les survola rapidement.
— Hiro ! Renvoie le drone sur Fred et Luc !
— OK, Sergent, je vérifiais juste qu'il n'y avait pas de danger aux alentours. Soyez rassurés, je ne vois qu'un groupe de quatre autruches à une heure, droit devant vous. Restez prudents, répondit Hiro sur le canal radio.
— On s'occupe de l'eau et on abat une bestiole, dit le sergent à l'attention de Naha.

L'eau fut analysée rapidement. Au soulagement de tous, elle était potable. Naha en profita pour boire sans modération ce liquide si précieux. Une fois rassasiée, elle remplit ses gourdes et contempla un moment ce paysage aux couleurs si surréalistes. Au loin, le sommet des montagnes verdâtres se perdait au milieu de nuages bleutés. Des centaines d'oiseaux blancs, longs et fins, survolaient la plaine dans un impressionnant ballet. Ils montaient dans les cieux puis se laissaient tomber jusqu'à quelques mètres du sol. Ils renouvelaient sans cesse cette chorégraphie jusqu'à ce qu'un énorme dragon violet ne surgisse et se jette sur les malheureux mammifères. Ce fut un véritable carnage, les oiseaux ne cherchèrent même pas à fuir. Une fois rassasié, le monstre s'éloigna et les volatiles reprirent leur étonnante farandole. Naha filma tout cela avec sa caméra, elle devait garder le souvenir de ce qu'elle voyait.

D'un tir précis, le sergent abattit une autruche. Naha s'approcha et analysa la viande. Elle fut acclamée sur le canal radio lorsqu'elle la déclara consommable. Le sergent chargea l'animal sur son dos et la jeune femme en profita pour ramasser sur le chemin quelques branches d'arbres grisâtres et assez touffues.

De retour au camp, l'animal fut dépecé puis découpé et placé sur le feu. Le bois cendré se révéla être un très mauvais combustible. Les maigres flammèches qui en résultaient ne pouvaient pas, à elles seules, cuire la nourriture. Les militaires durent activer le lance-flamme de leur arme pour arriver à la griller.

Naha en profita pour archiver les informations de ce monde sur son disque dur et proposa le nom de « Savannah » pour cette planète. Tous la félicitèrent.

De son côté, l'officier contacta les deux soldats en approche de la cité :

— Fred, Luc, au rapport.

— On avance bien, Sergent, répondit Fred.

— On n'est plus très loin, ajouta Luc.

— Faite gaffe, les gars, de notre côté on va déguster de

l'autruche. On vous en gardera un bout.
— Merci, Sergent.

***

Après plus d'une heure de marche, Fred et Luc contactèrent le sergent par radio :
— Sergent, vous êtes là ? demanda Luc.
— Affirmatif ! Vous en êtes où, les deux comiques ?
— L'objectif est en vue, Sergent, répondirent les deux militaires en même temps.

Les deux hommes partirent aussitôt en petite foulée vers la cité qui apparaissait désormais assez clairement. Alors qu'ils étaient presque arrivés, Hiro prit la parole sur le canal général.
— Fred, Luc ! Du mouvement dans les herbes hautes à deux heures !

Les deux soldats posèrent un genou au sol et épaulèrent aussitôt leurs armes. Le drone fila dans la direction indiquée et repéra un serpent métallique qui avançait en rampant dans la végétation. Hiro zooma sur l'étrange créature et en conclut qu'il s'agissait d'un robot, il avertit aussitôt ses camarades :
— Faites gaffe ! C'est une sorte de robot-serpent de plus de deux mètres de long. D'après ce que je vois en hauteur, son passage répété au même endroit a dessiné un petit chemin de ronde dans l'herbe tout autour de la cité. Il y a des dizaines de squelettes d'animaux sur ce parcours. C'est un patrouilleur qui attaque ceux qui approchent de la ville, restez sur vos gardes. Une fois qu'il sera passé, vous pourrez continuer à avancer, mais surtout, ne prenez pas de risques !
— Des robots en charge de la protection de la cité… Cette histoire devient trop dangereuse. Va savoir sur quoi vous allez encore tomber une fois à l'intérieur, ajouta le sergent. Il vaut mieux rebrousser chemin, vous n'avez plus le temps. La

169

pyramide doit s'activer d'un moment à l'autre !

— Mais on n'a pas fait toute cette route pour rien, Sergent…
On ne va pas faire demi-tour maintenant, répondit Fred.

— C'est bon, le robot est passé. Il est désormais loin devant
vous à dix heures, dit Hiro.

Aussitôt, et sans attendre l'autorisation du sergent, les
deux soldats se redressèrent et reprirent leur marche. Ils finirent
par croiser le sillon qu'avait laissé le serpent sur le sol. Ils
enjambèrent le petit chemin et accélérèrent le pas.

Ils stoppèrent à nouveau lorsqu'ils furent en vue de la
cité. Ils ajustèrent leurs jumelles et inspectèrent les rues et les
bâtiments à la recherche de la moindre activité. Ils restèrent
ainsi plus de trente minutes, laissant Hiro et son drone parcourir
de long en large la cité silencieuse.

Le drone continuait à diffuser des images surprenantes.
La géométrie régnait en maître dans ces constructions. Toutes
ces rues rectilignes, bordées de trottoirs parallèles le tout coupé
à intervalles réguliers par d'autres rues parfaitement droites,
donnait une sensation d'ordre extrême et assez malsain.

La ville respectait plusieurs axes de symétrie, le nord et
le sud, mais aussi les diagonales. En fait, chaque quartier était la
réplique de celui d'en face ou de celui d'à côté.

Les quatre grandes avenues qui se rejoignaient au centre
de l'agglomération sur une impressionnante place circulaire
mesuraient bien dix mètres de large. Elles aboutissaient au pied
d'un monument ressemblant à un rectangle dont le centre était
vide.

Personne ne parlait, ils étaient tous absorbés par les
images que diffusait le drone. Le sergent finit par intervenir :

— Cette cité est abandonnée… et depuis des lustres, y a rien à en tirer !

— On va juste voir le truc du milieu et on rentre, dit Luc.

Les deux soldats avancèrent prudemment jusqu'au bord de la cité. Ce fut Fred qui posa en premier son pied sur le sol brillant de la rue. Il entendit aussitôt une sorte de déclic venant de la cité, un petit bruit sec. L'homme resta figé.

— Sergent ! En posant le pied sur le sol de la cité, j'ai déclenché un truc…

— Une mine ? demanda le sergent, dépité.

— Non, je ne pense pas, c'était plus lointain, plus sourd. J'ai plutôt l'impression qu'on a activé une alarme. Je crois qu'on a été repérés, ajouta Fred.

— Luc ! Tu recules et tu te places en soutien. Si des robots déboulent, tu tires dans le tas. Fred, tu dois soulever ton pied lentement et tu te sauves à ton tour.

Alors que Fred s'exécutait, un nouveau petit bruit se fit entendre. Ils n'avaient plus aucun doute, ils étaient découverts et la ville préparait une riposte à cette intrusion. Luc tenta, à travers son viseur, de repérer des mouvements.

— Hiro ! Il se passe quoi dans la cité ? Il y a eu un autre bruit !

— Je ne vois rien. Rebroussez chemin, vite ! les pressa Hiro.

Alors que les deux militaires reculaient, divers robots apparurent. Ils ressemblaient vaguement à de petites tortues montées sur roulette et filaient à grande vitesse vers les soldats. Luc comprit qu'il était illusoire de tenter de les distancer.

— Sergent ! On les allume ?

— Pas de précipitation ! Si ces machines vous attaquent ou vous poursuivent dans la savane, vous les abattez.

— OK.

Les deux hommes continuèrent de reculer tout en gardant dans leur viseur les robots qui arrivaient aux abords de la cité. À leur grand soulagement, les robots stoppèrent et se mirent à balayer la zone qu'ils avaient touchée.

D'autres machines, un peu plus imposantes, apparurent à leur tour. Comme les versions plus petites, elles nettoyèrent les rues désertes et les façades des constructions.

Les soldats se détendirent et observèrent le ballet incessant des automates. Fred, l'œil rivé sur son viseur, ne put réprimer son amusement :

— L'équipe de lessivage est d'une efficacité redoutable. Je comprends mieux l'état impeccable de la cité. Je crois que ces robots sont inoffensifs, vous en pensez quoi ?

— Je suis assez d'accord, répondit Hiro. Ces robots ne sont pas agressifs, mais méfiez-vous.

— Cette cité, même déserte, n'en est pas moins dangereuse. Je ne veux plus aucune perte, revenez immédiatement ! C'est un ordre ! s'époumona le sergent.

Les directives étaient claires, les deux militaires devaient se résoudre à obéir. Ils se redressèrent et tournèrent les talons.

Hiro, qui surveillait toujours, avec son drone, le retour des soldats, repéra des mouvements suspects dans les hautes herbes. Un zoom précis sur la zone en question lui révéla que le serpent-robot avait changé de position et se rapprochait rapidement.

— Serpent robot à douze heures, il fonce sur vous ! hurla Hiro.

Les hommes se figèrent et épaulèrent aussitôt leurs armes. Ils identifièrent rapidement la menace et tirèrent une

première salve de semonce. À leur grand désarroi, la machine ne ralentit pas. Sans état d'âme, les soldats visèrent leur adversaire et firent feu sans retenue. À nouveau, cela n'eut aucun effet, les balles ricochèrent sur la surface métallique sans même l'abimer. Le sergent reprit la parole :
— Fuyez !

Les hommes sortirent de leur stupeur et s'enfuirent. En quelques enjambées, ils se retrouvèrent face à la cité. Ils n'avaient pas vraiment le choix, de deux dangers, ils devaient choisir le moindre. Dans un même mouvement, ils pénétrèrent dans la ville et continuèrent à courir jusqu'au premier bâtiment puis, se cachèrent derrière.

Le serpent robot s'arrêta net lorsque les soldats quittèrent le sol de la savane. Puis il redressa sa tête et un rayon rouge émis de ses yeux scruta l'horizon : il cherchait ses proies.
De leur côté, les hommes restaient tapis derrière un bloc métallique rectangulaire. Ils n'avaient pas besoin de se montrer pour suivre l'avancée du serpent. Les images du drone leur étaient transmises en direct sur la console de leur avant-bras.
Le serpent-robot ne bougeait plus. Il attendait.

La cité réagit également et dépêcha plusieurs petits robots nettoyeurs autour des militaires. Ils s'activèrent à aspirer la terre et l'herbe qu'ils avaient amenés avec leurs bottes. Une fois leur tâche accomplie, ils retournèrent d'où ils étaient venus sans un bruit.
Luc et Fred se retrouvèrent seuls, le drone leur confirmait que l'ennemi restait aux aguets.

C'est alors que le sergent intervint sur le canal radio :
— La pyramide vient de vibrer ! Les sphères vont être éjectées !

On est à douze heures, comme sur Seashore, donc ; départ estimé dans neuf heures ! Vous devez revenir immédiatement !

Les deux hommes étaient piégés, le robot serpent leur barrait le passage !

Tout en cherchant un moyen de s'en sortir, Fred repensa à ce safari en Afrique où il était parti seul avec son père. Tous les deux, fusil à la main, avaient vécu une aventure similaire...

Frederick Mendes

Le soldat Frederick Mendes, plus connu sous le matricule M5-01-2333-2349-OBL-8442, était originaire d'Afrique du Sud. Il intégra l'armée par anticipation à l'âge de seize ans. Doué d'une endurance rare, il sortit de ses classes diplômé dans le domaine de la survie. Il fut directement recruté dans la Space-Legion et incorpora une unité en partance pour les territoires extra-terriens où la situation menaçait de dégénérer.

L'Afrique, vaste continent à la richesse omniprésente, avait toujours été le théâtre de conflits sanglants. De nombreux pays furent colonisés pour l'appropriation de leurs ressources naturelles et certaines nations, créées de toutes pièces par des conquérants sans scrupules, instaurèrent une ségrégation féroce et sans appel.

L'Afrique du Sud, pillée pour ses mines d'or, ne sortit jamais vraiment de l'apartheid. Cette séparation raciale cantonna les ethnies indigènes loin des lieux de pouvoir. Ainsi relégué dans la pauvreté, le peuple noir finit par se révolter et une vaste armée Zulu se constitua. La guerre civile, qui fut sévèrement réprimée dans le sang, se solda par une ghettoïsation des blancs. Face à une haine désormais consommée, les deux populations décidèrent de ne plus vivre ensemble. Ceux qui en avaient les moyens prirent les devants et édifièrent de grandes cités fortifiées. Une milice fut chargée d'en contrôler les accès aux seules personnes autorisées.

Désormais, ils étaient enfermés dans des villes surarmées, et la religion devint une sorte de palliatif à cette vie confinée. Les prêtres, « les nouveaux évangélistes », sortirent de leurs églises et organisèrent cette société moribonde. Ces croyants fanatisés confisquèrent le pouvoir et, face à l'expansion de l'Islam au nord, le sud se lança dans une nouvelle croisade contre cet ennemi ancestral.

Le continent se scinda rapidement en deux ; au nord, les musulmans et au sud, les chrétiens. La frontière devint un lieu d'affrontement permanent.

La famille Mendes s'installa en Afrique du Sud au début du vingt-quatrième siècle, poussée par les vagues de migration européenne liées à la catastrophe nucléaire. Sans être particulièrement riches, ils réussirent à emménager dans une « tortue », un bastion sécurisé pour « blancs » grâce à des connaissances bien placées au sein du gouvernement.

Frederick vit le jour en 2333, l'année de l'effroyable canicule qui tua plus d'un quart de la population en Afrique. Il grandit dans l'inquiétude d'un nouvel épisode de cette tragédie. Il poursuivit ses études avec brio et suivit un enseignement militaire comme tous les jeunes de son âge.

La crainte d'une attaque des Zulus était omniprésente et tout regroupement de plus de trois noirs était aussitôt signalé et les personnes arrêtées. Pour survivre, la ville avait besoin de plusieurs milliers de travailleurs zulus qui, chaque matin, pénétraient dans la cité et, chaque soir, devaient en sortir. Les serviteurs avaient été strictement choisis et pucés. Un passeport biométrique wi-fi leur avait été imposé et placé directement dans une dent. Les capteurs, nombreux dans chaque quartier, vérifiaient scrupuleusement tous les individus noirs qui passaient dans leur zone de protection. Une alarme se déclenchait si le suspect était recherché ou, tout simplement, pas autorisé à être présent à cet endroit.

Ce système de surveillance généralisée des Zulus permettait une cohabitation apaisée entre les résidents et les domestiques. Il était étendu à toutes les villes blanches au sud du continent.

Frederick, comme toute la jeunesse favorisée du pays, avait interdiction de côtoyer les Zulus et les rares qui bravaient cette loi étaient sévèrement punis. Certaines condamnations, pour des couples illégaux, allaient jusqu'à plusieurs années de prison.

L'Afrique du Sud s'accommoda assez facilement de cette ségrégation, du moment qu'elle garantissait la paix et la sécurité de tous.

Loin de toutes ces considérations ethniques, la famille Mendes se prit de passion pour le safari. Dès qu'il en avait l'occasion, le père de Frederick partait avec son fils pour la savane où, contre une taxe tout à fait raisonnable, ils pouvaient tirer sur à peu près tout ce qui bougeait. Avec le temps, les chasseurs s'équipèrent et s'enhardirent.

La faune locale, buffles, antilopes et autres herbivores de petite taille, s'avéra rapidement trop facile à abattre et ils décidèrent de viser des animaux plus rares et évidemment plus chers.

Son père s'offrit une chasse à l'éléphant. Le récit qu'il

en fit à son fils, assez réinterprété, subjugua le jeune adolescent. Dès lors, il n'avait plus qu'une seule obsession en tête et économisa le moindre argent afin de pouvoir le suivre dans sa prochaine aventure.

Il fallut deux années d'attente pour que le projet de ses rêves se mette en place et ils avaient organisé les choses en grand : une chasse au lion !

Fou de joie, le jeune homme s'était préparé aussi bien physiquement que matériellement pour cet événement qu'il imaginait grandiose, et il ne fut pas déçu !

Le jour « J », ils quittèrent l'enceinte protégée de la ville vers quatre heures du matin. Avec son père, il se dirigea en jeep vers le nord du pays et la plus grande réserve animale de la région. L'accès au parc fut payé et le fameux permis de tuer un lion validé par des autorités très pointilleuses et vigilantes.

Le lion, animal très convoité par les chasseurs fortunés du monde entier, était une ressource très importante pour la réserve. Les tuer était très encadré, car leur population ne devait en aucun cas décroître.

Le père et le fils écoutèrent attentivement les consignes de sécurité. Leurs armes et équipements furent vérifiés, puis ils reçurent un véhicule tout terrain, une balise d'urgence et un téléphone satellite. Le lion à abattre avait déjà été, au préalable, marqué d'une puce RFID de géolocalisation ; seul cet animal pouvait être tué.

La chasse débuta dans la pénombre de l'aurore et les hommes s'avancèrent prudemment vers le lieu qu'indiquait leur GPS. La savane, magnifique, fourmillait d'animaux paisibles. Les herbivores qui vivaient aux alentours du poste de garde ne s'offusquaient plus des allées et venues de ces gens lourdement armés ; ils ne venaient pas pour eux !

Après plusieurs heures de route, le signal de localisation du lion devint plus lumineux. Ils approchaient. Sur ses gardes, Frederick vérifia à nouveau son fusil et confirma à son père qu'il était prêt. Les deux chasseurs quittèrent leur véhicule et continuèrent à pied.

Alors que le signal indiquait une distance de cent mètres entre sa proie et lui, le jeune homme épaula son arme et, à l'aide du viseur, chercha sa cible dans les hautes herbes.

Lorsqu'il le repéra, son cœur se mit à battre la chamade. L'animal était là, assis, majestueux.

Frederick activa la caméra du viseur de son fusil et filma le roi des animaux dans son milieu naturel. Il prit quelques clichés qu'il partagea immédiatement sur les réseaux sociaux.

Puis il tendit l'arme à son père pour qu'il puisse, lui aussi, contempler la bête.

Pendant plus d'une heure, ils observèrent, épièrent le lion. Puis Frederick décida qu'il était l'heure d'en finir. Son père, à ses côtés, vérifia une dernière fois qu'aucun danger ne les menaçait. Mais en voyant qu'un troupeau de buffles avançait dans leur direction, il retint le bras de son fils. Les herbivores n'avaient pas remarqué le carnivore qui attendait, immobile, dans l'ombre d'un arbre.

Puis tout se déclencha très vite. Le lion bondit et le groupe de buffles se dispersa dans toutes les directions. Quatre énormes bêtes se précipitèrent vers les chasseurs qui ne purent que s'enfuir à leur tour. L'animal n'avait pas réussi à saisir une proie, mais, en voyant les deux hommes courir, il comprit que la chasse n'était pas finie. Il se lança aussitôt à la poursuite des deux fuyards.

Frederick était paniqué, il savait que la voiture n'était plus très loin. Il fit tout de même volte-face, épaula son arme et visa. La balle ricocha sur le sol juste devant le lion qui stoppa son attaque. Il passa son fusil en automatique et, comme un idiot, vida son chargeur à quelques mètres de l'animal resté sur la défensive.

La situation semblait critique, Frederick recula lentement et finit par rejoindre son père dans leur véhicule. Ils déclenchèrent la balise de détresse qui avertit les secours et électrifia la jeep afin de la rendre impénétrable. Ainsi à l'abri, les deux hommes se détendirent.

Le lion, désorienté par le bruit et les impacts de l'arme qui ne lui étaient pas inconnus, avança prudemment. Il savait que s'approcher de ce véhicule n'était pas anodin et qu'il devait se méfier. Il tourna lentement autour de la voiture et prit son temps pour jauger la situation. Il décida de tenter sa chance et griffa la portière. En retour, il reçut une violente décharge d'électricité qui lui confirma ses craintes ; son repas était hors d'atteinte !

Alors, il se coucha à quelques mètres en attendant que ses proies quittent leur protection, il n'était pas pressé.

Les secours finirent par arriver et le lion fut mis en déroute. Les chasseurs, troublés par ce qu'ils venaient de vivre, décidèrent d'épargner le lion. Le prix avait été payé, sa vie était désormais garantie. Cet animal survivrait et sa mort ne pourrait être que naturelle.

Les deux hommes revinrent chez eux marqués. Ils étaient restés plus d'une heure sous une menace sans avoir la moindre échappatoire.

Frederick Mendes n'oublierait jamais ce sentiment de faiblesse et de détresse.

Savannah (2)

Luc et Fred n'avaient pas bougé d'un pouce et le serpent-robot qui les épiait non plus. Aux commandes du drone, Hiro tentait de distraire le robot en passant à sa proximité, mais rien ne semblait pouvoir détourner son attention de ses proies. Les soldats retranchés dans la cité ne voyaient aucune issue à leur situation.

Le sergent ne pouvait se résoudre à perdre ses deux hommes, il devait trouver une solution pour permettre leur retour. Autour de lui, Naha faisait les cent pas en serrant son arme contre sa poitrine. Hiro s'était accroupi pour mieux réfléchir. Marc finit par intervenir sur le canal radio :
— J'y vais et je canarde le robot pour faire diversion ?
— Hors de question ! s'énerva le sergent. T'auras pas le temps d'aller et revenir… Les sphères rentrent déjà par centaines.
— Le robot serpent est bloqué, ajouta Hiro. Il ne doit pas être programmé pour trop s'éloigner de son chemin de ronde. Je suis certain que tôt ou tard, il réinitialisera son U.C. (Unité Centrale) et reprendra sa route.
— Impossible d'attendre un hypothétique renoncement de la part de ce tas de ferraille. On doit trouver un moyen plus sûr de les ramener ! hurla le sergent.
— Qu'ils partent à l'opposé de leur position, le robot n'aura pas le temps de les rattraper en faisant le tour de la cité. S'ils sont assez rapides, ils sortiront de la ville et franchiront la zone qui protège cette foutue machine, rétorqua Hiro.

Un long silence suivit les paroles du soldat. Chacun visualisait le chemin à parcourir et tentait d'imaginer les chances de réussites.

— Luc, Fred, vous le sentez comment, le plan d'Hiro ? questionna le sergent sur le canal radio.

— C'est jouable, surtout si Hiro nous donne la position exacte du serpent robot afin qu'on garde le maximum de terrain entre lui et nous, répondit Fred.

— Quand vous êtes prêts, courez ! ponctua l'officier.

Les deux soldats s'élancèrent aussitôt. Le serpent-robot repéra le mouvement et calcula le chemin le plus court pour les intercepter en faisant le tour de la cité.

Hiro, toujours aux commandes du drone, informa ses amis que la machine partait vers le nord.

Le robot avançait à une vitesse fulgurante et il semblait évident que les hommes ne le distanceraient pas. Hiro préféra les avertir :

— Inutile de courir, il arrivera avant vous…

Les soldats finirent par s'arrêter. Malgré leurs efforts, ils n'avaient parcouru que la moitié du chemin, il était vain de croire qu'ils gagneraient cette course désespérée. Ils s'immobilisèrent sur l'immense place centrale de la cité, dépités.

Luc s'avança vers un petit bâtiment octogonal et tenta de localiser des ouvertures. Malgré ses recherches, ce qui semblait être des portes ne présentait aucune poignée ou système permettant d'être activé. Il était impossible d'avoir accès à l'intérieur des blocs. Déçu, il repartit rejoindre Fred.

Quant à Fred, il s'approcha de la construction qui se trouvait au centre de l'esplanade. Elle ressemblait à une grande arche, faite du même métal que les bâtiments alentour. La structure, haute de plus de dix mètres sur quatre mètres de large, n'avait qu'un mètre d'épaisseur. Le soldat filma chaque détail de l'édifice et demanda l'avis de ses camarades restés sur la pyramide.

— Bon… On est un peu dans la merde… Mais vous en pensez quoi de cette cité, du coup, et de cette arche ? demanda Fred.

— Rien à foutre… Des idées pour revenir vers nous ? s'énerva le sergent.

— C'est moi qui voulais y aller, j'ai une solution toute trouvée. Je vais attirer l'attention de ce fumier de robot et l'inciter à me suivre le plus loin possible vers le sud et pendant ce temps-là, Luc se sauvera par le nord.

— QUOI ! hurlèrent tous les soldats sur le canal radio.

— Y a rien à négocier et ma décision est irrévocable, Luc doit s'en sortir. Dès qu'il sera en sécurité, à mon tour, je tenterai ma chance.

Les hommes étaient abasourdis. Luc finit par intervenir :
— Tu peux rêver si tu crois que je vais te laisser ici. On rentre à deux ou personne ne rentre !

— Putain, Luc… fais pas le con ! Tu veux vraiment rester sur ce monde de merde avec moi ? rétorqua Fred.

Alors que Fred laissait courir ses doigts sur la surface de l'arche, il repéra plusieurs lignes qui convergeaient vers une sorte de symbole en forme d'étoile. Il les suivit et examina attentivement la figure. Comme partout dans cette étrange cité, les symétries étaient parfaites. Le symbole était le point d'arrivée de toutes ces lignes, il brillait légèrement. D'un geste sec, il appuya sur cette étoile qui s'enfonça dans la paroi.

— Luc ! J'ai appelé l'ascenseur… dit-il en souriant. On est p't-être sortis d'affaire ?

Pourtant, il avait bien enclenché un mécanisme. La cité dans son ensemble réagit. Plusieurs bâtiments tournèrent sur eux mêmes, d'autres disparurent dans le sol ou s'élevèrent dans le ciel. Des robots de toutes tailles et toutes formes surgirent de partout et se dispersèrent dans tous les sens pour accomplir d'énigmatiques tâches. Un bruit grave accompagna ce réveil soudain, les deux soldats durent mettre les mains sur leurs oreilles pour se protéger du son devenu assourdissant. Lentement, le brouhaha s'apaisa. Autour d'eux, l'agitation des automates était à son comble. Que pouvait-il bien se passer ?

L'officier n'en revenait pas. Ces deux cons venaient de réveiller la cité. La situation allait de mal en pis…
— Planquez-vous, dans cette multitude de robots y en a sûrement plusieurs qui vont s'intéresser à vous ! hurla le sergent.

Les soldats ne voyaient aucune solution de repli, la fuite n'était même pas une option… Luc se rapprocha de Fred et ils attendirent sereinement la suite des évènements.
Puis, tout d'un coup, l'air s'électrisa. Le grondement s'intensifia et une détonation retentit. Les hommes furent soufflés par la déflagration et s'écrasèrent à plusieurs mètres sur le sol.

À moitié sonné, Luc se redressa. Il avait la tête qui tournait dans tous les sens. Comme ce jour où les unités de police spéciale (UPS) avaient fait exploser la porte de sa maison pour arrêter sa famille et la mettre en prison…

Lucas Martin

Le soldat Lucas Martin, plus connu sous le matricule M3-01-2329-2349-FPV-4691, était originaire de France. Il s'engagea dans l'armée en échange d'une amnistie pour toute sa communauté qui vivait en marge de la société. Survivaliste et très bon tireur, il intégra la Space-Legion avec l'assurance qu'une fois son service de cinq ans terminé, il pourrait rejoindre sa famille dans les alpages Français. Il partit directement pour la Lune où les soldats étaient préparés en vue du conflit extra-terrien qui s'annonçait.

L'Europe, petit continent vieillissant à la richesse financière démesurée, connut au cours du vingt-deuxième siècle une récession importante. Une démographie moribonde entraîna une crise monétaire qui, pour maintenir les revenus des rentiers, favorisa l'augmentation massive des impôts sur la classe moyenne. Face à cette situation, les forces vives du continent immigrèrent vers les pays du sud en pleine croissance et la société se fractionna.

L'état, terriblement endetté, se désengagea lentement de ses obligations du service public. Face à ces restrictions, les villes instaurèrent de nouvelles taxes obligeant ceux qui n'avaient plus les moyens de les payer à partir dans des banlieues de plus en plus éloignées.

Abandonnés toujours plus loin des centres urbains, les

« parias » se regroupèrent et une société parallèle se développa. Plus locale, plus saine, cette façon de vivre incita de nouveaux habitants à les rejoindre et s'attira les foudres des banques qui voyaient dans cette idéologie anti-libérale un manque à gagner notable.

Afin de contraindre ces gens à accepter l'économie capitalistique financiarisée, de nouvelles lois furent votées. Désormais considérées comme des ZADistes (Zone À Défendre), les récalcitrants se barricadèrent. Les autorités chargèrent la police de réduire au maximum les libertés individuelles des insoumis. La répression fut sanglante et ces groupes se réfugièrent dans la clandestinité.

Ces communautés vivant en marge de la société de consommation s'organisèrent et rendirent coup pour coup. Pour toute arrestation d'un de ses membres, ils sabotaient des installations électriques nécessaires à l'économie. Des pylônes télécoms étaient couchés, des ponts coupés, des voies de chemin de fer endommagées. Cette technique de guérilla urbaine finit par exaspérer les autorités et de vastes rafles suivies de destruction systématique des lieux de vie furent lancées. Contraintes à s'exiler toujours plus loin dans des montagnes escarpées, ces familles se radicalisèrent un peu plus.

Lucas Martin naquit en 2329, cinquième fils d'un couple d'extrémistes anti-système. Il s'imprégna très jeune d'un discours écologique sans concession, et participa activement à la vie militante du groupe. Tout en refusant les contraintes imposées par une société dirigée par des multinationales sans scrupules, ils n'en abandonnaient pas moins les droits liés à leur citoyenneté. Les adultes mettaient un point d'honneur à assurer l'instruction de leurs enfants.

Lucas, particulièrement doué en informatique, développa très vite une interface pour pirater le Web et créer des passerelles entre tous ces îlots de dissidents. À travers ce réseau bien sécurisé, ils parvinrent à contrecarrer plusieurs tentatives d'intrusions de l'état central.

Pour chaque communauté démantelée, trois voyaient le jour et s'organisaient sous la direction collégiale dont Lucas était le coordinateur.

Ces marginaux, heureux de s'émanciper d'un système qui les asservissait, réussirent à reprendre le cours de leur vie, sans la contrainte perpétuelle d'une tutelle autoritaire qu'ils ne supportaient plus. Chacun apporta ses connaissances propres à la collectivité qui finit par s'affranchir de toute dépendance extérieure.

Autour des cours d'eau issus des glaciers, de minicentrales électriques alimentées par le courant furent construites. Aux abords des ruisseaux s'organisèrent des maraîchers bio, de l'apiculture et de petits élevages où les animaux passaient la moitié de leur temps dans les alpages.

Ces communautés se structuraient autour d'une centaine de personnes, puis, une fois ce nombre dépassé, sous la direction de plusieurs familles autonomes, une scission avait lieu. Et une nouvelle entité s'installait à quelques kilomètres de là.

Malgré les rafles et les emprisonnements arbitraires, les villes trouvèrent, dans cette marchandise à bon prix, une alternative à la nourriture de l'agriculture productiviste et intensive. Petit à petit, les relations entre les ZADistes et les urbains se détendirent et, dans certains cas, se pacifièrent.

En 2347, le réchauffement climatique entraîna la migration vers le nord de plusieurs millions de sauterelles qui dévastèrent tout sur leur passage. Les fermes des mille vaches, les exploitations intensives de cochons ou de poulets et les plantations OGM de plusieurs centaines d'hectares ne purent se protéger efficacement de cet insecte insaisissable. De leurs côtés, les ZADistes remplacèrent sereinement les parcelles endommagées et, pour eux, la vie reprit son cours sans trop de difficulté.

Face à la pénurie, les villes décidèrent de s'accaparer par la force les champs et les cultures disponibles. Avant d'évacuer les lieux, les ZADistes incendièrent leurs champs et se réfugièrent plus haut dans les montagnes. Une nouvelle traque débuta et s'intensifia sous les commandements successifs de préfets issus des unités militaires.

Désormais appelés « terroristes », les ZADistes virent leur population diminuer drastiquement. Un bon nombre d'entre eux furent tués et des centaines se retrouvèrent emprisonnés pour des peines de prison de plusieurs années.

Un matin de juin 2349, la communauté de Lucas Martin fut prise pour cible. L'attaque fut d'une rare violence : sous une pluie de grenades, les forces de l'ordre éventrèrent chaque maison, les unes après les autres. Les habitants, frappés et menottés, ne purent opposer aucune résistance. Sonnés et traînés à même le sol, les plus jeunes furent drogués et attachés comme des animaux.

La milice avait pour objectif de tout détruire et d'arrêter tous les activistes. Lors de leur jugement, ils furent sans aucune distinction condamnés à dix années de travaux forcés.

Pourtant, le conflit larvé avec les colonies changea la donne et ce besoin de jeunes gens dans la force de l'âge pour l'effort de guerre devenait primordial.

Les pacifistes refusèrent catégoriquement de convertir leur peine d'enfermement en un engagement dans les forces militaires en partance pour l'espace.

Lucas Martin ne fut pas de ceux-là. Sûr de ses capacités et désireux de découvrir le vaste univers, il accepta de transformer dix années de prison en cinq années de service militaire. Mais cette arrestation resta gravée dans sa mémoire, tant de violence ne pouvait se justifier.

Savannah (3)

Luc était encore étourdi et tentait de se redresser. Fred, quant à lui, marchait vers le monument qui brillait de mille feux.
— Vous voyez ce que je vois, les gars ? dit-il sur le canal radio.

Les caméras des deux hommes filmaient toujours en continu et diffusaient des images incroyables. Le groupe de soldats près de la pyramide restaient stupéfaits. L'arche venait de s'activer et, en son centre, apparaissait désormais un paysage complètement différent.
— Un portail… Vous avez ouvert un portail vers un autre monde…

Le sergent était abasourdi.

Luc avança vers le portail et contempla cet horizon mystérieux qui n'avait rien en commun avec celui qui les entourait. Un ciel orangé parcouru de quelques nuages bleutés surplombait les vestiges d'une vaste cité métallique, elle aussi, en premier plan.
— Je vous interdis de même y penser ! hurla le sergent sur le canal radio.
— Sergent, on n'a pas vraiment le choix. Le serpent-robot ne nous laissera pas passer et vous… vous n'allez pas tardez à repartir avec la pyramide.

Le canal radio resta silencieux puis Naha intervint :
— On a encore du temps. Aucune précipitation, Soldats !

Traverser ce portail, c'est faire un pas vers l'inconnu, ce n'est vraiment pas une bonne idée.

Le sergent attrapa son fusil et commença à courir en direction du nord. Naha et Hiro le suivirent aussitôt. Marc, toujours en alerte derrière son canon multi-ions, se redressa à son tour, et, tout en calant son attirail sur son dos, s'élança lui aussi.

Alors qu'ils franchissaient la ligne de sable doré, le haut de la pyramide bougea.

Naha intervint sur le canal radio :

— La pyramide se referme !

La petite troupe finit par s'arrêter. L'officier semblait perdu. Hiro rappela le drone et commença à faire demi-tour. Marc préféra faire les quelques pas nécessaires afin de se repositionner dans la zone de sable doré.

Naha prit le sergent par le bras et le fit reculer. Une fois de retour au pied de la pyramide, elle ajouta sur le canal radio :

— Luc, Fred, la pyramide vient de se refermer. D'un instant à l'autre, on va quitter ce monde. Que pouvons-nous faire pour vous avant de partir ?

— Qu'Hiro nous envoie toutes les archives de notre périple, répondit Fred. Il est possible qu'on s'en sorte mieux que vous, il faut qu'on puisse témoigner de notre aventure.

Hiro activa un canal radio sécurisé entre Fred et lui. Par ce lien, il transféra l'ensemble des données relevées, des comptes rendus et des vidéos déjà sauvegardées sur leur périple. Cela prit plusieurs minutes, puis il fit un rapide diagnostic à distance des armures de ses amis.

— Les gars, votre matériel est opérationnel et vous avez assez de munitions en cas de coup dur, où que vous alliez.

— Merci, Hiro. On fera gaffe à notre matos, tu peux compter sur nous, ajouta Luc. Vous partirez vers l'inconnu alors que nous, on voit assez bien ce qui nous attend.

Le sergent, suivi de ses trois soldats, se repositionna à la base de la pyramide. Il s'en voulait terriblement. Il avait commis une tragique erreur en autorisant ses subordonnés à partir vers cette cité abandonnée. Mais jamais, ô grand jamais, il n'aurait pu imaginer les conséquences de son imprudence.
— Je suis désolé… vraiment désolé, les gars, réussi à articuler le sergent.
— Fred, Luc, restez toujours sur vos gardes, où que vous alliez ! ajouta Naha.

Ce furent les derniers mots transmis par la radio. La pyramide venait de partir pour une nouvelle destination, laissant deux hommes seuls sur ce monde. Les deux soldats réajustèrent leurs casques et avancèrent, eux aussi, vers l'inconnu.
Ils franchirent le seuil du portail et disparurent à leur tour…

Pyramide (3)

Noé n'avait plus du tout le sourire. Le vieil homme restait impassible face à lui. Il était revenu dans la chambre d'hôpital et la tension était palpable. Noé n'avait aucunement l'intention d'être au service des anciens pendant les deux ou trois siècles à venir :

— Suis-je votre prisonnier ? demanda Noé d'une voix grave.

— Mais aucunement, se défendit le conservateur. Tu es mon invité.

— Alors, invitez les autres avant qu'ils ne meurent tous.

— Impossible !

Le ton du vieil homme avait changé, il était désormais sec, presque cinglant. Son visage était fermé et ses gestes devenaient saccadés.

— Sauvez mes amis et je m'engage à arranger tout le bordel dans vos sphères.

— Impossible, ai-je dit. Il ne peut y avoir qu'un intrus à la fois. Je ne dérogerai pas à la règle que je me suis fixée.

— Alors vous n'obtiendrez rien de moi ! répliqua Noé.

Le vieil homme fit quelques pas, puis revint devant le soldat. Son sourire était réapparu, il semblait de nouveau jovial.

— Lorsque je t'ai dit que j'avais besoin d'aide pour récupérer les sphères perdues, je parlais bien évidemment d'un corps. Je peux aisément me passer de son esprit ! Ne te l'avais-je pas précisé ?

Noé réfléchit en silence, puis rétorqua :

— Les anciens n'auraient certainement pas admis que des êtres évolués, nés de leurs volontés, meurent accrochés à leur pyramide ! Vous devez porter assistance à mes amis ou vous dévoyez la mission de sauvegarde qui vous a été confiée.

— Impossible !

Le conservateur avait disparu. Emportant avec lui tout espoir et toute solution à leur problème. Noé se leva et constata que sa chambre n'avait aucune issue. Perdu dans cette immensité et sans aide, son corps allait dépérir. Son armure ne disposait que d'une réserve d'air de trois jours…

Il n'avait que ce temps limité pour convaincre une intelligence supérieure omnipotente vieille de plusieurs milliards d'années. La tâche n'était pas aisée.

Noé se recoucha sur son lit et prit sa tête dans ses mains. Il n'était pas de taille à faire plier l'héritier des anciens. Il savait qu'il avait pourtant fait mouche et que ses arguments avaient déstabilisé son interlocuteur. Lors de leur prochaine rencontre, il devrait enfoncer le clou !

Lentement, la salle d'hôpital se volatilisa. Noé se retrouva seul à flotter dans l'espace. Autour de lui, l'univers brillait de mille couleurs, toutes plus belles les unes que les autres. Il devait garder à l'esprit que tout cela n'était qu'un rêve. La réalité, l'unique réalité qui comptait, était bien plus sinistre et froide. Son corps, dans son armure, dérivait seul dans la pyramide.

Le chaos sublime de milliards de galaxies en constante évolution explosait sous ses yeux. Il contemplait ce spectacle avec gratitude : peu avant lui avaient eu un tel privilège.

Puis tout stoppa. Le noir l'enveloppa et un froid intense le glaça. Il venait de réintégrer son corps et son équipement tentait de maintenir sa température, mais ses batteries faiblissaient dangereusement.

— Laisse entrer mes camarades !

Une voix métallique lui répondit. Elle le frappa presque physiquement :

— JAMAIS !

Noé accusa le coup. Il avait peur. Cette volonté était furieuse et sa démesure pouvait à tout moment le tuer. Il devait fuir !

Il reprit le contrôle de son armure et rechercha le signal GPS de sa balise. Il savait que la sortie se trouvait à cet endroit. Il activa ses réacteurs et se dirigea vers son but.

— Tu ne partiras jamais d'ici, ajouta la voix dans sa tête.

Noé constata que la distance avec son appareil ne diminuait pas. Il stoppa ses propulseurs.

— Tout ceci n'est pas réel ? Je ne suis pas revenu dans mon corps ?

— Comprends bien, humain, qu'il ne peut y avoir aucune considération qui prime sur ma mission. Les sphères doivent être récupérées et ramenées à la place qu'elles doivent occuper. Plus vite tu abandonneras ces obsessions mineures, plus vite tu rempliras le rôle que je t'ai alloué.

— Je m'engage à rechercher toutes les bulles perdues et je les retrouverai toutes. Et vous, puisque vous ne pouvez pas m'aider, je vous demande de trouver une solution pour sauver la vie de mes camarades. C'est bon ?

Noé réapparut dans la chambre d'hôpital, le vieil

homme l'attendait.

— Les sphères doivent être récupérées, dit-il en plongeant son regard bleu ciel dans celui du soldat. Il n'existe aucune autre priorité.

— Ok, je m'en occupe. La priorité des priorités sera traitée en … priorité, mais, peut-on envisager que d'autres choses, pas prioritaires du tout, puissent elles aussi être… considérées ?

— Aucun de tes quatre amis n'entrera dans la pyramide !

— Quatre ! Ils ne sont plus que quatre !

Noé restait abasourdi par cette nouvelle.

— Ne sois pas peiné, Noé, leur survie ne pouvait être qu'éphémère. Ta race est issue d'une évolution si spécifique avec son environnement que ton existence devient problématique dès que tu changes d'écosystème.

— Comment les préserver ? Les anciens tenteraient de les sauver, j'en suis convaincu !

— Probablement, mais qui peut parler au nom des anciens ? Certainement pas toi, tu n'es qu'un singe vaguement dégrossi…

— Je suis le fruit de la volonté des anciens. Je suis un fruit dans le verger qu'ils ont créé. Et vous, vous êtes le… conservateur ! Si vos sphères, et ce qu'elles contiennent, ont autant d'importance que vous le dites, vous devez secourir mes camarades !

— JAMAIS !

— Place-les dans des sphères pendant qu'ils sont encore vivants, puis on avisera ?

— JAMAIS ! Jamais, ils n'ont pas leur place ici, jamais ils n'entreront dans la pyramide !

— Alors étendez votre protection à la zone d'influence de la pyramide. Sécurise la surface couverte de sable doré. Ils comprendront que cet espace est désormais sans danger. Je vous en conjure, ne laissez pas disparaître ces vies inutilement. Les anciens ne l'auraient pas permis.

Le vieil homme resta silencieux, puis se volatilisa. Noé à nouveau, se retrouva seul.

Chapitre 8

FOGGYLAND

La pyramide réapparut sur une planète aride, au sol couvert d'une brume épaisse verdâtre. Un soleil lointain éclairait de ses faibles rayons la surface rocheuse de ce monde figé dans le froid.

La glace se forma instantanément sur les visières. Les batteries, déjà à la peine pour maintenir les corps à la bonne température, devaient être allégées pour ne pas les affaiblir davantage.

Les armures furent placées en mode survie.

Le sergent activa son chrono. Naha analysa l'air pendant que Marc se plaçait en protection avec son canon multi-ions.

Hiro tenta d'établir une liaison radio avec Luc ou Fred, mais n'obtint aucune réponse. Il renouvela l'opération avec Noé, puis Sam et Val. Il n'eut pas plus de succès.

Le sergent adressa une prière silencieuse à Dieu, espérant ainsi qu'il prendrait en pitié ses deux amis et les protégerait dans le voyage qu'ils s'apprêtaient à entreprendre.

Ce monde vaporeux semblait figé dans un silence pesant. Le sergent escorta Naha lorsqu'elle partit à la limite du sable doré prélever la terre de cet écosystème.

— Ce caillou poussiéreux me fait penser à Stonemist… Y avait combien de sphères déjà ?

— Une, je crois bien, répondit la jeune femme.

Les résultats du sol confirmèrent le peu de vie qu'il contenait. Les sphères seraient peu nombreuses.

Marc finit par intervenir sur le canal radio général :

— Truc bizarre à neuf heures !

Aussitôt, les soldats se regroupèrent et tentèrent de voir dans la brume ce qu'avait repéré Marc. Le sergent ne distingua rien de particulier.

— T'as vu quoi, Marc ?

— Je ne sais pas trop, une sorte de boule… répondit le soldat un peu gêné par l'absence de visibilité.

— Je ne vois rien, ponctua le sergent.

Un vent puissant se leva, dégageant assez l'horizon pour que les soldats repèrent les fameuses boules qui arrivaient dans leur direction. Quatre sphères noires, bien rondes, de deux mètres de diamètre tout au plus, qui volaient à un mètre du sol.

— Tous en position de combat, hurla le sergent.

Marc arma son puissant canon et le plaça sur un rocher devant lui. Naha et Hiro se positionnèrent à droite et à gauche du soldat mitrailleur. Le sergent se mit derrière lui et visa la première boule, droit devant.

— Naha, celle de droite, Hiro celle de gauche, et je prends au centre. Marc, tu canardes dans le tas. Aucune boule ne doit arriver jusqu'à nous, c'est compris ? précisa le sergent.

Les boules n'étaient plus qu'à quelques mètres de la limite définie entre la terre grise et le sable doré, lorsqu'elles ralentirent et s'écartèrent assez pour se poser sur le sable, dans chaque coin du rectangle formé par la zone de sable doré.

Les soldats restèrent immobiles, prêts à déclencher le feu à la moindre action des boules, mais rien ne se passa.
— Vous en pensez quoi ? demanda le sergent.
— Rien, mais alors rien de tout, répondit Hiro.
— Naha ? Marc ? insista le sergent.
— Moi, je pensais à des grenades envoyées d'on ne sait où. Mais comme elles se sont arrêtées et qu'elles n'ont pas explosé… là, je ne vois pas, dit Marc.
— Moi je verrais bien des mines. Comme pour les sous-marins, si tu bouges, t'exploses ! suggéra Naha.
— Je ne sais pas trop. On fait quoi, Sergent ?
— On attend ! Inutile d'improviser quoi que ce soit dont on ignore les répercutions. Marc, tu ne quittes pas des yeux ces boules noires. Si elles bougent vers nous, tu les allumes avec le multi-ions.

Au même moment, la pyramide vibra, mais le sommet ne s'ouvrit pas.
Les soldats comprirent que la situation ne faisait qu'empirer. Ils devaient réagir et vite !

Pyramide (4)

Dans sa chambre immaculée, Noé faisait les cent pas. Il attendait, un peu stressé, le retour de son hôte. Il avait bien compris qu'il vivait un rêve éveillé et que cette pièce n'existait que dans son esprit. Le temps lui était tout de même compté et il ne décolérait pas.

Tant qu'il ne trouverait pas de solution, son corps resterait à dépérir dans un coin de cette maudite pyramide.

Il avait pourtant tout tenté pour faire entendre raison à cet être borné et intransigeant. Le conservateur, cette intelligence artificielle omnipotente, avait besoin de lui. Il avait un véritable moyen de pression et il devait s'en servir.

L'image de sa chambre commença à bouger de façon saccadée. Noé comprit qu'il se passait quelque chose d'anormal.
— Conservateur ? Y a un problème ?

Il n'eut aucune réponse.
— Conservateur ! Ne soyez pas idiot, si je peux vous aider, je le ferais sans aucune hésitation.

Le conservateur réapparut dans la pièce d'hôpital. Il semblait grave, son image se désynchronisait par à-coups, elle aussi.
— Que se passe-t-il ? demanda Noé.
— J'ai été négligent et je n'ai pas vu le piège qui m'était tendu, répondit le conservateur anxieux.

— Je peux sûrement intervenir ? Y a un truc à réparer ?

— Je suis tombé dans un piège et je vais le payer de la plus cruelle des façons !

— Mais qui a bien pu tendre un piège à la pyramide ? Elle est gigantesque et vous avez tous les pouvoirs. Expliquez-vous ?

— Les anciens avaient des ennemis… Des êtres aussi puissants qu'eux, mais dénués de tout intérêt pour le vivant. Lorsque ces deux races entrèrent en conflit, les galaxies devinrent le théâtre de combats titanesques. Des mondes entiers disparurent dans cette terrible lutte, puis, lorsque les anciens s'imposèrent, leurs adversaires laissèrent derrière eux des pièges afin de les affaiblir. Ces armes, très sophistiquées, repéraient la technologie des anciens afin de mieux la détruire. Ils ensemencèrent de nombreuses galaxies de ces artefacts terribles et malgré ma vigilance, je viens de me faire piéger par l'un d'eux !

— Comment le détruire ou le désactiver ?

— Le détruire ? Les anciens eux-mêmes avaient le plus grand mal à y parvenir… Je ne dispose pas des ressources pouvant annihiler ces armes redoutables. Je suis perdu !

— On va trouver une solution, ne vous inquiétez pas, Conservateur.

— Tu ne comprends pas, Noé. Le piège s'est refermé sur nous. Il a déjà informé qui de droit de notre présence. Les exterminateurs sont en route… Nous ne survivrons pas à leur rencontre, je peux te le certifier !

Le conservateur quitta la pièce sans dire un mot de plus. Noé n'avait pas assez d'informations en sa possession pour imaginer une quelconque solution.

La situation semblait désespérée.

***

Sur la paroi de la pyramide, les soldats attendaient que le sommet s'ouvre, mais rien ne se passa. Plusieurs fois, la pyramide vibra sur ses bases. Le tremblement de terre qu'il en résulta fit remonter les corps de Paul et Ben à la surface du sable doré.

— Ces satanées boules bloquent la pyramide. Tu vas voir qu'elles vont nous empêcher de repartir, cria le sergent.

Le sergent, sous le coup de la colère, ouvrit le feu, bientôt suivit par Marc et son canon multi-ions. Hiro avança pour vérifier le comportement de la boule à l'ouest alors que Naha scrutait celle du sud.

Après ce feu nourrit, le sergent ordonna l'arrêt des tirs et constata que cela restait sans effet.

Il posa alors son fusil et dégaina son couteau, Hiro l'imita. Sous la protection de Marc et Naha, ils s'approchèrent d'une boule et tentèrent de l'abîmer.

Malgré leur détermination, aucun coup ne put pénétrer la matière dont étaient faits ces artefacts. En désespoir de cause, le sergent donna un violent coup d'épaule dans l'une d'elle, qui recula d'un millimètre.

— Elle a bougé ! s'écria le sergent.

— J'ai rien vu. Vous êtes sûr, Sergent ? demanda Hiro.

— Bien évidemment que je suis sûr ! Marc ? Ramène-toi ici, et vite ! lança le sergent.

Le soldat confia le canon multi-ions à Naha qui accusa le coup en le réceptionnant. Elle le fixa contre son bas-ventre et activa la visée laser. Le mince rayon rouge se posa sur la boule

204

noire et ne la quitta plus.

Marc se plaça dos contre la boule alors que le sergent et Hiro se placèrent sur les côtés. C'est Naha qui coordonna les efforts à fournir :
— Si vous sentez quoi que ce soit, vibration, chaleur ou un son bizarre, vous reculez immédiatement. C'est bien compris ?
— On est bon, tu lances le décompte ma belle ! répondit le sergent.
— Trois, deux et un, GO ! hurla-t-elle dans la radio.

Les trois hommes poussèrent et la boule commença à rouler.
— En avant, Soldats ! les invectiva Naha.

La boule recula, de centimètre en centimètre, elle se rapprochait de la limite du sable doré. Naha finit par déposer son arme au sol et courut porter main forte à ses amis. Finalement, la boule fut sortie de la zone du sable doré et cela entraîna une nouvelle série de vibrations de la pyramide.
Instinctivement, les soldats comprirent qu'ils devaient se hâter. Les vibrations assourdissantes de la pyramide avait quelque chose d'inquiétant. Ils sentaient, dans leurs chairs, l'urgence de la libérer.

Dans le même élan, ils se précipitèrent sur la deuxième boule. Malgré l'aide de Naha, elle sembla deux fois plus lourde à faire rouler. Une fois la boule sortie de la zone du sable, la pyramide réagit de nouveau avec force, elle semblait les acclamer. Dans la foulée, son sommet s'entrouvrit.

Les soldats coururent vers une autre boule. Ils étaient exténués. Il leur fallut deux fois plus de temps pour expulser l'artefact du sable. La pyramide rugit sur ses bases et son sommet s'ouvrit entièrement. Des dizaines de sphères rouges jaillirent et filèrent en direction d'un vaisseau.

Les soldats n'en croyaient pas leurs yeux ; un vaisseau spatial venait à toute vitesse dans leur direction. Il projeta des boules noires qui explosèrent au contact des sphères rouges. Le ciel s'illumina d'explosions gigantesques. D'autres sphères rouges se lancèrent à l'attaque de cet ennemi qui gagnait du terrain. Les boules noires, plus petites et plus rapides, décimèrent les rangs adverses.

Le sergent hurla ses ordres tout en courant :
— La dernière boule, vite !

Tous se remirent à courir vers le dernier artefact.
Ils étaient essoufflés, épuisés et en sueur. Malgré leurs efforts, la boule ne bougea pas.
— Naha ! Redonne le rythme ! cria le sergent.
— Légionnaires ! Gloire et honneur ! C'est maintenant ou jamais ! Trois, deux, un, POUSSEZ ! hurla la jeune femme dans un cri proche de l'agonie.

Et la boule bougea. Tout d'abord indistinctement, puis elle roula. Lorsqu'elle fut repoussée hors de la zone du sable, le haut de la pyramide se referma puis les casques et combinaisons s'éteignirent, ils furent comme aspirés. Tous ressentirent une puissante accélération, puis une décélération au moins aussi intense.

Chapitre 9

ACQUALAND

La pyramide réapparut au fond d'un océan, mais, contre toute attente un champ de force maintenait l'eau à distance. Le sol, couvert de coraux fluorescents multicolores, illuminait la scène comme en plein jour.

Les soldats n'en croyaient pas leurs yeux, ils contemplaient la vie sous-marine en face d'eux comme au travers d'un aquarium géant. Tel un mur, l'eau figée en équilibre stagnait et semblait être repoussée hors de la zone d'influence de l'artefact délimitée par le sable doré.

En activant son chrono, le sergent prit à témoin son escouade :

— Je rêve ou la pyramide nous offre sa protection ?

— Faut croire… Mais j'encourage tout le monde à rester tout de même sur ses gardes, répondit Hiro.

— C'est à plus rien n'y comprendre, ajouta Marc.

— Un petit geste pour nous remercier de l'avoir débarrassée des boules ? demanda Naha.

— Sûrement, y a le beau geste, j'en conviens, ajouta le sergent.

La protection démarrait à la limite du sable doré sur le

sol et formait un dôme qui passait à plusieurs centaines de mètres au-dessus de la pyramide. Au-delà de cette limite, le fond de l'océan était parsemé d'algues et de coraux fluorescents. Cette luminosité était suffisante pour pouvoir contempler cet environnement si particulier.

Comme à chaque arrivée sur un nouveau monde, Hiro se faisait désormais un devoir de tenter d'établir une liaison radio avec ses amis disparus : Luc, Fred, puis Sam et Val et pour finir Noé, mais il n'obtint aucune réponse.

Marc ne comprenait rien et laissait ses trois autres camarades se débrouiller avec cette situation insolite. Comme il le faisait à chaque fois, il se posta en surveillance avec son canon multi-ions. Mais pour une fois, ce fut vers le haut qu'il pointa son arme.
— Naha, t'en penses quoi ? demanda le sergent.
— Pas grand-chose… Sauf que Noé n'est peut-être pas aussi mort qu'on pourrait le croire. Et qu'il a sûrement négocié un truc avec ceux qui pilotent la pyramide ?
— Pourquoi pas..., ponctua l'officier.

Naha se brancha sur le canal personnel de Noé :
— Noé, par pitié ! Si tu m'entends, réponds. Je t'en conjure ! Fais crépiter ta radio, cherche un moyen de nous donner un espoir !

Les soldats, attentifs, scrutèrent les communications, mais la radio resta désespérément muette. Dépitée, Naha se lança dans l'analyse de l'air et n'en crut pas ses yeux.
— Atmosphère identique à celle de Terre. La similitude est poussée au point que j'ai même trouvé diverses traces de polluants liés à l'industrie pétrochimique.

— Si on avait besoin d'une confirmation pour dire que tout cela n'est pas très naturel, on l'a ! On recharge en oxygène, mais on garde nos casques fermés, ajouta le sergent.

Les soldats restaient perplexes, car pour l'heure, ils disparaissaient bien les uns après les autres. Comme ils ne pouvaient rien y faire, ils décidèrent de laisser les choses avancer à leur rythme. Il serait bien temps de réagir lorsque la situation l'exigerait.

Chacun profita du calme ambiant pour décompresser et admirer le spectacle qui les entourait.

Le décor était saisissant ; des poissons plus ou moins gros, et de toutes couleurs, venaient découvrir cette curieuse pyramide au fond de leur océan. À mesure que les heures passèrent, de nombreux autres animaux marins se montrèrent. Cette faune particulière était fascinante. Les formes, souvent saugrenues, ne laissaient pas indifférents les soldats qui s'émerveillaient en voyant cette diversité scintillante ou étincelante, tel un feu d'artifice.

Pendant plusieurs heures, cet incroyable ballet fut suffisant pour captiver l'attention des militaires. Puis un gigantesque requin rouge aux écailles fluorescentes finit par se présenter. Cette créature terrifiante considéra les humains comme des proies méritant son intérêt. Sans crier gare, il se jeta en avant et percuta de plein fouet un mur invisible. Mais il en fallait plus pour décourager le mastodonte de plusieurs tonnes qui renouvela plusieurs fois son attaque.

Malgré sa détermination, plusieurs blessures obligèrent le géant des mers à renoncer. Il s'éloigna aussi vite qu'il était apparu.

La menace écartée, lentement, les poissons multicolores reprirent leur ronde autour de la pyramide.

Les hommes en profitèrent pour se détendre et dormir. Cette protection inattendue s'avérait efficace, ils n'étaient pas en danger.

Naha, une fois reposée, finit par avancer et se dirigea vers le mur d'eau. Les autres soldats, intrigués, la suivirent des yeux.

Arrivée face à l'océan, elle laissa sa main pénétrer dans l'eau tiède. Rien ne s'opposa à son geste. Un court instant, elle s'imagina partir à la nage dans cette masse liquide, mais la voix du sergent la ramena à la réalité :

— Tu te sens pousser des nageoires, ma belle ? rit-il sur le canal radio.

— Je voulais juste m'assurer qu'on n'était pas prisonniers. Je soupçonne Noé d'être un excellent diplomate. Mon petit doigt me dit qu'il négocie le retour à notre point de départ pour le prochain saut.

— Alléluia ! Prions que ton petit doigt ait raison, ironisa le sergent.

La jeune femme préleva un peu d'eau de mer et une poignée de terre issue du sol marin. Une fois les analyses terminées, elle trouva un nom pour ce monde et enregistra les résultats dans la mémoire de son équipement. Avec tristesse, elle repensa à ses amis disparus. Elle adressa une prière muette pour Val et Sam, mais aussi Fred et Luc, et surtout Noé.

— Sergent, je donne le nom d'Acqualand à cette planète et Foggyland à celle qu'on vient de quitter.

— OK, répondit simplement l'intéressé.

Dans le calme absolu du fond de cet océan, la fatigue accumulée ces derniers jours par les soldats finit par se faire ressentir. Le sergent n'échappait pas à cette réalité, ils devaient se reposer.

Il chargea Marc de monter le premier tour de garde et incita les autres à se reposer un peu. Puis, sans un mot, il repartit enterrer les corps de ses hommes qui avaient été exhumés.

Deux heures passèrent, puis la pyramide vibra. L'officier, qui s'était endormi, se réveilla en sursaut. Il se redressa et s'étira en saisissant son arme. Il consulta son chrono et nota l'heure : sept heures vingt-deux. Ce temps était bien inférieur à celui de Sheashore. Au mieux, il leur resterait dix heures sur cette planète.

Les sphères commencèrent à apparaître et illuminèrent le fond de l'océan. Le flot de ces bulles franchit avec force le mur d'eau et disparut dans la noirceur aquatique.

Le sergent se dirigea alors vers Marc et lui dit qu'il le remplaçait, le soldat ne se fit pas prier et lui confia son arme avant de partir se coucher à son tour.

L'officier se retrouva seul. Il entreprit l'escalade de l'artefact. Il n'avait qu'une seule idée dans la tête : si Noé avait bien réussi à entrer en contact avec les pilotes de cette pyramide, il devait en avoir la certitude.

L'ascension fut longue et éprouvante. Une fois parvenu au sommet, le calme était revenu. Les sphères étaient toutes parties faire leurs récoltes.

Le sergent monta sur la surface plane du haut de la pyramide et contempla l'océan qui emplissait le ciel. Quel spectacle saisissant, même lui était impressionné !

Il posa un genou au sol et plaça sa main ouverte sur la matière lisse et brillante. Il activa le canal radio et s'adressa directement à Noé.

— Au rapport, Noé ! Es-tu à l'origine de ce champ de force qui maintient l'eau à distance ? Donne-nous un peu d'espoir, bordel !

Mais, comme il s'en doutait, il n'eut aucune réponse.

Devait-il, lui aussi, se laisser piéger à l'intérieur ? Il était perplexe.

Déjà des sphères revenaient. De tailles plus ou moins grosses, des dizaines de bulles percèrent le mur d'eau et s'engouffrèrent dans la pyramide sans même ralentir. Le sergent s'était décalé, il savait que les toucher pouvait le tuer.

Le flot des sphères fluorescentes s'intensifia, le fond de l'océan était éclairé comme en plein jour. L'officier comprit vite que cette luminosité allait attirer divers animaux du même type que le requin géant.

La lumière des sphères finit par réveiller Marc. Il s'étira longuement, puis fit quelques pas vers le mur d'eau. Il sourit en voyant passer divers bancs de poissons, poursuivis par des bestioles bizarres ressemblant à un croisement entre des pingouins rouge vif et des raies mantas.

L'un de ces surprenants animaux remarqua Marc et stoppa sa course. Le soldat s'amusa à le saluer. L'animal prenant ce geste pour un jeu mina le mouvement.

Marc tourna sur lui-même. L'animal, rejoint par d'autres congénères, l'imita. Leurs regards se croisèrent et le militaire n'y décela aucune malice. Juste un désir d'échange anodin et de curiosité.

Grisé par cette convivialité, Marc avança sa main et franchit le mur d'eau. L'animal s'approcha avec entrain et mordilla son gant.

En voyant son soldat prendre un risque inconsidéré, le sergent intervint sur le canal radio :
— Marc ! T'es débile ou quoi ? Recule immédiatement et retourne à ton poste !

Marc obéit. L'animal, déçu, ne comprit pas cette soudaine réaction. Il patienta un peu, puis rejoignit ses congénères et leurs activités avec enthousiasme.

Naha et Hiro se réveillèrent à leur tour. Ils consultèrent leur montre. Ils n'avaient plus que quelques heures à attendre au fond de cet océan avant de repartir. Naha tenta à nouveau de contacter Noé :
— Noé ! Es-tu en mesure de nous donner un signe de vie ?

Elle n'eut aucune réponse, mais sa conviction intime n'était pas entamée. Elle en était certaine : de près ou de loin, Noé était à l'origine de ce changement de situation.

Les heures passèrent sans incident notable, puis, après avoir absorbé un petit groupe de sphères, la pyramide se referma. Presque aussitôt, le temps parut ralentir et les combinaisons s'éteignirent, ils furent comme aspirés. Tous ressentirent la puissante accélération, puis la décélération.

Pyramide (5)

Noé savait qu'il se jouait une partie extrêmement serrée à l'extérieur. Il connaissait ses amis, ils réagiraient avec efficacité, mais avaient-ils assez d'informations pour prendre les bonnes décisions ? Il comptait surtout sur Naha, cette jeune femme avait toujours été d'une intelligence rare. Il aurait misé ses dernières rations sur son intuition féminine.

Le vieil homme finit par réapparaître. Noé l'assaillit aussitôt de questions :

— La pyramide est sauvée ? Comment vont mes camarades ? Puis-je les voir ?

— Ils ont été d'un courage exemplaire et je leur garantis désormais ma protection. Mais ils n'entreront pas dans la pyramide. Ce n'est pas leur place !

— Ont-ils été blessés ? Comment ont-ils fait pour sortir la pyramide de ce piège ?

— Ils ont repoussé les entraves qui nous bloquaient sur cette planète, hors de la zone du sable doré. J'ai alors pu mettre la pyramide en sécurité. J'ai une dette envers tes amis et je m'en suis acquitté.

— OK, ça me va.

— Voilà qui me semble judicieux. Pouvons-nous revenir à ce qui justifie ta présence en ce lieu ? demanda le conservateur, un sourire malicieux aux lèvres.

— Je suis à votre service et il me tarde de me rendre utile.

Noé réintégra aussitôt son armure et le froid le saisit. Le

vieil homme continua à lui parler, mais à travers sa radio :

— M'entends-tu, cher Noé ?

— Cinq sur cinq, je présume que tout cela est désormais bien réel ?

— Tu présumes bien, mon ami.

Au loin, Noé repéra la lumière fluorescente d'une bulle qui approchait à grande vitesse dans sa direction. Elle finit par ralentir et s'arrêta à quelques mètres de lui. Noé réfréna l'envie de la toucher, il savait combien elle était dangereuse.

— Veux-tu suivre cette sphère, elle te conduira vers un lieu particulier.

— *J'y vais, Chef,* se surprit à répondre Noé.

Comme cette phrase lui revenait bien trop souvent à son goût…

Le soldat alluma ses rétrofusées et accompagna la sphère qui avançait au ralenti. Les heures s'enchaînèrent les unes après les autres, sans qu'il ne distingue la moindre lumière. Dans ce vide sidéral, le silence devenait obsédant. Ses batteries montrèrent subitement des signes de fatigue. Il désactiva certains de ses systèmes secondaires et allégea la consommation de son armure.

Noé commençait à douter des possibilités de sa combinaison d'aller beaucoup plus loin. Il s'en inquiéta sur le canal radio :

— Cher Conservateur ?

— Oui, Noé ?

— Mon équipement a des difficultés, il faiblit. Je ne sais pas s'il va tenir encore longtemps.

Avant même qu'il ait fini sa phrase, ses batteries se

retrouvèrent chargées à cent pour cent et l'oxygène de ses bouteilles semblait plus pur, plus frais.

— Merci.

— Tu es précieux, Noé, bien plus que tu ne peux l'imaginer.

— Mais j'en conviens, ma mère n'arrêtait pas de me le dire. Rien ne m'attend sur Terre et je ne compte pas retourner faire la guerre à de pauvres bougres qui ont construit leur vie sur d'autres planètes pour continuer d'enrichir toujours les mêmes. Je ne leur dois rien et ils sauront bien se passer de moi !

— Que souhaites-tu, cher Noé, au plus profond de ton cœur ?

— Je veux de l'aventure. Je veux que ma vie ne soit plus qu'émerveillement et éblouissement. Je veux que chaque jour soit extraordinaire et fascinant. Et je sens, cher Conservateur, que vous avez le pouvoir d'exaucer ce vœu ?

— Je vais, cher Noé, combler le moindre de tes désirs et je te garantis que tu vivras une vie plus « grandiose » qu'aucun autre être humain ne vivra jamais.

Le soldat était rassuré. Le conservateur pourvoirait à l'ensemble de ses besoins aussi physiques et psychiques.

Il continua alors d'avancer lorsqu'il perçut, droit devant lui, une petite lueur. Il lui fallut tout de même une bonne heure pour parvenir à identifier le lieu de sa destination. Il s'agissait d'une plateforme comportant divers édifices aux formes futuristes et brillantes.

La sphère ralentit et se posa sur ce qui semblait être une aire d'atterrissage. Sur le côté, Noé repéra diverses salles aux parois translucides. Il aperçut une chambre, avec un lit et un écran géant et, à côté, une autre pièce avec un dôme de piscine sur un bassin circulaire.

— Te voilà chez toi, Noé, lui apprit le conservateur.

— Ça m'a l'air charmant, répondit le soldat un peu sur la

défensive.

— Nous devons… rapidement… effectuer des… vérifications et… analyses, dit son interlocuteur.

La voix hachée du vieil homme n'avait rien de rassurant. La difficulté pour trouver ses mots prouvait qu'il tentait de lui dissimuler quelque chose. Noé préféra prendre les devants :

— Cher Conservateur. Vous avez le pouvoir d'entrer dans ma tête et de connaître la moindre de mes pensées. Donc… que me cachez-vous ?

— Je vais devoir te dupliquer, répondit le plus simplement du monde son hôte. Et je dois choisir, avec soin, mes mots afin de te… contrarier le moins possible.

— Me dupliquer ? Voilà qui n'est pas banal. Pourriez-vous m'en dire plus, afin… de ne pas me contrarier ? ajouta Noé, qui sentait la situation lui échapper.

Le conservateur lui expliqua ce qu'il comptait faire :

— Je vais sauvegarder la version actuelle de toi.

— Mais pourquoi faire ? s'inquiéta Noé.

— Pour pouvoir y transférer ta conscience lorsque ton corps aura dépéri.

— Quoi ? Mais vous pouvez faire cela combien de fois ?

— Des millions.

— Sans détériorer ma conscience ?

— Ta conscience restera intacte et ton corps sera, à chaque fois, en tout point identique à celui d'aujourd'hui. Je dois admettre qu'inéluctablement le temps pèsera sur ta lucidité et que tu finiras par t'éteindre de toi-même. Mais entretemps, nous aurons accompli de grandes choses, de très grandes choses.

— Je dois avouer que cette idée est assez effrayante.

— Aucunement. Nombreux ont eu ce privilège avant toi et bien d'autres l'auront après toi. Déshabille-toi et avance vers la matrice, tu devras entrer entièrement dans le bain régénérateur. Rassure-toi, ta vie ne sera pas en danger.

Noé avait du mal à envisager une existence de plusieurs millions d'années. Combien de sphères s'étaient-elles vraiment perdues à l'intérieur de cette pyramide ?
S'était-il, de lui-même, condamné à une éternité de servitude ?

Le soldat écarta toutes ces questions de sa tête et retira son casque, puis son armure. Il rangea ses affaires sur une table et avança droit devant lui. Il pénétra calmement dans le bassin et plongea au fond de ce liquide laiteux et visqueux.

Chapitre 10

MARSHLAND

La pyramide réapparut sur un monde marécageux, à la nature enlisée dans des flaques d'eau stagnante et boueuse. Le sergent activa son chrono et Marc plaça son canon multi-ions en protection.

À travers son viseur, le soldat vérifia que les environs étaient assez dégagés pour pouvoir sécuriser facilement la position.

Naha analysa l'atmosphère et, comme elle s'en doutait, les résultats furent semblables à ceux relevés sur Acqualand : l'air était identique à celui de la Terre. Elle en informa ses camarades et ils purent ouvrir leurs casques.

Le sergent remarqua qu'un oiseau bizarre gisait au sol après avoir percuté de plein fouet le mur invisible qui entourait la pyramide. Cette protection accordée sur Acqua avait donc été prolongée et cela n'était pas pour lui déplaire. Il vérifia tout de même qu'ils n'étaient toujours pas prisonniers en passant son poing hors de la zone définie par le sable doré. Une fois certain qu'il pouvait la traverser, il informa Hiro qu'il pouvait déployer le drone.

Il se dirigea ensuite vers la petite forme recroquevillée à la limite du sable doré. Plus il approchait, plus il se rendait compte qu'il ne s'agissait pas d'un oiseau, mais d'un minuscule être plumé. Une aile, vraisemblablement cassée, était retournée sur le corps sans vie. Le sergent posa un genou au sol et avec l'embout de son arme repoussa l'aile. Il eut un mouvement de recul en voyant un buste couvert de plumes rappelant celui d'un nouveau né.
— Putain de merde…, échappa à l'officier.
— C'est un bébé ange ? demanda naïvement Marc.
— On n'est pas sur Terre, y a pas d'ange ici ! répondit son supérieur qui s'éloigna rapidement.

Hiro, de son côté, activa le drone et inspecta les environs. Un horizon inondé, à la végétation moribonde et éparse. Cette vision, d'un univers noyé, se révélait assez malsaine. Une multitude de petites collines entrecoupées de lacs d'eaux stagnantes entouraient la pyramide. Aucun animal ou autre forme de vie n'étaient visibles.
Tout cet écosystème, figé dans un liquide verdâtre immobile, ne représentait aucun danger immédiat.

Naha, de son côté, analysa l'air et le sol de cette planète, en passant sa main hors de la zone protégée par l'artefact. L'eau se révéla non potable, bien trop riche en nitrate. La terre était si pauvre en humus qu'on aurait pu parler de sablon, un mélange de sable et d'argile. L'atmosphère, à base de carbone, n'était pas respirable non plus.

Alors que le drone revenait vers les militaires, il fut sauvagement attaqué par deux êtres ailés. Ils bloquèrent les hélices et laissèrent tomber la machine de plusieurs mètres dans la boue. Hiro allait s'élancer, mais le sergent intervint :

— STOP ! Prudence, Soldat ! Ne nous jetons pas dans la gueule du loup comme des bleus !

Cet appareil était capital pour leur survie, ils le savaient tous. La perte de la sonde avait déjà été un coup dur, alors il était hors de question d'abandonner encore du matériel. Hiro ne décolérait pas et s'emporta :

— Il faut absolument récupérer le drone et le réparer avant qu'il ne coule dans la vase !

— Y a pas le feu et ne prenons aucun risque. Si Noé est bien en négociation là-dedans, dit le sergent en désignant la pyramide, je ne veux pas lui compliquer la tâche. On reste zen et on gère, avec doigté, toute sortie de la zone sécurisée.

— Attention, ça sent le piège à plein nez, ajouta Naha.

Marc tenait toujours en joue les bestioles qui avaient attaqué le drone. Elles patientaient, en vol stationnaire, juste au-dessus de l'appareil accidenté. Les tuer ne lui poserait aucun problème.

— Pourquoi elles ne s'éloignent pas, Sergent ? demanda le soldat, l'œil rivé au viseur.

— Elles espèrent qu'un con comme toi approche en zone dégagée. Je parie une chope de bière qu'elles sont des centaines bien planquées, à souhaiter nous tomber dessus. De leur point de vue… on a tué un de leurs enfants…

— Mais il faut récupérer notre drone ! s'indigna Hiro.

Comme Hiro, Marc commençait à s'énerver. Il n'avait pas l'intention d'abandonner du matériel alors qu'ils en avaient terriblement besoin. Il attendit que la discussion redémarre entre le sergent, Hiro et Naha pour agir. Tout doucement, il se décala vers l'est sans se faire remarquer.

Il était décidé à reprendre son bien et ne se sentait pas du tout responsable de la mort de cet enfant ailé. Il devait faire vite afin de ne pas attirer l'attention du sergent. Il posa son canon multi-ions au sol et ferma son casque.

En quelques minutes, il franchit la protection qu'offrait la pyramide et courut jusqu'au drone. L'herbe éparse sembla réagir à l'avancée du militaire. Les plantes se redressèrent de façon étrange et dansèrent sur elles-mêmes alors qu'aucun vent n'était présent.

Le soldat remarqua cette curiosité, sans en comprendre vraiment le sens. En réalisant qu'il se passait quelque chose d'anormal, il accéléra.

Le sergent aperçut aussi la végétation s'activer autour de la pyramide. Il se retourna pour prévenir Marc de se tenir prêt, lorsqu'il constata que le militaire n'était plus à sa place.

Un désagréable sentiment d'angoisse le saisit. Il tourna la tête afin de localiser son ami. Il le trouva hors de la limite de la protection de l'artefact. Il était immobile, comme pétrifié.
— Marc ! Recule et reviens dans la zone sécurisée, hurla le sergent sur le canal radio.

Il n'eut aucune réponse. Le soldat ne bougeait pas. L'officier pointa son arme et vérifia à travers son viseur la situation réelle de son camarade.

Marc, bien que figé, tremblait de tous ses membres. Tous remarquèrent comme des lianes le long de ses jambes. Certaines avaient perforé sa combinaison au niveau de l'entrejambes.

Alors qu'Hiro attrapait son fusil, il fut sévèrement

rappelé à l'ordre par son supérieur :

— C'est un piège ! Et Marc est tombé dedans malgré mes avertissements. Soyez sur vos gardes, ces créatures savent qu'elles ne peuvent pas nous toucher tant qu'on restera sous la protection de la pyramide.

— Marc ? Si tu m'entends, si tu es toujours en vie, fais-nous un signe et, quel que soit le risque, on viendra te secourir, dit Naha sur le canal radio.

Mais Marc n'était déjà plus en mesure de répondre. De tout son cœur, il aurait aimé les prévenir du danger, leur dire ses regrets d'avoir pris cette initiative. Il aurait voulu leur souhaiter bonne chance pour la suite, mais il ne pouvait plus. L'herbe qui l'avait agressé avait perforé sa moelle épinière et pris le contrôle de ses muscles afin de le maintenir debout.

Il n'était désormais plus qu'un pantin, un appât destiné à attirer ses camarades dans ce terrible piège.

Il avait déjà connu cette situation lorsqu'il avait été frappé par un pistolet électrique de type tazer !

Marcus Chan

Le soldat de seconde classe Marcus Chan, plus connu sous le matricule M4-01-2328-2346-JBU-6912, n'avait jamais imaginé un jour être militaire. Il intégra l'armée le jour de ses dix-huit ans contre l'assurance de recevoir une dose de vaccins contre le COVID-246 qui avait tué sa famille et décimait la Chine. Soldat efficace et volontaire, il prouva lors de ses entraînements ses qualités polyvalentes et fut directement recruté par la Space-Legion. Il quitta la Terre en 2349 pour le conflit extra-terrien.

La Chine éternelle couvre à elle seule une bonne partie de l'Asie. Ce pays-continent, par l'immensité de son territoire et l'importance de son peuple, a toujours su conjuguer les contraires. Une population pauvre d'agriculteurs analphabètes côtoyant les buildings prestigieux et les milliardaires les plus influents de la planète.

Comme toutes les civilisations, la Chine connut des heures de gloire et des heures sombres. Tout au long de son histoire, elle tenta d'ériger des frontières afin de se protéger. La grande muraille prouva mainte fois son utilité face à des envahisseurs brutaux et sanguinaires. Les barrières douanières permirent à son économie de se développer et de prospérer. Les limites politiques muselèrent les revendications pourtant légitimes.

Mais comment se prémunir efficacement d'un ennemi

invisible ?

Le changement climatique qui éleva le niveau des océans et noya de nombreuses îles n'épargna pas pour autant les vastes plaines et surtout, celles gelées du nord. Dès le vingt-deuxième siècle, la fonte du permafrost (le pergélisol) dans le sud de la Russie libéra dans l'atmosphère une multitude de maladies oubliées. Ces germes prisonniers de la glace depuis des milliers d'années s'adaptèrent assez rapidement aux conditions météorologiques modernes et ils mutèrent.

Le COVID 19, en 2019, fut le premier virus d'une longue série à frapper l'humanité dans sa globalité. L'épidémie se transforma subitement en pandémie et tua plus de deux cent mille personnes à travers le monde. Le Covid 86 fut le premier virus à faire plus d'un million de victimes. Cette hécatombe incita plusieurs états à mettre en place un passeport sanitaire où figurait l'ensemble des vaccinations obligatoires à effectuer dès la naissance. Rapidement, ce type de document se généralisa à tous les pays et fut exigé pour voyager.

Cet impératif vaccinal entraîna, lui aussi, une mortalité préoccupante, mais la peur de la pandémie réduisit au silence toutes les autres considérations. L'immunisation ne fut pourtant pas au rendez-vous et, chaque année, les populations devaient se payer les sérums toujours plus onéreux.

Le Covid 123 et les suivants dépassèrent la barre des trois millions de décès. Le passeport sanitaire changea de support pour se transformer en une puce RFID directement implantée sous la peau.

Les Covid de la série 200 tuèrent souvent plus de dix millions de personnes et pour certains de la tranche des Covid 300, on en dénombra plus de 50 millions.

Face à ces hécatombes répétées, les mesures de

confinement devinrent draconiennes et le port de gants et de masque obligatoire.

Marcus Chan était né en 2338 dans la province de Wuhan, l'année d'une pandémie si terrible qu'elle emporta plus de 40 millions d'individus à travers le monde. Son petit village perdit plus de la moitié de ses habitants. Face à cette tragédie, la famille Chan décida de migrer vers le sud du pays. Comme des milliers de migrants apeurés, ils s'entassèrent dans des logements de fortunes et grossirent la masse des populations précarisées. Marcus, dès son plus jeune âge, travailla dans les rizières pour ne pas souffrir de la faim.

Marcus, alors âgé de seize ans, trouva un emploi comme vendeur de fruits et légumes sur un marché. Rapidement, les conditions de vie de sa famille s'améliorèrent, ils purent déménager du taudis qu'ils occupaient pour se rendre en ville. Reprendre une existence un peu plus paisible leur redonna confiance en un avenir meilleur.

En 2346, le Covid 346-1 passa assez largement inaperçu. Les scientifiques avaient bien anticipé sa forme et le vaccin prévu fut d'une grande efficacité. Pourtant, alors que l'hiver touchait à sa fin, le printemps vit apparaître une évolution tout à fait singulière du virus, le Covid 346-2. L'hécatombe qui résulta de cette mutation fut d'une rare violence.

Ce matin-là, Marcus se leva avec la désagréable impression que la journée serait interminable. Il déjeuna succinctement, embrassa ses parents et partit directement au travail. En sortant de chez lui, il remarqua plusieurs personnes qui toussaient bruyamment. D'un geste automatique, il réajusta son masque sur sa bouche et passa une solution désinfectante sur ses mains.

Les médias commençaient à parler de cette nouvelle infection et incitaient la population à rester chez elle. Assez rapidement, les rues se vidèrent et les commerces fermèrent.

Marcus fit quelques courses urgentes et rentra chez lui en évitant, au maximum, tout contact avec les gens qui, comme lui, se pressaient de rejoindre leurs proches.

Dans son immeuble, tous étaient inquiets. Les malades se comptaient déjà par dizaines et cette toux sanglante ne présageait rien de bien encourageant.

La famille Chan n'était pas non plus épargnée. Son père, fiévreux, toussait abondamment et sa mère ne semblait pas en meilleure forme.

Il leur fallait un médecin. Les lignes téléphoniques surchargées ne délivraient plus aucune tonalité. Internet, saturé, tournait dans le vide sans jamais plus se connecter aux sites d'informations. La mort dans l'âme, Marcus décida d'attendre une éventuelle amélioration.

Le lendemain, la situation était critique. La moitié des malades de son immeuble étaient décédés et les autres ne valaient guère mieux. Toute la nuit, Marcus avait fait baisser la fièvre de ses parents à l'aide de paracétamol, mais désormais, il n'en avait plus. Il devait sortir et trouver de l'aide malgré le couvre-feu.

Dans la ville, il régnait un calme et un silence malsains. Quelques chiens errants croisaient des drones qui diffusaient en continu, dans des haut-parleurs saturés, les mesures de confinement obligatoire.

Marcus se faufila dans des ruelles qu'il savait sûres.

Depuis longtemps, la population y avait débranché les caméras et les divers traceurs RFID afin de ne plus subir cette surveillance systématique. Toujours sur ses gardes, il arriva devant la pharmacie du quartier, mais une dizaine de policiers en gardait l'entrée. Au sol, plusieurs personnes attendaient menottées d'être transférées à l'isolement. Rompre le confinement était passible d'un an de prison, tout le monde le savait.

Marcus préféra partir chez une connaissance survivaliste, qui se vantait de pouvoir vivre une année entière grâce à ses provisions.

Une fois devant son appartement, il découvrit que la porte avait été enfoncée et que son ami gisait dans une mare de son propre sang. Le logement avait été saccagé.

Sans état d'âme, Marcus enjamba le corps sans vie et chercha à son tour, dans tous ce fatras, les boîtes de médicaments.

Alors qu'il ressortait les bras encombrés de cartons, il se trouva nez à nez avec un autre pillard qui, sans hésitation, le visa avec son pistolet tazer. La décharge électrique fut si puissante qu'elle paralysa ses muscles et l'immobilisa durant de longues secondes, puis il s'écroula au sol, assommé.

À son réveil, l'inconnu avait disparu et, avec lui, les précieuses boîtes de médicaments. Marcus revint chez lui pour découvrir que ses parents étaient morts. L'immeuble entier restait silencieux, les rares rescapés de cette première nuit cauchemardesque avaient fui les lieux. Les sirènes de police hurlaient de toute part et, déjà, des murs de confinements étaient dressés pour isoler les quartiers les uns des autres.

Marcus comprit qu'il était condamné. Il n'avait pas les moyens de se payer la nouvelle vaccination. Sa vie n'avait aucune valeur, sauf… pour les forces interstellaires qui enrôlaient de jeunes hommes, afin de combattre dans le conflit contre les colonies spatiales.

Avant que la quarantaine ne soit définitivement bouclée, il réussit à se glisser dans un centre de recrutement militaire de son district. Une fois l'engagement signé pour cinq ans, il reçut la dose de sérum salvatrice et partit pour la Lune où il démarra son entrainement.

Les deux points d'impact du pistolet électrique tazer avaient brûlé sa peau sur plusieurs centimètres et laissèrent une marque indélébile. Ces traces, comme cette sensation de paralysie et d'impuissance, ne s'effaceraient jamais de sa mémoire.

***

Marc finit par s'écrouler au sol. Les herbes autour de lui continuèrent à pénétrer dans son corps sans vie et à se nourrir de son sang.

Le sergent serra son poing jusqu'à en faire blanchir ses phalanges. Quelle folie lui était donc passée dans la tête pour ainsi se mettre en danger ?

Hiro regardait son drone abimé à quelques mètres de son ami. Le piège implacable qui s'était refermé sur lui ne pouvait être le fruit du hasard.

Les trois militaires restèrent plusieurs minutes sans bouger. Ils essayaient de comprendre ce qui s'était vraiment passé.

Un premier être ailé finit par approcher, il fut suivi par des dizaines de ses semblables. Rapidement, ils furent plusieurs centaines à se regrouper derrière lui autour de la pyramide.

Le sergent remarqua qu'ils volaient à quelques centimètres du sol, aucun n'avait posé le pied sur la terre. Ces humanoïdes, couverts de plumes multicolores et de petite taille, avaient quatre grandes ailes qui battaient lentement. Ils savaient qu'au sol, la mort rôdait.

Le premier de ces êtres ramassa le petit corps mort et poussa un long cri strident. Les autres l'imitèrent et reprirent ce cri qui se diffusa à travers toute la vallée en contrebas. La réponse ne se fit pas attendre, l'écho de cet appel revint plus fort que jamais et, avec lui, des centaines de nouvelles créatures vinrent grossir les rangs déjà amassés devant la pyramide.

230

Comment la mort accidentelle d'un enfant pouvait-elle ainsi entraîner une race entière dans la guerre ? Qui pouvait bien être cet enfant ailé ? Un roi ? Un prophète ?

Le sergent n'en croyait pas ses yeux. Ces créatures arrivaient par centaine de milliers, peut-être même par millions. Face à la masse qui s'agglutinait devant eux, le soleil disparaissait et une pénombre angoissante s'imposa.

Les soldats reculèrent. Le brouhaha des battements d'ailes s'intensifia et propagea un son très grave, presque assourdissant. Dans un même mouvement, les êtres ailés crachèrent contre le mur invisible qui protégeait les soldats. La salive s'accumula et glissa jusqu'au sol où elle entra en ébullition dans l'eau boueuse. Cette bave s'avérait être un venin à l'acidité corrosive impressionnante. Mais face à la toute-puissance de la pyramide, les armes rudimentaires de cette civilisation ailée restaient inefficaces.

La créature qui portait le petit corps mort frappa avec son pied la barrière invisible. Plusieurs fois, il griffa l'air et rencontra la résistance de cette protection. Son visage trahissait une grande colère, mais il n'était pas en mesure de l'exprimer pleinement.

Il finit par s'envoler, aussitôt suivi par l'ensemble de son peuple. Ils se dispersèrent en quelques minutes.

Le sergent restait abasourdi. Cette protection et la mort accidentelle de ce petit être venaient de coûter la vie à Marc. Hiro tenta d'établir une connexion radio avec le drone qui, assez pathétiquement, tenta de réactiver ses moteurs, mais il semblait trop endommagé pour bouger.

Naha repartit s'asseoir à la base de la pyramide. Ce

monde lui donnait la nausée. Les larmes lui vinrent aux yeux en pensant à ses amis perdus. En désespoir de cause, elle tenta à nouveau d'établir un contact avec Noé :

— Noé, par pitié… agis rapidement… Marc est mort malgré la protection…Notre situation est plus que jamais critique !

Comme elle s'en doutait, il n'y eut aucune réponse. Hiro finit par la rejoindre et ramassa le canon multi-ions abandonné par Marc. Le sergent resta un long moment à regarder l'horizon de ce monde. Il était épuisé, aussi bien physiquement que moralement. Il finit par revenir vers ses camarades et donna ses ordres :

— Naha, tu sauvegardes les données de ce monde de merde et tu lui donnes un nom…

La jeune femme lui fit un signe de la main comme confirmation. Elle choisit « Marshland » comme nom de dossier et y enregistra toutes les informations. Une fois sa tâche accomplie, elle décida de lancer diverses analyses des équipements. Les résultats ne furent pas fameux, les batteries montraient des signes de faiblesse, les rations de nourriture commençaient à manquer et les réserves d'eau s'épuisaient à vue d'œil. Les munitions étaient passées sous la barre des cinquante pour cent. Tout cela n'augurait rien de bien bon.

Les heures passèrent dans un calme pesant, puis la pyramide vibra. Mais cela ne déclencha aucune effervescence. Les soldats vérifièrent leur chronomètre et notèrent un temps de neuf heures douze : un peu plus long que sur Acqua. Une rapide règle de trois avec les mesures relevées ultérieurement leur donna une estimation de quinze heures sur place.

Les sphères commencèrent à sortir du sommet de la

pyramide et partirent dans tous les sens. Aussitôt, elles furent attaquées par les êtres ailés qui tentèrent de les intercepter.

En comprenant ce qui allait se passer, Naha se précipita devant le mur invisible et hurla en faisant de grands signes avec les bras :

— NE LES TOUCHEZ PAS !

Mais cette dérisoire tentative d'avertissement ne pouvait être entendue. L'hécatombe fut d'une rare violence : par centaines, les êtres ailés furent foudroyés et tombèrent au sol pour être achevés et dévorés par les herbes carnivores. La voracité avec laquelle la végétation se jeta sur les corps blessés souleva le cœur de Naha qui finit par vomir le peu que contenait son estomac.

Hiro décida à son tour d'intervenir, il ferma son casque et activa les rétrofusées de ses bottes. Il s'envola de quelques centimètres, puis il s'élança hors de la protection de la pyramide.

Aussitôt, la meute de créatures ailées se désintéressa des sphères pour se précipiter à sa poursuite.

Le soldat, par bond de dix mètres, avançait rapidement. Il avait besoin d'assez de temps pour occuper ses poursuivants, le temps que toutes les sphères soient sorties de la pyramide. Sur le canal radio, le sergent et Naha hurlaient à tue-tête :

— Reviens immédiatement sous la protection de la pyramide ! cria le sergent.

— Ils sont sur toi, Hiro ! Ne ralentis surtout pas, ajouta Naha.

— Ils gagnent du terrain ? demanda Hiro tout essoufflé.

— Un peu, tu ne pourras pas continuer ta course en allant tout droit, il faut que tu négocies des virages serrés afin de les ralentir, répondit l'officier.

— OK, Sergent.

Le soldat profita d'un rocher qui dépassait légèrement de l'eau pour prendre appui sur lui et se lancer vers la droite où il poursuivit sa course folle. Les créatures, qui n'avaient pas du tout anticipé ce changement de direction, se percutèrent par centaines et perdirent plusieurs minutes avant de se relancer à la poursuite.

Hiro, toujours informé par ses amis de la position de la meute, finit par atteindre une forêt d'arbres où il repéra diverses constructions dans les cimes : les nids !

Comprenant qu'il se jetterait dans la gueule du loup en poursuivant sa course dans cette direction, il bifurqua à nouveau.

La horde à ses trousses en profita pour réduire l'écart qui la séparait de sa proie.

Hiro sautait et négociait chaque irrégularité du terrain avec précision. Il savait que le moindre faux pas lui serait fatal. Naha intervint sur le canal radio :

— Hiro ! Des volants arrivent droit sur toi à trois heures ! Tu dois prendre à gauche, à onze heures ou tu vas atteindre un lac et être bloqué !

— Et les sphères ? Elles sont toutes sorties ? Je peux commencer à revenir ? demanda Hiro entre deux respirations bruyantes.

— Le flot commence à se tarir, mais tu dois encore les éloigner quelques minutes, répondit le sergent.

Hiro poursuivit sa course droit devant lui et, peu à peu, il sortit du marécage pour atteindre de la terre ferme. Sur cette surface dure, il accéléra et distança rapidement ses poursuivants. Puis ses rétrofusées commencèrent à montrer des signes de fatigue et il dut ralentir. La meute des volants en profita pour regagner du terrain et se rapprocher dangereusement.

Sur le canal radio, le sergent intervint :

— C'est bon, Hiro. Tu peux revenir, plus aucune sphère ne sort de la pyramide.

— OK, mais je suis mal. Mes batteries commencent à manquer d'énergie. Le retour risque d'être plus compliqué que prévu…

Hiro, toujours lancé dans sa course folle, s'engagea dans un désert de sable fin parsemé de petites fleurs mauves. Il pénétra sans même ralentir à travers les dunes et constata que la horde des volants ne le suivait pas.

Aussitôt sur ses gardes, il ralentit et observa les alentours.

— Sergent, Naha ? Je viens d'entrer dans un désert fleuri, mais les volants ne m'ont pas suivi sur ce terrain. Vous en pensez quoi ?

— Sois prudent, il y a sûrement leur prédateur ou une substance qui les tue ! répondit le sergent.

Hiro s'approcha d'une petite fleur qui propulsa son pollen dans sa direction. Il se colla sur la visière de son casque en une fine pellicule. Voilà qui semblait clair.

— Les fleurs crachent du pollen, ça doit être du poison. Je vais en prendre quelques-unes avec moi et vérifier la réaction des volants.

Les créatures qui n'avaient pas pénétré l'espace aérien du désert fleuri reculèrent en voyant approcher Hiro et ses bras chargés de fleurs. Le soldat réactiva ses rétrofusées et reprit sa course en prenant soin de contourner le gros de ses adversaires. Malgré ses précautions, le peu d'énergie restant dans ses batteries n'était pas en mesure de le ramener jusqu'à la pyramide. Une fois ses réacteurs éteints, il continua sa route à pied.

Les créatures ailées ne l'avaient pas suivi, il était désormais contaminé par le pollen des fleurs et sa toxicité le rendait intouchable.

Après trente minutes de marche, il remarqua une forme au loin, à la limite du marécage. Il s'en approcha et, alors qu'il avançait, il filma l'objet.

— Naha, Sergent, y a un truc sur le sol, c'est bizarre ça brille comme du métal. Je vous partage les images.

Pendant qu'ils regardaient l'image en direct, Naha le rappela à l'ordre :

— Ne prends pas de risque, Soldat, intervint aussitôt la jeune femme. Tu reviens sous la protection de la pyramide le plus vite possible.

Mais plus il approchait, plus il comprenait à quoi il avait affaire : un vaisseau spatial en forme de cigare !

Stupéfait, il zooma au maximum la caméra de son casque et laissa ses camarades confirmer ses doutes.

— C'est un vaisseau ? s'interrogea le sergent.

— Je crois bien que oui…, ajouta Hiro.

— C'est un truc de dingue… C'est peut-être un piège, Hiro, fais gaffe, ajouta aussitôt Naha.

— Il faut que j'en aie le cœur net, conclut Hiro en commençant à courir dans la direction de l'objet.

Un vaisseau spatial extraterrestre échoué devant lui… Il n'en croyait pas ses yeux. Hiro avait rêvé toute sa vie d'une telle découverte. Il fut un instant replongé dans son enfance…

Hiroshi Kamaya

Le soldat de seconde classe Hiroshi Kamaya, plus connu sous le matricule M4-01-2326-2345-JBU-6912, intégra l'armée le jour de ses dix-huit ans, comme l'exigeait la tradition. Mais dans des conditions qu'il n'aurait jamais imaginées.

Fort de plusieurs diplômes dans le domaine des radiotechnologies, il fut aussitôt affecté à la division « aéronef », plus communément appelée : drone. Il rêvait intérieurement de découvrir des civilisations extraterrestres.

Hiroshi était originaire du nord du Japon, la région d'Aomori. La famille Kamaya descendait d'une longue lignée de propriétaires terriens. Issue du temps glorieux des samouraïs, cette dynastie avait toujours su préserver les valeurs et les préceptes liés à des âges révolus.

En digne fils aîné de la famille, Hiroshi savait parfaitement qu'une carrière militaire l'attendait. Comme son oncle avant lui, frère aîné de son père, il glorifierait son nom en portant fièrement le katana sacré !

Le Japon traversa le vingt-et-unième siècle comme toutes les nations insulaires : dans l'angoisse ! Le réchauffement climatique n'épargna aucune côte et encore moins celles qui s'étaient outrageusement développées.

Des digues furent élevées, toujours plus hautes, toujours plus grandes, mais fatalement, la nature reprit ses droits. Croire qu'on pourrait ainsi aisément domestiquer les éléments s'avéra dramatique.

Un léger tremblement de terre de magnitude trois sur l'échelle de Richter fragilisa la digue. Une vague, pourtant bien anodine, s'engouffra dans la fissure et ouvrit le passage à la mer…

La terrible inondation ne put être évitée. Elle se déroula en 2192, le 20 avril, et causa près de deux cent mille morts. Ce cataclysme, à la hauteur de la tragédie nucléaire d'Hiroshima, précipita le pays dans le chaos. Le Japon perdit sa sixième place des pays développés et son peuple s'enfonça lentement dans la paupérisation.

Pourtant, la nation nipponne se mobilisa comme elle seule en avait le secret. Fiers et disciplinés, les Japonais s'organisèrent et édifièrent de nouvelles digues. Construites comme de véritables murailles, elles résistèrent mieux à l'assaut des vagues. Continuellement rehaussées, renforcées et consolidées, on s'imagina être à l'abri…

Le 15 septembre 2336, la plaque sous marine pacifique avança de quelques mètres sur celle du continent asiatique. La secousse tellurique qui en résultat fut ressentie jusqu'à Tokyo, à près de cinq cents kilomètres de distance. L'énergie dégagée par ce séisme généra un tsunami sans précédent. La moitié de l'île du Japon fut submergée par les eaux.

Plus de sept cent mille personnes perdirent la vie et le Japon fut amputé d'un quart de son territoire, qui se retrouva définitivement plongé sous le niveau de la mer.

Hiroshi n'avait que dix ans lorsque la vague géante engloutit sa maison et sa famille avec elle. Par chance, il était en visite chez une vieille tante lorsque cela arriva. Face à cette catastrophe, la vieille dame, à la générosité sans borne, l'accueillit chez elle et l'éleva de son mieux.

Les Kamaya se retrouvèrent dépossédés de tous leurs biens. Au milieu des milliers de réfugiés, ils tentèrent de rejoindre le sud du pays. Face à cet afflux incontrôlable de migrants, la société nipponne se scinda en deux : Les Nomins, personnes méritantes et créatrices de richesse et les Burakumins, personnes mises à l'écart et sans racines (sans domicile).

Voir réapparaître ces antagonismes ancestraux, issus d'un passé révolu, créa un grand trouble parmi les populations citadines et plongea dans l'incompréhension l'ensemble des malheureuses victimes des évènements.

Les rescapés trouvèrent asile dans d'immenses camps de réfugiés, où s'entassèrent pêle-mêle les familles endeuillées. La nation nipponne s'organisa pour offrir aux réfugiés des conditions de vie décentes, mais la précarité devint le quotidien de millions de gens, peu réussirent à s'y adapter. Une vague de suicides sans précédent frappa le Japon déjà affaibli.

Hiroshi Kamaya grandit dans ces conditions difficiles. Tiraillé entre le passé de privilégié d'une famille de nantis et un quotidien fait de sacrifices et de renoncements.

Très bon élève, Hiroshi se distingua dans les études et organisa autour de lui un club de modélisme en robotique. Malgré le peu d'argent disponible, il réussit à gagner plusieurs concours et se forgea une certaine réputation.

Rapidement, il fédéra autour de lui une petite équipe d'ingénieurs, concepteurs et assembleurs de drones qui firent la célébrité de son école.

La santé de sa tante se dégrada tout d'un coup. Les médicaments, déjà difficiles à se procurer en temps normal, s'avérèrent introuvables dans les dispensaires chargés des bidonvilles.

Malgré de nombreuses recherches, il dut se fournir au marché noir, à des prix prohibitifs…

Ses amis se montrèrent généreux et tout le club de modélisme se mobilisa pour l'aider, mais cela ne suffit pas.

Alors, la famille de son meilleur ami proposa de prendre à sa charge tous les soins médicaux de sa tante. Akahiko Morifugi et Hiroshi Kamaya étaient par bien des points semblables. Issus de famille aux noms respectables, ils bénéficiaient tous deux d'un haut prestige dans leur école. Excellents élèves, à la condition physique remarquable et passionnés de micromécanique, on les confondait très souvent. Pourtant, l'un issu du Nord avait tout perdu, alors que l'autre originaire du Sud était richissime.

Un pacte fut passé entre les deux familles, ou plutôt une dette d'honneur fut contractée.

L'amitié qui les liait était sincère et il ne faisait aucun doute qu'ils entreraient ensemble dans l'armée. Ils couvriraient leurs noms de gloire, ils en étaient persuadés.

Ils passèrent ensemble leurs diplômes. Rivalisant de bonnes notes, de niveau égal, ils aimaient se mesurer et se confronter.

Pourtant, lors de ses examens militaires, Akihiko fut pris d'une angoisse incontrôlable. Ses résultats s'avérèrent très décevants et largement en dessous du minimum pour intégrer la prestigieuse flotte impériale.

Ce coup du sort fut très mal vécu par les deux amis, qui savaient qu'Akihiko avait parfaitement le niveau requis pour intégrer les hauts rangs de l'élite militaire nipponne.

Un soir, le père d'Akihiko se présenta devant la petite maison d'Hiroshi. Les deux hommes parlèrent longuement et une demande fut formulée…

Après un long silence, elle reçut une réponse…

Les dés en étaient jetés et la dette d'honneur fut honorée.

Hiroshi Kamaya accepta que son nom fût placé sur la feuille d'examen de son ami et d'assumer la note de celui-ci. La famille Morifugi réussit à falsifier les noms et l'administration nipponne fut abusée.

La guerre venait d'être déclarée contre les colonies extra-terriennes, leur stratagème passa inaperçu dans le flot des engagés volontaires. L'un, aux résultats remarquables, fut intégré comme officier impérial et démarra une carrière de haut rang. L'autre, aux résultats médiocres, se retrouva affecté à la Space-Legion.

Le sort s'acharnait de nouveau sur lui, mais il ferait face. Comme toujours.

Ses diplômes et son niveau d'étude lui permirent tout de même d'intégrer le génie militaire et de se spécialiser dans le domaine des aéronefs.

Où qu'il soit, il conservait l'essentiel : sa passion pour l'espace et les extraterrestres !

***

Hiro avançait prudemment, le vaisseau extraterrestre à moitié enfoui dans le sol marécageux n'était plus qu'à quelques centaines de mètres devant lui. Le sergent et Naha suivaient, anxieux, l'avancée de leur ami. À intervalle régulier, la jeune femme le rappelait à l'ordre. Son grade de caporale l'autorisait à exiger de son subordonné une obéissance totale.

— Hiro ! On n'a pas de temps à perdre pour des découvertes de cette nature. Ça ne nous servira à rien ! Tu te mets en danger et nous fragilises par la même occasion !

— Naha a raison, Soldat ! intervint le sergent sur le canal radio. Cette épave est sûrement hors d'usage.

— Peut-être bien, mais je tiens tout de même à m'en assurer ! répondit Hiro.

— Et même si ce vaisseau est en état de marche… Ce que je ne crois pas ! Tu comptes faire comment pour le piloter ? T'as une maitrise en pilotage de soucoupe volante ? ajouta le sergent en riant.

— Je verrai bien sur place, conclut le soldat.

Hiro fit un large tour sur lui-même et constata que des êtres ailés le suivaient de loin. Ils étaient à l'affut du moindre écart. Ses fleurs n'étaient peut-être pas une sécurité aussi efficace qu'il le pensait.

Il accéléra le pas et se retrouva face au vaisseau : un long cigare en métal brillant de près de dix mètres de long et cinq mètres de diamètre. Aucun dégât apparent, il était planté dans le sol boueux du marécage. Le soldat fit rapidement le tour de l'objet. Le fuselage était uniforme, aucune trace de portes, de hublots, de cockpit ou même de réacteur. La technologie qui devait propulser cet engin lui était inconnue.

Le soldat ramassa un caillou au sol et le jeta contre la carlingue de l'appareil. Le choc n'entraîna aucune réaction.

— Vous en pensez quoi ? demanda Hiro sur le canal radio.

— Je ne veux pas te casser le moral, répondit le sergent, mais t'es même pas sûr que ce soit un vaisseau spatial ! C'est peut-être un bout de satellite qui a dérivé dans l'espace et fini sa course ici.

— Je le touche ? proposa Hiro.

Aussitôt, le canal radio fut saturé par les interdictions venant de ses supérieurs.

— T'es dingue ! Tu veux finir comme Marc ! Ne fais surtout pas ça ! C'est trop risqué et ta combinaison peut ne pas s'en remettre, souviens-toi de Noé ! s'indigna Naha.

Hiro n'avait aucune intention de suivre les directives et, d'une voix calme, il avertit ses camarades :

— Sergent, Naha, notez dans le journal de mission que j'ai pris moi-même cette décision. Si ça tourne mal, repartez sans moi. Ce fut un honneur de servir sous vos ordres…

Puis il posa la main sur la surface de l'objet. À sa grande déception, il ne se passa rien. Il renouvela son geste à plusieurs endroits, mais il n'y eut aucune réaction.

— Je vais retirer mon gant et retenter le coup, dit-il sans réellement y croire.

Lorsqu'il posa sa main nue sur la surface métallique du module, elle fut comme figée !

— Ma main est collée sur le vaisseau ! Je ne peux plus la retirer…

— Quoi ? hurla le sergent.

— Mais c'est pas vrai ! ajouta Naha en attrapant son arme.

Alors qu'elle s'élançait dans la direction d'Hiro, une centaine d'êtres ailés se massèrent face à elle. Ils lui barraient le chemin. Si elle quittait la protection de la pyramide, elle serait, elle aussi, prise en chasse. Dévastée, elle avertit Hiro :
— On ne peut pas venir vers toi. Les créatures nous observent et se jetteront sur nous si nous tentons quoi que ce soit…

Le sergent vérifia ses munitions et grimaça. Ils n'avaient même pas assez de balles pour se frayer un chemin dans ce mur de plumes.
— Ne tentez rien, répondit Hiro. Je ne veux pas que vous décimiez ce peuple pour sauver ma peau. Même les herbes vous attendent au tournant ! Il y a déjà eu assez de morts pour aujourd'hui.

Personne n'ajouta un mot. Le ballet continu des sphères qui réintégraient la pyramide s'intensifia et avec lui le stress de devoir laisser, à nouveau, un camarade sur cette planète cauchemardesque.

Hiro, quant à lui, soupesait les solutions qui s'offraient à lui pour se libérer. Avec sa main gauche, il prit son couteau et tenta de le glisser entre la surface métallique et sa main. Alors qu'il commençait à trancher la chair de sa paume, il marqua une pause.

Son sang coula le long du fuselage et en tombant au sol, ravivant l'appétit des plantes qui se redressèrent. Le soldat les piétina avec fougue et s'estima heureux d'être en limite du marécage.

Afin de ne pas se blesser plus ouvertement, le soldat tenta d'entailler la surface métallique du vaisseau. Mais son couteau ne fit qu'effleurer la coque qui semblait aussi dure que du diamant.

En désespoir de cause, il contacta ses camarades :

— On en est où, avec les sphères ?

— Elles continuent à rentrer en grand nombre. Va falloir prendre une décision, car tu dois compter le temps pour revenir à la pyramide, répondit Naha.

Alors qu'Hiro s'apprêtait à se trancher la peau de la paume de la main, un cercle bleu se dessina autour de sa main. D'abord assez discret, puis lentement, de plus en plus prononcé. Hiro filma ce phénomène et contacta ses amis :

— Il se passe un truc bizarre autour de ma main, vous en pensez quoi ?

— Ça sent le coup foireux ! Libère-toi immédiatement ! ordonna le sergent.

Mais avant que le soldat puisse faire quoi que ce soit, une décharge électrique le foudroya. Sonné, il leva difficilement son couteau, mais un deuxième coup le frappa.

Puis, le vaisseau s'anima de couleurs bleutées. Il vibra doucement, puis émit un son très grave.

Le sergent et Naha, qui suivaient les évènements à travers la caméra d'Hiro, s'attendaient au pire. Mais tout d'un coup, la main d'Hiro fut libérée, entraînant la chute du soldat dans la boue.

Le vaisseau bougea et se dégagea du sol pour rester immobile à un mètre du sol puis une porte ovale se dessina et finit par s'ouvrir. Hiro se redressa et contempla le vaisseau dans toute sa splendeur : un gros cigare métallique, entouré de lumière bleutée.

— Vous voyez ça ? demanda Hiro sur le canal radio.

— Reviens immédiatement, Soldat ! C'est un ordre ! ordonna le sergent.

— Je t'en supplie, Hiro, je t'en supplie…, ajouta Naha à voix basse.

— Je rentre juste dedans pour voir s'il y a le corps du pilote et je reviens direct, vous avez ma parole, répondit Hiro.

— Je la sens pas, ton idée… T'étais bien comme un con avec ta main collée sur ce vaisseau ! Si la porte se referme, on fait quoi ? s'énerva le sergent.

Hiro décida de ne pas tenir compte des arguments du sergent et pénétra avec précaution dans le vaisseau. Grâce aux images de la caméra, Naha et le sergent suivaient sa progression. L'intérieur du cylindre était blanc et encombré de diverses boites bleues. À l'avant, le poste de pilotage n'avait qu'un siège de près de trois mètres face à un tableau de bord stupéfiant, qui clignotait en tous sens. Comme il s'en doutait, un corps gisait sans vie au sol.

Le cadavre mesurait plus de deux mètres, une créature à la peau écailleuse jaunâtre. Son visage, de type reptilien, faisait peur à voir. Il portait une combinaison blanche très moulante, équipée de divers instruments aux fonctions énigmatiques.

Hiro enjamba le corps et se rapprocha du poste de pilotage en effervescence. Face à lui, une sorte de boule, reliée au tableau de bord par un tube, clignotait.

— Hiro, sors de là avant que ça tourne mal ! l'avertit Naha.

— Je veux juste bien filmer l'ensemble et récupérer des trucs, répondit Hiro.

Le soldat filma avec minutie cette incroyable découverte, puis il attrapa divers objets perdus au sol. L'écran face à lui, incrusté de symboles inconnus, représentait un système solaire qu'il ne reconnaissait pas.

Alors qu'il se retournait pour partir, sa main effleura la demi-sphère. Aussitôt, la porte se ferma et le vaisseau spatial s'envola vers le ciel. En quelques instants, il avait disparu !
— HIRO ! hurlèrent ensemble Naha et le sergent sur le canal radio.

Mais le canal vidéo, comme audio, s'était éteint et leur ami était parti pour une destination inconnue. Naha se laissa tomber au sol, les larmes aux yeux. Elle était dévastée.

Le sergent restait sans voix. Quelle folie d'être entré dans ce vaisseau ! Il l'avait pourtant prévenu, mais rien n'y avait fait. Comme Marc, Hiro n'avait pas tenu compte de ses ordres. Tout était de sa faute, il n'avait pas su se faire obéir et désormais, il en payait le prix. Son unité était décimée et sa propre vie ne tenait plus qu'à un fil.

Ils attendirent tous deux que la dernière sphère soit revenue, et assistèrent, résignés, à la fermeture de la pyramide, puis, comme dans un rêve, le temps parut ralentir. Les combinaisons s'éteignirent et ils furent comme aspirés. Tous deux ressentirent une puissante accélération, puis une décélération au moins aussi importante.

Pyramide (6)

Noé pénétra lentement dans le bassin. Le fluide orange et laiteux se fixa sur sa peau jusqu'au cou. Puis, sans hésiter, il plongea.

Il se laissa couler, mais n'avait aucune idée de la suite des événements. L'instinct de survie lui interdisait d'ouvrir la bouche, il confia au conservateur la gestion de ce problème comme il l'entendait. Puis il perdit connaissance et se réveilla, bien plus tard, au fond du bassin vide. Il était couvert d'une fine couche de matière visqueuse. Il toussa violemment le liquide encore présent dans ses poumons et sa bouche. Il grimaça en crachant sa salive au goût salé et âcre : l'expérience qu'il venait de vivre l'avait sonné.

Le soldat sortit du bassin avec difficulté et se dirigea vers une salle lumineuse. Il se doucha et se laissa sécher dans un flux d'air chaud qui s'échappait d'une paroi en verre.

Sur une table, il trouva son armure, mais les bouteilles d'oxygène avaient disparu. Son casque, comme sa combinaison, avaient été modifiés, de nouveaux modules étaient apparus sur son avant-bras et son torse et, surtout, un électrosquelette avait été ajouté.

Après avoir enfilé son nouvel équipement, Noé fit le tour de la pièce. L'électrosquelette accompagnait tous ses mouvements, il se sentait léger et surpuissant. Le mur du fond devint soudainement lumineux et l'image du vieil homme apparut.

— Mes respects, Conservateur. Avez-vous pu réaliser ce que vous souhaitiez ?

— Tout à fait, répondit-il, un large sourire aux lèvres. J'ai le matériel génétique et cellulaire pour te « réparer » à la perfection. Je peux même t'avouer que je vais te perfectionner aussi bien corporellement que mentalement. Ton prochain corps sera à l'image de ta nouvelle armure : une évolution notable !

— Et pour mes amis ?

— Ils sont désormais sous la protection de la pyramide, donc intouchables.

— Parfait, et merci. Qu'avez-vous décidé en ce qui les concerne ?

— Je prépare une solution pour les libérer dans des conditions qui nous conviendront à tous deux. Ils pourront continuer leur vie de leur côté, sans aucun risque.

— Je… ne comprends pas ? répondit Noé un peu anxieux.

— Ais confiance, Noé, et laissez-moi régler ce petit problème. Nous avons une… entente, je crois ? Je m'occupe de tes camarades et toi, tu t'occupes de mes sphères !

— Un marché est un marché. Pour les sphères, je fais comment ? demanda Noé.

— Sur ton avant-bras, tu trouveras un module pour détecter les sphères égarées et, à ta ceinture, une perche pour les capturer. Une par une, tu devras les ramener au niveau de l'entrée dans la pyramide, puis libérez-les et elles retrouveront leur chemin toutes seules. Tout ton équipement est désormais directement connecté à ton esprit et réagira par la simple pensée.

— Juste pour info… Y en a combien de sphères perdues ?

— Sûrement… des milliards, répondit le conservateur.

— Quoi ? Mais je dois vraiment les ramener toutes une par une ?

— C'est une obligation, car ces sphères ont été endommagées lors de collision avec d'autres sphères. Elles doivent désormais être traitées avec précaution et délicatesse. Ces vies sont toutes aussi précieuses que celles déjà sauvegardées ou que la tienne.

Noé souhaitait montrer sa bonne volonté, même s'il n'était pas certain de savoir ce qu'il devait faire. Cette intelligence artificielle était omnisciente. Elle avait eu accès à son esprit, sa mémoire et ses capacités, elle était en mesure d'adapter des interfaces pour qu'il soit plus efficace.

Noé regarda l'écran de son avant-bras et pensa aux sphères. Aussitôt une carte en trois dimensions apparut, elle était constellée de petits points jaunes. Noé grimaça, il avait l'impression d'avoir devant lui la carte de l'univers. Les sphères perdues semblaient innombrables. Sans grand enthousiasme, il dit « en avant ». Aussitôt, deux propulseurs s'activèrent et le projetèrent en avant. Il parcourut en un temps record la distance qui le séparait d'un petit groupe de sphères égarées dans l'immensité de la pyramide.

Noé saisit une sorte de canne à pêche qui pendait à sa ceinture. Aussitôt, elle se déploya pour atteindre plus de dix mètres de long et, lentement, une sphère s'approcha et se colla à l'embout du bâton. Il repensa à sa balise GPS et un point bleu apparut sur sa carte.

D'un bond, il retourna vers le sommet de la pyramide et libéra sa sphère. Comme il s'en doutait, elle repartit à toute vitesse vers un lieu inconnu.

Le conservateur intervint alors sur le canal radio du Noé :

— Merci, Noé, chaque sphère ramenée est un brin de vie sauvegardée.

Noé regarda la sphère s'éloigner au loin et repartit directement en chercher une autre. Pendant plusieurs heures, le soldat s'évertua à remplir sa mission le plus rapidement possible. Après plus de quatre heures d'efforts et des dizaines de sphères retrouvées, la fatigue et la faim commencèrent à se faire ressentir, il interrogea son hôte :

— Conservateur ?

— Oui, Noé, répondit le vieil homme.

— Ça commence à faire faim, plaisanta le soldat.

— Voilà qui semble bien improbable.

— Ah bon ? Mais êtes-vous bien au fait des conditions indispensables à la survie d'un être humain ?

— Absolument, mais tu disposes bien d'un corps bien nourri et reposé. Je crains que ton esprit ne te joue un mauvais tour. Une sorte de réflexe conditionné où, après plusieurs heures d'activités, ton estomac, par habitude, réclame un apport réparateur d'aliments. Mais je peux te le certifier, ton organisme n'a besoin de rien.

Noé ne doutait pas de la parole du conservateur. Ses sensations, ses perceptions étaient-elles devenues illégitimes ? Le bain dans le bassin extraterrestre pourvoyait-il vraiment à tous ses besoins ? Cela impliquait-il une existence de labeur, sans aucun répit ?

Il commençait à comprendre l'étendue de son engagement, il en frissonna.

Il reprit sa tâche et repéra une gigantesque sphère quasi éteinte. Elle devait mesurer plus d'un kilomètre de diamètre. Dès que la canne télescopique toucha la bulle, elle s'illumina. Durant ce court instant, Noé vit l'intérieur et l'effroyable monstre qu'elle contenait.

Comment une telle créature pouvait-elle bien avoir pu voir le jour ? De quelle évolution était-elle le fruit ? Dans quel monde gigantesque pouvait bien vivre une bête de cette taille ? Noé contacta à nouveau le conservateur :

— Cher ami, j'ai sous les yeux une créature si démesurée que j'ai peine à imaginer le monde dont elle serait issue.

— Laisse-moi te parler de ce monde ou, mieux, te le faire découvrir.

Noé se retrouva aussitôt sur son lit, dans la chambre d'hôpital aseptisée. Le conservateur, sous son apparence humaine, l'y attendait.

— Sommes-nous de retour dans ma tête ? demanda Noé.

— C'est exact, mais n'ais crainte, tu vas vivre cette expérience avec l'intensité qu'il convient.

Le soldat fut comme aspiré, il ressentit alors une puissante accélération, puis une décélération au moins aussi intense…

***

Noé s'éveilla lentement. Il était couché à même le sol, sur un tapis d'herbes touffues. Deux puissants soleils réchauffaient sa figure, son casque activa un premier filtre sur sa visière. Il était de retour dans son armure habituelle. Par réflexe, il tenta de contacter via sa radio ses camarades :
— Noé au rapport, y a quelqu'un sur le canal ?

Comme il s'y attendait, il n'eut aucune réponse. Il inspecta son arme, ses munitions et lança une vérification complète de son armure. Le conservateur finit par le contacter sur le canal radio :
— Cher ami, je te rappelle que tu n'es pas réellement sur cette planète. N'en fais pas trop…

Noé savait bien que tout ceci n'était qu'un rêve éveillé. Mais ses réflexes étaient tenaces et il s'en félicitait.
— C'est que tout ceci semble si réel, comment pouvez-vous à ce point manipuler mon esprit ?
— La technologie issue des anciens s'apparente à de la magie, j'en conviens. Le monde que tu vas découvrir dépassera de loin ton imagination.

Dans le ciel, un nuage d'oiseaux multicolores se dispersa alors qu'une dizaine de rapaces volumineux, au plumage zébré gris, se positionnèrent pour les attaquer.

En plus des soleils, trois lunes, deux bleutées et une orangée tournaient dans le ciel assez rapidement.

Noé demanda au conservateur :

— Je peux ouvrir mon casque ?

— Alors, théoriquement… Tu ne pourrais pas respirer dans cette atmosphère à très forte concentration de carbone et méthane. Mais… dans la mesure où ceci n'est qu'une reconstitution, je peux arranger cela.

La visière du casque se retira pour ne plus devenir qu'une casquette le protégeant des soleils. Noé se servit du viseur de son arme pour regarder au loin. Il fit un rapide tour sur lui-même afin de vérifier son environnement immédiat.

La flore, dense, semblait géante. Les arbres mesuraient plus de cent mètres et même l'herbe formait un mur végétal.

La faune était parfaitement adaptée à cet environnement gigantesque.

Face à lui, le sol vibra. Des fourmis, de la taille d'une vache, sortirent de leur tunnel. Aussitôt, un combat s'engagea contre d'autres insectes tout aussi volumineux. Noé recula et découvrit qu'un petit véhicule était apparu devant lui.

— Merci, lâcha-t-il avant d'enjamber le module volant.

Il connaissait bien cet engin, le conservateur n'avait eu aucun problème pour le matérialiser à partir de ses souvenirs. Il démarra la machine qui s'envola immédiatement.

Dans le ciel, il eut une vision bien plus large de ce monde surprenant. Trois volcans, au loin, crachaient d'épais nuages de fumée. Des rivières de lave coulaient dans la plaine, divers animaux, à la peau de pierre, s'y baignaient et les traversaient sans problème.

Plus loin, le paysage s'assombrissait et la multitude de volcans parsemaient le sol de cendres épaisses et compactes. Là encore, des animaux vivaient et se battaient pour les quelques pousses d'herbes encore vivaces.

Noé accéléra et découvrit une autre facette de ce monde incroyable. L'eau avait tout envahi. Un continent submergé s'étendait à perte de vue. Un marécage permettait une vie hybride, où le marin cohabitait avec le terrestre. La faune s'était particulièrement bien adaptée et évoluait indifféremment sur le sol ferme comme dans l'eau.

Pendant des heures, le soldat survola cet écosystème particulier. La faune, aux couleurs chatoyantes, souvent immergée, regroupait en son sein des animaux curieux et singuliers.

Alors qu'il accélérait, au loin, Noé remarqua une énorme masse grise qui se déplaçait.

Ce qu'il avait pris pour une montagne prenait vie ! Le titan était là.

Noé n'en croyait pas ses yeux. Sur ce monstre, la nature s'était développée. Une végétation luxuriante était présente. Des arbres et même des forêts parsemaient le dos du colosse. Des animaux couraient sur sa surface, des oiseaux tournoyaient dans le ciel autour des forêts où ils avaient construit leur nid. Même un lac était présent dans le creux de son dos, des poissons y vivaient.

— Incroyable ! laissa échapper le soldat.

— Oui, ce géant est à lui seul un écosystème constitué, répondit le conservateur.

— Quelle merveille de créativité ! Je suis abasourdi par ce gigantisme.

— Mais l'univers de l'infiniment petit est tout aussi prodigieux.

Noé s'approcha de la créature et posa l'aéroglisseur sur son dos. La masse en déplacement était colossale, il ne ressentait quasiment pas le mouvement. Le soldat regretta de ne pas pouvoir partager ce moment privilégié avec ses camarades restés sur la pyramide.

Un animal à poils longs, ressemblant vaguement à un chien avec une trompe, s'approcha de lui. Sans aucune agressivité, il frotta sa tête embroussaillée sur sa jambe. Noé s'en amusa :
— Dans la réalité, cet animal est-il vraiment aussi affectueux ?
— Je le pense, sans vraiment pouvoir l'assurer, répondit le conservateur.

Noé reprit son véhicule et s'éloigna du mastodonte. Il survola l'océan et distingua d'autres formes en mouvement tout aussi vastes. Avant même qu'il ne posât la question, le conservateur confirma son intuition.
— Oui, ce sont bien des cousins du géant terrestre. Et, comme tu t'en doutes, ils sont deux à trois fois plus gros.
— Ces créatures ont-elles des prédateurs ?
— Oui, mais la nature est malicieuse. Ces titans sont terrassés par de minuscules parasites, semblables à des rats, qui creusent des tunnels dans leur carapace et colonisent leur cerveau. Ceux qui survivent à cet agresseur finissent par mourir de vieillesse, après une vie de plusieurs milliers d'années.
— Fascinant...

Le soldat continua l'exploration de ce monde gigantesque. Tout était à couper le souffle, il s'émerveilla de cette pluralité extraordinaire.
Oui ! Ce géant devait être préservé et sa sphère méritait d'être ramenée à sa destination finale.

Noé se retrouva instantanément dans l'obscurité de la pyramide. Face à lui, la gigantesque sphère attendait, immobile. Il tira sur sa perche et emporta la bulle vers sa destination.

Arrivé près du sommet, il la libéra. Lentement, elle se remit en marche et s'éloigna. L'homme lui fit un signe de la main, la taille démesurée de cette masse resterait visible pendant plusieurs heures.

Le soldat poursuivit sa tâche avec efficacité. Inlassablement, il retrouvait des sphères égarées et les ramenait vers leurs points d'entrée dans la pyramide. À chaque fois, la bulle réagissait correctement à cette sollicitation et reprenait sa course vers son énigmatique lieu de stockage.

Alors que la fatigue commençait à se faire sentir, Noé contacta à nouveau le conservateur.

— Cher ami ?

— Oui, Noé, répondit immédiatement l'intéressé.

— Si nous parlions un peu de mon monde, la Terre ?

— Que veux-tu savoir, au juste ?

— Votre périple vous a-t-il déjà amené sur Terre ? Avez-vous, dans vos réserves, des représentants de ma race ?

— Je connais bien ta planète, Noé, elle est d'une grande richesse. Je lui ai déjà rendu plusieurs fois visite, mais aucun spécimen d'hominidés n'a été préservé à ce jour.

— Mais je croyais que vous emportiez toutes les formes de vie de chaque monde inspecté ?

— C'est exact. Je dispose d'une quantité impressionnante d'organismes issus de la Terre et d'une diversité que tu ne peux imaginer.

— Pourquoi, lorsque vous êtes venus, n'avez-vous pas prélevé d'humains ?

— C'est que, lors de mes passages, vous n'étiez pas apparus… As-tu une idée précise du cycle de la vie sur ta planète, Noé ?

— Je dois bien avouer n'être qu'un simple ingénieur qui s'est recyclé dans l'armée…

— Alors, je vais t'expliquer. Les anciens ensemencèrent ta galaxie il y a quatre milliards d'années. Seule ta planète s'avéra féconde et ils placèrent une sorte de sonde dans son noyau en fusion, afin de surveiller son écosystème naissant. Deux milliards d'années plus tard, la sonde me contacta et je suis venu récolter la vie qui s'y était développée. Il y a quatre-cent-cinquante millions d'années, la sonde m'informa d'une première extinction massive suivie d'une renaissance tout aussi spectaculaire. Ton monde fut frappé par cinq grands anéantissements et, à chaque fois, j'ai sauvegardé les fruits de sa résurrection. La Terre, telle que tu la connais, n'a que soixante-six millions d'années, mais déjà, la sonde estime qu'une sixième extinction massive est en cours. Je vais donc devoir y retourner sous peu…

Ils discutèrent encore plus d'une heure sur l'histoire et les diverses péripéties qu'avait connues la planète Terre, puis Noé se fit plus insistant sur l'avenir qui était réservé à ses camarades. Le conservateur finit par lui expliquer ce qu'il avait prévu…

Chapitre 11

TERRE

La pyramide réapparut sur un monde paisible et silencieux, en pleine nuit. Une légère pluie tombait et coulait le long du mur invisible qui les isolait de leur environnement. Le ciel était noir, d'épais nuages empêchaient les soldats de contempler les étoiles.

Le sergent déclencha son chrono et lança, sans trop de conviction, un appel sur la radio :

— Y a quelqu'un sur le canal ?

Comme il s'y attendait, il n'eut aucune réponse.

Naha ne prit pas la peine d'analyser l'air qui les entourait. Elle partit directement à la limite du sable doré et vérifia l'atmosphère hors de la zone protégée. Le résultat fut positif, il y avait beaucoup d'oxygène sur ce monde, assez pour pouvoir ouvrir leur casque. Elle ramassa une poignée de terre et l'analysa à son tour. L'humus présent rendait ce sol particulièrement fertile et les quelques herbes avaient un air familier.

La jeune femme consigna toutes ces informations dans

la mémoire de son unité centrale et se rapprocha du sergent.

— Écosystème riche et sûrement varié. On va se caler sur les temps de Terra. Vingt heures avant les sphères et quarante heures avant le départ.

— OK, consigne tout cela et nomme cette planète.

— Terra2 fera bien l'affaire, conclut la jeune femme.

Elle retourna s'asseoir d'un pas pesant.

— On fait quoi, maintenant ?

— Pas la moindre idée, répondit l'officier.

— On compte toujours sur Noé pour nous tirer d'affaire ?

— J'en sais trop rien…

— Ce monde a une atmosphère et un sol similaire à notre écosystème, compatible avec la vie humaine.

— Rien à foutre, j'ouvre plus mon casque, répondit-il avant de s'éloigner de quelques pas.

Naha n'ajouta pas un mot et s'accroupit contre la paroi de la pyramide. Elle était épuisée, aussi bien physiquement que moralement. Le départ d'Hiro pour l'inconnu avait fini par achever le peu d'espoir qu'il lui restait. Elle finit tout de même par dire :

— Val et Sam s'en sortiront, je n'ai aucun doute là-dessus. Je pense même qu'ils vivront une vie, par bien des côtés, plus gratifiante que les nôtres. Fred et Luc vont bourlinguer et vivre une sacrée aventure, j'en suis certaine. Hiro… mon pauvre Hiro… où va bien pouvoir t'emmener ce satané vaisseau ?

— Que peut bien foutre Noé dans cette pyramide de merde ? s'énerva le sergent.

La jeune femme ne pouvait répondre à cette question. Elle lui dit simplement qu'elle était fatiguée et allait dormir une petite heure.

L'officier resta seul et contempla le ciel qui peu à peu s'éclaircissait. Il crut discerner la grande ours et en sourit. Rien ne ressemble plus à une étoile qu'une autre étoile et le ciel en était constellé.

Petit à petit, un soleil se leva. Un bel astre jaune, plein de vigueur. Le sergent découvrit, un peu surpris, au delà du rivage, une végétation assez similaire à celle de la Terre. Sur ses gardes, il préféra ne pas en tenir compte et continua à monter la garde sans réveiller Naha. Lorsqu'un oiseau se posa sur un arbre proche, il se servit du zoom de son casque pour l'examiner : un moineau !
Voilà qui n'était pas banal !

La pyramide s'était installée sur une plage. Trois de ses côtés étaient plongés dans l'eau et le dernier donnait sur un rivage de petits cailloux et de sable fin gris, de timides vagues venaient lécher la pierre dorée. Au loin, on distinguait diverses petites îles verdoyantes.

Deux heures passèrent et le jour était désormais bien levé. Toujours sur ses gardes, le sergent repéra plusieurs animaux dans la végétation toute proche. Un lapin et deux lézards vaquaient à leur occupation sur sa droite. Tout cela semblait bien louche et l'officier n'était pas du genre à se laisser abuser ! Il réveilla Naha doucement.
— Caporale ? C'était quoi déjà, les analyses d'air et de sol ?
— Semblable à notre monde d'origine, répondit la jeune femme en bâillant.
— Semblable ? Du genre équivalent ou identique ?

Naha ne saisit pas immédiatement de quoi voulait parler son supérieur. Mais son regard venait de s'arrêter sur un arbuste qui lui disait vaguement quelque chose.

— Mais… c'est bien un olivier, l'arbre devant nous ?

— Ça y ressemble foutrement, répondit l'officier. Dans ses branches, y a un moineau et pas loin à côté, y a un lapin dans les buissons.

— C'est une blague ? s'exclama Naha qui frottait ses yeux pour bien se réveiller.

Les deux soldats regardaient la faune de ce monde, stupéfaits. Le sergent finit par réagir.

— Calmos ! Tout cela est trop beau pour être vrai. Ça sent l'embrouille à plein nez. J'te parie mes dernières rations qu'on nous projette sur ce mur invisible les images qu'on souhaite voir.

— Tout cela semble si vrai…, répondit Naha.

— J'dirais que c'est fait pour. Au niveau des analyses, y a rien qui t'a choquée ?

Naha revérifia ses résultats et releva bien quelque chose de surprenant.

— Vous avez raison, Sergent ! Les analyses ne sont pas claires ou plutôt bien trop claires !

— Quoi ? Que veux-tu dire ?

— L'air est trop propre ! Il correspond à celui de la Terre si on lui retire toutes les traces de pollution.

— J'avais raison, on nous tend un piège, conclut l'officier qui releva son arme.

Naha ne savait plus quoi penser, elle avança vers la limite du sable doré et passa à nouveau la main au niveau du sol pour ramasser de la terre. Elle se décala et ramassa un bout de bois qu'elle ramena au sergent.

— Cette branche m'a l'air tout à fait réelle.

— C'est pas faux, répondit l'officier en examinant la branche.

Il la sentit, mais ne put rien y déceler d'anormal.
— On fait quoi ? demanda Naha.

Le sergent n'eut pas le temps de répondre. La situation évolua brusquement lorsqu'un bruit se fit entendre droit devant eux. Aussitôt sur leurs gardes, les soldats épaulèrent leurs armes.

Deux enfants sortirent d'un fourré en riant. En découvrant la pyramide devant eux, ils se stoppèrent et s'enfuirent en courant. D'après leurs tenues, ils ne ressemblaient pas à des enfants de leur époque.

Naha stoppa l'enregistrement automatique de sa caméra et envoya le fichier au sergent qui le repassa sur sa visière de casque.
— D'où viennent ces gosses ? On dirait des mendiants, se demanda le sergent.
— Aucune idée, mais ils vont sûrement alerter leurs parents. On va rapidement avoir de la visite.

Les deux soldats décidèrent de patienter et l'attente ne fut pas bien longue. Moins de dix minutes plus tard, un homme surgit à son tour des buissons. Après un moment de stupeur, il s'agenouilla en récitant une prière, dans une langue inconnue.

Rapidement, un autre homme suivi d'une femme, apparurent à leur tour. De la même façon, ils se jetèrent à terre, la tête baissée.

En quelques minutes, une dizaine de personnes s'était prosternée devant eux. Elles étaient vêtues de simples tuniques blanches, plus ou moins propres, et portaient des sandales en cuir lassées haut. Certains hommes avaient le torse-nu, d'autres tenaient des bâtons ou des paniers.

La situation resta ainsi figée près d'une demi-heure, puis une troupe de soldats à cheval arriva. En voyant la pyramide, les soldats descendirent de leur monture et approchèrent. Aussitôt, Naha leur intima l'ordre de s'arrêter.
— STOP !

Le ton était donné et les soldats obéirent. Ces êtres et leurs tenues étranges ressemblaient à des Dieux, ou des soldats des Dieux. De plus, on ne voyait pas leurs visages derrière leurs visières, certains les prirent pour des cyclopes.
Un vieil homme, à la tenue cousue d'or, arriva à son tour avec d'autres cavaliers. Il donna divers ordres dans une langue inconnue et la foule s'éparpilla. Devant ses hommes, il posa un genou au sol et présenta ses respects à ces étranges visiteurs.

Naha avait du mal à faire la part des choses. Cette planète ressemblait comme deux gouttes d'eau à la Terre et ces hommes sortaient tout droit d'un mauvais péplum antique. Si on y ajoutait l'air propre de ses analyses, tout prenait du sens !

« Étaient-ils vraiment revenus sur Terre, mais dans un passé lointain ? »
Elle n'osa pas formuler ses craintes à son supérieur, tout cela semblait fou.

Puis, la pyramide vibra et son sommet s'ouvrit. Le sergent consulta sa montre et vérifia ce qu'il soupçonnait. Le temps de Terra n'était pas du tout respecté.
— Naha, le temps n'est pas bon !

Alors qu'elle levait les yeux vers le ciel, un crépitement intervint sur le canal radio :

« Noé au rapport ! »

Naha explosa de joie, d'un bonheur sincère et entier qui lui rappela son passé.

Nahaya Alvès

La caporale Nahaya Alvès, plus connu sous le matricule M2-02-2330-2346-OBL-8442, était originaire du Brésil. Elle intégra l'armée par anticipation à l'âge de 16 ans grâce à ses excellents résultats scolaires. Douée d'une intelligence rare, elle sortit de ses classes diplômée dans le domaine de la radio et des ondes. Elle fut directement recrutée au grade de Caporale et incorpora une unité de combat tactique en partance pour le conflit extra-terrien.

L'Amérique du Sud, vaste continent à la richesse omniprésente, avait toujours été le théâtre d'une ségrégation féroce et sans appel. Naha vit le jour dans une de ces innombrables favélas du sud de Rio. Elle était née dans la zone « C » et était condamnée à y rester jusqu'à la fin de sa vie, qui, aux dernières statistiques, ne devait pas excéder 43 années.

Quatrième dans une fratrie de 6, elle avait déjà vu mourir son frère aîné, Diego, d'une balle dans la tête. Ses deux sœurs aînées avaient sombré dans la prostitution, l'une était morte sous les coups d'un client, l'autre ne valait guère mieux et se détruisait tous les jours un peu plus dans la drogue.

Ses deux petits frères, des jumeaux, ne rêvaient que de football. Ils avaient abandonné l'école et couraient toute la journée derrière un ballon. Déjà, les gangs tournaient autour d'eux. Tôt ou tard, ils seraient rattrapés par la réalité et devraient intégrer l'une des factions qui s'étendaient sur toute la zone C.

L'espérance de vie des jeunes hommes sans diplômes dans les favelas n'excédait pas 33 ans.

Naha avait rapidement compris que, pour survivre, elle devrait mobiliser toute son énergie dans deux domaines. L'athlétisme, pour pouvoir s'échapper et éviter les ennuis. Comme le disait souvent sa mère : « Ma fille, accepte la réalité telle qu'elle est ! »

Forte de cette conviction, elle gardait pour elle l'argent du bus et, à pas de course, parcourait chaque jour les trois kilomètres qui la séparaient de l'école. Elle utilisait ce temps pour apprendre et réciter ses leçons.

Ainsi s'écoula son enfance, entre les coups de feu quotidiens et les pleurs de sa mère battue par son père.

L'adolescence et le passage au collège apportèrent leur lot de contraintes. La distance à courir passa à cinq kilomètres, mais surtout, son corps se modifia. Afin de ne pas attirer l'attention des garçons, Naha employa les grands moyens et, chaque matin, s'enroula la poitrine autour d'une serviette afin d'en écraser ses formes. Ce fut un véritable supplice.

Pourtant, elle fut tout de même remarquée par un professeur qui, au détour d'un couloir, tenta de l'embrasser. La réponse ne se fit pas attendre : le soir même, elle se rasa la tête.

Ses amies se moquèrent d'elle, sa mère pleura sa belle chevelure d'ébène et son père la roua de coups. Elle porta cette épaisse natte chez un coiffeur, qui la lui acheta dix dollars brésiliens, une vraie fortune.

La journée, crâne rasé, poitrine dissimulée, démarche patibulaire, elle faisait son petit effet, mais poursuivre ses études était à ce prix. Quant à la nuit, elle enchaînait les petits boulots afin d'apporter un peu d'argent à sa famille.

Le Brésil, gangréné par des politiciens véreux, ne fut

jamais en mesure de proposer un avenir à sa population. Comme partout dans le monde, la paupérisation de la société posa des problèmes. D'émeutes en soulèvements, la caste dirigeante finit par découper en diverses zones les favélas autour de Rio. Par cercles concentriques autour du centre-ville, des murs furent construits et, rapidement, des gangs armés s'arrogèrent l'autorité que le gouvernement avait abandonnée.

La classe moyenne se retrouva en centre-ville, laissant la populace se masser dans la banlieue surpeuplée.

Face à l'incapacité des autorités à assurer leur sécurité, les riches préférèrent coloniser le haut des buildings. Dès lors, ils assurèrent leurs déplacements via de petits hélicoptères et abandonnèrent le sol aux déshérités. Lentement, des passerelles furent érigées entre les tours, donnant naissance à une cité dans les airs, au sommet des gratte-ciel. Au cours du 22ème siècle, une dalle opaque s'étendit dans le ciel de Rio. Par pans entiers, les favélas furent recouvertes et d'immenses spots lumineux se chargèrent de compenser la disparition du ciel et du soleil.

Quant à la pluie, elle rissolerait désormais de ce plafond virtuel à intervalles réguliers. Cette eau sale, ayant nettoyé les rues et édifices des riches, se révéla pourtant pleine de promesses. Une tante de Naha reçut du ciel un collier en or : l'objet, sûrement égaré au sol, se retrouva charrié avec la pluie. La rumeur se répandit et, sous l'eau sale d'une pluie qui n'en était pas vraiment une, chacun se prit à espérer un nouveau miracle.

À l'âge de quatorze ans, grâce à ses résultats scolaires, elle réussit à obtenir une bourse. Ses généreux mécènes exigèrent qu'en contrepartie, elle se laisse pousser les cheveux et devienne nourrice de leurs enfants le week-end. Elle obtint un passeport pour la zone B et put découvrir la vie derrière le fameux mur. Ces bienfaiteurs, bien que très aisés, ne vivaient pas dans les nuages. Elle n'eut jamais accès à la cité du ciel, mais, par petits pas, s'en approchait un peu.

L'année suivante, un de ses petits frères périt dans un règlement de compte. Son jumeau mourut peu de temps après dans une vendetta particulièrement sanglante. La guerre des gangs reprit de plus belle, ravageant par le feu des quartiers entiers. Sa grande sœur ne donnait plus signe de vie et, quand elle apparaissait, ce n'était que pour quémander de l'argent.

Son père finit par tomber malade. N'ayant pas d'argent pour payer les médicaments, il se posa sur son lit et attendit en silence l'heure de sa mort.

Sa mère se mura alors dans le silence et noya sa peine dans l'alcool de contrebande. Cette boisson qui circulait en vente libre dans les favélas décimait les populations aussi efficacement que les gangs.

Naha poursuivait sa vie et contourna une à une les difficultés. Toujours sur le qui-vive, elle prenait ses jambes à son cou à la moindre alerte. Ainsi, elle parvint à préserver son intégrité. Elle faisait désormais figure de modèle dans son quartier et, avec l'aide de quelques camarades de classe, elle ouvrit une école.

Elle fêta seule ses seize ans, autour d'un gâteau au chocolat mal cuit. Toute son énergie était consacrée à ses études et, lorsqu'elle se sentit prête, elle se lassa. Elle réunit toutes ses économies et se présenta à trois examens distincts.

Le certificat de fin de cycle supérieur, regroupant les savoirs des matières générales, ce ne fut qu'une formalité. Une maîtrise des ondes et des radiofréquences, puis un brevet technique supérieur d'électronique. Ces deux diplômes regroupaient les compétences qu'elle avait acquises et dont elle souhaitait faire son métier. Elle fut reçue avec mention très bien et aussitôt postula pour un emploi dans la firme BringCops, filiale de GoéCops dans le domaine des radars longue portée.

Un avenir radieux semblait tout tracé, pourtant, le destin en décida autrement. Un nouveau gang venait de prendre possession de son quartier et son école n'était pas du goût de tout le monde. Un soir, alors qu'elle rentrait tard, elle trouva trois hommes attablés autour de sa mère. Elle déposa les courses dans la petite cuisine et s'assit à son tour à la table.
— Ton école… Ça attire l'attention sur le quartier… C'est pas bon pour les affaires, dit le plus gros des trois.
— L'école fonctionne depuis plus d'un an, elle n'a jamais posé problème à qui que ce soit, répondit-elle sur la défensive.
— Jusqu'à maintenant, la coupa sèchement le plus nerveux.
— D'accord, je vais déménager l'école plus loin…
— Tu vas écouter… pétasse ! ricana leur chef. Plus d'école, nulle part, JAMAIS ! C'est compris ?

Ce dernier mot résonna dans toute la pièce et s'imposa à tous. Elle était mise au pied du mur. Au fond d'elle-même, la devise de sa mère refaisait surface « Ma fille, accepte la réalité, telle qu'elle est ! »
— Plus d'école, j'ai compris, répondit Naha.
— Bien ! Que je n'aie pas à revenir… Tu n'apprécierais pas, je peux te le garantir ! conclut le chef avant de se lever avec ses amis et de quitter la pièce.

Naha comprit dans le regard du gros homme qu'il n'en avait pas fini avec elle. Elle représentait tout ce qu'il détestait, elle était son opposée et, à ce titre, il allait la tuer pour faire un exemple et asseoir son autorité. Elle le savait.
Attendre la réponse de BringCops n'était plus envisageable, elle ne survivrait pas jusque-là.

Le lendemain matin, elle avait fait ses bagages. Elle laissa des consignes à la banque afin que le pécule qu'elle avait amassé lui soit versé par petites mensualités. Puis elle se dirigea, la mort dans l'âme, vers le centre de recrutement militaire. Rester s'apparenterait à un suicide.

Le soldat recruteur qui la reçut la félicita pour ses diplômes, ses compétences et sa volonté d'engagement au service de tous. Une partie de sa solde serait reversée sur le compte de sa mère, l'armée y veillerait.

Ce fut avec un large sourire aux lèvres qu'elle quitta ses vêtements civils, elle était heureuse et libre ! Une nouvelle vie s'ouvrait devant elle et, comme elle l'avait toujours fait, elle se montrerait à la hauteur !

***

— Noé, au rapport !

Noé se tenait debout et faisait face au monde. Dans sa combinaison améliorée, il se sentait invulnérable. Son casque avait automatiquement baissé deux filtres, tant le soleil était éblouissant. Il lança une rapide vérification de son armure et profita de la vue que lui donnait sa position.

Droit devant lui, une grande île s'étalait à perte de vue. Au loin, il apercevait les murs et les tours étincelantes d'une majestueuse cité. Ses remparts, surmontés de fortifications, semblaient faits d'or et d'argent. Divers plans d'eau formaient des douves de forme concentrique. Des ponts enjambaient les canaux et reliaient entre eux des jardins et des petits fortins. Sur sa gauche, plusieurs petits ports et quelques bateaux en bois suivaient le littoral. Sur sa droite, il distinguait des villages entourés de champs et de prairies reliés entre eux par des routes pavées. Cette civilisation semblait prospère et apaisée. La hauteur des murailles était en mesure de protéger ce peuple de toute invasion.

Puis la radio crépita.
— Noé, c'est toi ?

Il reconnut aussitôt la voix de Naha et répondit d'un ton enjoué :
— Qui veux-tu que ce soit d'autre, ma belle ?

Il actionna les rétrofusées de ses bottes et, en deux bonds se retrouva sur le sable doré. Il prit aussitôt Naha dans ses bras. Le sergent n'en croyait pas ses yeux et mit plusieurs minutes à réagir. Son équipement avait changé, il semblait futuriste et tout neuf.

— Noé ? Mais tu sors d'où ?

— De la pyramide, pardi ! Je ne l'ai jamais quittée.

À son tour, le sergent le prit dans ses bras.

— Mais pourquoi tu ne communiquais pas ? On te croyait tous mort, enfin… sauf Naha !

Les trois soldats finirent par se retourner vers le vieil homme qui attendait devant eux. Noé prit la parole dans une langue inconnue :

— Nous ne te voulons aucun mal. Rentre chez toi rassuré, demain nous serons repartis d'où nous venons. N'aie crainte.

Le notable s'inclina et fit signe à ses hommes de remonter à cheval. Après avoir de nouveau incliné la tête devant les étrangers, la troupe disparut par le petit sentier d'où elle était venue. Une fois hors de vue, le vieil homme scinda ses hommes en deux groupes. L'un partit directement avertir le roi de la présence de cette pyramide et l'autre resta sur place pour surveiller ce que faisaient ces individus.

Noé attendit que les cavaliers s'éloignent, puis il se tourna vers le sergent et ajouta :

— Oui, je parle leur langue… C'est un peu long à expliquer, mais vous comprendrez mieux quand je vous parlerai du Conservateur : le gardien de la pyramide !

Alors qu'ils discutaient, les sphères jaillirent du sommet de la pyramide. Elles partirent dans tous les sens et nombreuses entrèrent directement dans la mer. Noé s'adressa en souriant au

sergent :
— Vingt heures, peut-être un peu plus.

Le sergent activa son deuxième chrono.

Les trois amis se retrouvèrent face à face. Ils avaient
énormément de choses à se dire, mais ne savaient pas par où
commencer. Ce fut le sergent qui, avec son franc-parler habituel,
brisa ce silence pesant :
— Mais bordel ! Tu foutais quoi là-dedans ! Marc est mort !
Hiro est coincé dans une fusée en partance pour nulle part !
Sam et Val sont restés sur une planète peuplée de singes
débiles ! Et pour finir, Fred et Luc sont sur une planète face à
un portail qui les emmènera on ne sait où !

Le sergent avait dit cette tirade en une seule fois, il était
à bout de souffle. Naha préféra intervenir :
— Que s'est-il passé, exactement ?

Noé prit une profonde respiration et débuta son récit :
— Quand le sommet de la pyramide s'est refermé, j'ai tenté
d'attacher mon grappin sur la paroi, mais la surface était si dure
qu'il a ricoché. Lorsque le sol s'est dérobé, je pensais tomber,
mais j'étais en apesanteur. J'ai parcouru des dizaines de
kilomètres à l'intérieur sans toucher ni le fond, ni les côtés.
Cette pyramide est gigantesque !
Alors que je voulais remonter, j'ai croisé une sphère et
je l'ai suivie. Rapidement, elle m'a distancé et je suis tombé sur
un truc bizarre. Un grand miroir, une sorte de marguerite avec
des pétales colorés. J'ai tout de suite pensé à un jeu de mon
enfance : un Simon multicolore !
Le jeu a débuté et enchainé les couleurs. Tranquillement,
j'ai reproduit les séquences qui ont été de plus en plus longues

et rapides. Finalement et malgré l'aide de ma caméra, j'ai fini par perdre. Mais cela a permis à la pyramide de mesurer mon niveau d'évolution et le « conservateur » a fini par venir à ma rencontre et m'a expliqué ce qu'il attendait de moi.

— Un extra-terrestre ? Comment est-il ? Comment avez-vous pu communiquer ? le coupa Naha.

— La pyramide fut construite par des extra-terrestres très évolués : les anciens. Elle a pour but la collecte de la vie sous toutes ses formes. Elle est pilotée par une sorte de programme informatique : le conservateur, qui a sa propre intelligence et ses impératifs.

— Il nous ramène quand chez nous ? s'impatienta le sergent.

— Donc ça, par exemple… le retour en 2350… c'est pas dans ses impératifs. Il ne faut donc pas trop y compter, répondit Noé.

Cette première douche froide fut accueillie de façon plutôt mitigée par le sergent, qui sentit la colère monter en lui :
— Qu'est-ce qu'on fout là, Noé ? Ne me dis pas que c'est l'arrêt le plus proche de 2350 que tu as trouvé ?
— Bah si… C'est un peu ça, répondit Noé.
— Mais tu veux qu'on fasse quoi, ici ? demanda soudain Naha un peu surprise.
— Je vais être honnête avec vous. Le conservateur vous aurait bien laissé mourir tous les deux sur le flanc de la pyramide. J'ai dû beaucoup insister pour qu'il accepte de m'écouter et nous voilà sur Terre.
— Laisse-moi discuter deux secondes avec ton conservateur, il va vite changer d'avis ! s'énerva le sergent.
— Mais pourquoi n'est-il pas revenu en 2350 ? insista

Naha.

— J'en sais rien... Il m'a dit que la Terre avait déjà connu plusieurs extinctions de masse et qu'il lui était possible de revenir pour faire sa 'collecte', les sphères et tout le reste. Je ne connais pas la date exacte de notre retour, mais nous sommes sur l'île de l'Atlantide. Le conservateur a intégré leur langue dans l'ensemble de mes connaissances.

— Et le bureau des réclamations, c'est où ? ironisa le sergent.

— Sergent, vous n'avez pas bien l'air de comprendre la situation. Pour le conservateur, on ne représente même pas de la poussière collée à la patte d'une fourmi... Inutile de vous faire un dessin, nos existences sont insignifiantes. Elles n'ont aucune importance à ses yeux.

— Mais toi, il t'a écouté ? demanda Naha.

— T'as essayé de négocier, de le menacer ? demanda le sergent.

— C'est pas facile à expliquer. Il communique directement dans mon cerveau, répondit Noé.

Le sergent leva les yeux au ciel et recula, dépité. Naha le regardait désemparée.

— Ne me dis pas que t'as rêvé tout ce que tu viens de nous dire ? Mais t'as le cerveau grillé, mon pauvre gars... T'es resté trop longtemps là-dedans, dans le noir, tu t'es fabriqué un ami imaginaire, dit le sergent d'un air navré.

— Peut-être bien, mais moi... je parle Atlante ! Et j'ai une armure toute neuve ! Vous n'imaginez pas les améliorations que le conservateur y a ajoutées ! rétorqua Noé sur la défensive.

Le sergent ne pouvait pas le contredire, mais cela ne changea en rien son état d'esprit. Naha insista :

— On fait quoi ? On doit vivre ici, à cette époque ?

— C'est votre seule chance de survie. Vous avez vos armures, vos armes, vous allez être de vraies vedettes à cette époque !

Des demi-dieux ! ironisa Noé.

— Vous... vos… et toi ? Tu fais quoi, toi ? demanda Naha, tout d'un coup soupçonneuse.

Noé recula de plusieurs pas avant de reprendre :

— Pour moi, c'est plus compliqué. Il a besoin de moi, nous avons donc passé une sorte de pacte.

— Ne me dis pas que tu t'es engagé à retourner dans la pyramide ! hurla Naha.

Consterné, le sergent se plaqua la paume de sa main sur le front.

— Mais j'y crois pas ! surenchérit l'officier.

— Je suis venu vous dire que vous devez sortir de la zone de protection avant que la dernière sphère ne soit revenue, sinon c'est la mort assurée, conclut Noé.

Les trois amis restèrent silencieux, puis Naha posa sa main sur l'épaule de Noé.

— Pars avec nous ! Crains-tu qu'il tentera d'envoyer une de ses sphères te rechercher ?

— Naha… je vais vivre des millions d'années, il peut réparer mon corps autant de fois qu'il le souhaite. Je veux visiter ces milliards de mondes et découvrir les formes de vie les plus incroyables… L'univers me tend les bras !

— Conneries ! le coupa sèchement l'officier. Tout ce que j'en ai vu ne m'a prouvé qu'une seule chose : on n'est bien que chez soi !

— C'est ici que vous serez le plus près de chez vous et l'offre ne sera pas renouvelée, conclut Noé.

Les trois camarades restèrent silencieux. Puis Naha revint à la charge.

— Quels sont les termes de votre accord ?

— Eh bien, la pyramide est une sorte de bibliothèque géante qui conserve toutes les formes de vie à travers l'univers. Mais certaines sphères se perdent, elles ne trouvent pas leur place dans cette gigantesque réserve et elles errent dans l'immensité de la pyramide. Le conservateur a besoin d'un « traqueur » qui récupère ses sphères perdues pour les ramener à leur place définitive.

— Y a beaucoup de sphères à récupérer ?

— Des millions, peut-être même des milliards…

— Des milliards ? Mais tu te condamnes à une éternité de servitude !

— Mais je ne ferai pas que cela. Durant le ramassage des sphères, je visiterai les mondes. Je vais découvrir l'univers et toute sa diversité. Je m'apprête à vivre la plus fantastique des aventures ! Il n'y a plus rien pour moi en 2350… Et toi, qui t'attend en 2350 ?

— Personne…, avoua la jeune femme.

— Alors, écoute-moi, Naha. Le conservateur doit prélever un homme et une femme durant cette récolte. Je serai le spécimen masculin et si tu le souhaites, tu peux être le spécimen féminin de notre espèce. Si tu me suis, tu vivras la même aventure que moi.

Naha n'en croyait pas ses oreilles. Le sergent en profita pour intervenir :

— On nage en plein délire. Soldat ! On arrête de délirer et tu te reprends !

Noé recula à son tour et déclara :

— Caporale Nahaya Alvès, je vous informe que je quitte l'armée et reprends ma liberté à cet instant. Veuillez le consigner dans le journal de mission afin d'en informer…

l'autorité légitime ou qui de droit.

— Caporale Nahaya Alvès, veuillez noter dans le journal de mission que je mets aux arrêts le soldat de première classe Noé Balkmore pour divagation et manque total de cohérence.

Les trois soldats se faisaient désormais face, la tension était palpable. Le sergent avança le premier et tenta de saisir le bras de Noé. Naha se jeta à son tour en avant et lança son pied en essayant de frapper la jambe de Noé pour la faire plier.

Noé projeta une onde de choc devant lui qui projeta les deux militaires dans les airs, ils retombèrent plusieurs mètres plus loin. À son tour, il avança et attrapa le pied du sergent, puis d'un puissant mouvement circulaire, il envoya le sergent roulé sur plusieurs mètres, hors de la zone de protection. Puis il pianota sur la console de son avant-bras.

Lorsque l'officier se releva, il avança et se retrouva bloqué par le mur invisible. Il saisit aussitôt son arme, mais Noé l'en dissuada :

— Inutile de gaspiller vos munitions, Sergent. Vous savez parfaitement que rien ne franchira la protection.

— Noé ! À quoi joues-tu ? Tu veux vraiment m'abandonner ici ? répondit l'officier soudainement calme.

— Y a pas d'autre choix, Sergent. On est sur Terre et vous êtes un homme plein de ressources. Avec vos armes et votre tempérament, je parie ma dernière solde que vous entrerez dans l'histoire.

— Naha ! Maîtrise-le et donne-moi ta main pour me faire entrer dans la zone protégée.

— Désolée, Sergent… Noé a raison. Le voyage sur le flanc de la pyramide s'arrête ici, pour nous tous.

Le sergent posa sa main contre la protection invisible de la pyramide et fit glisser ses doigts sur la paroi. Les dés en étaient jetés. Naha reprit la parole.

— Sergent, je vais télécharger toutes les données de notre aventure sur la mémoire interne de votre équipement. Vous aurez aussi diverses applications de médecine et analyses terrain.

— Reculez un peu, Sergent, je vais vous donner tout le matériel, les armes et les munitions disponibles. Avec cette force de frappe, vous pourriez prendre d'assaut l'Empire Perse !

— Tu me payeras ça, Noé, répondit le sergent en serrant les poings.

— J'en doute fort… Même en étant très prudent, il ne vous reste qu'une quarantaine d'années à vivre. Et moi, je suis parti pour des millions… Si jamais je devais revenir sur Terre, ça serait pour y prélever la vie qui succéderait à notre extinction.

Le sergent recula et Noé déposa hors du mur invisible tout l'équipement encore opérationnel. L'officier récupéra le paquetage et vérifia son contenu. D'un geste rageur il l'arracha du sol, le fixa sur son dos et s'éloigna sans se retourner.

Noé ouvrit son casque et respira l'air pur et ambré de la mer. Naha l'imita et vérifia qu'elle avait bien récupéré les temps des chronomètres du sergent.

— On n'a plus qu'à attendre les vingt heures comme prévu, puis je rentre dans la pyramide avec toi ?

— C'est un peu l'idée, répondit simplement Noé.

Naha et Noé discutèrent longuement. Noé décrivit son aventure dans la pyramide, ses relations avec le conservateur. Naha expliqua ce qu'ils avaient vécu depuis son départ ; la mort de Marc, la disparition de Val et Sam, puis de Fred et Luc et finalement Hiro.

Naha finit par s'éloigner jusqu'au rivage, quelque chose la troublait, mais elle n'arrivait pas à mettre le doigt dessus, puis ce fut comme une révélation : « l'Atlantide » ! Aussitôt, elle revient en courant vers Noé :

— L'Atlantide, tu dis ?

— Oui, pourquoi ?

— Mais l'Atlantide va sombrer dans la mer, tu connais la légende ?

— Oui, je connais la légende, et alors ?

— Comment ne pas faire le lien entre tous ces évènements ? C'est la pyramide qui va précipiter cette île dans l'océan !

— Quoi ?

— Mais oui ! Lorsque la pyramide se retirera, elle laissera derrière elle, un gouffre… Tu parlais de plusieurs kilomètres de profondeur ? L'île de l'Atlantide va tomber dans ce trou !

Noé porta sa main devant sa bouche. Naha avait raison, la pyramide allait précipiter la fin de cette civilisation. Le soldat se sentait terriblement coupable, c'était lui qui avait insisté pour revenir sur Terre. Il était responsable de cette catastrophe.

***

Le sergent s'éloigna rapidement. Il repéra un grand chêne et, après avoir vérifié qu'il n'était pas suivi, il enterra furtivement tout le matériel à son pied. Avec son couteau, il plaça un repère sur l'écorce et mémorisa l'emplacement grâce à son GPS.

Il repartit aussitôt en s'éloignant de la plage. Il marcha plus d'une heure sur ce terrain escarpé. Il était seul, à une époque si reculée qu'il pouvait difficilement la dater. Puis, tout d'un coup, le canal radio s'activa.

— Sergent ! Nous pensons avec Noé que le départ de la pyramide va précipiter cette île dans l'océan. L'Atlantide sera ensevelie par ce raz-de-marée, vous devez gagner le continent de toute urgence, dit Naha.

Le sergent coupa la radio et ne prêta aucune attention à la mise en garde, il continua à avancer droit devant lui. Au bout d'une nouvelle heure, sous un soleil de plomb, il s'accorda une seconde pause. Il ne décolérait pas. Comment avait-il pu se faire rouler par ce bleu de Noé ?

Il finit par croiser un cours d'eau et décida d'en profiter pour remplir sa gourde.

Le paysage vallonné était de toute beauté ; une véritable carte postale. Il se surprit à tenter d'imaginer sa vie ici... Un berger ou un pêcheur ?

D'un geste brutal de la tête, il chassa cette idée absurde et se redressa.

Il rangea sa gourde et retira son casque afin de se désaltérer. Alors que le soldat se passait de l'eau fraiche sur la nuque, il remarqua que le silence s'était répandu autour de lui. Le chant des grillons avait cessé et même les oiseaux s'étaient tus.

Sur ses gardes, il se redressa et inspecta les alentours. Avant qu'il ait eu le temps de saisir son arme, un énorme taureau se jeta sur lui.

Malgré sa dextérité, il encaissa le choc et s'accrocha aux cornes de l'animal de son mieux. La bête le traîna sur plusieurs mètres sous l'eau, puis, d'un puissant coup de tête, le sergent fut projeté en l'air et percuta de plein fouet un arbre.

Assommé sur le coup, l'homme gisait, le visage ensanglanté à quelques mètres de l'animal qui, débarrassé de l'importun, s'était calmé.

Le taureau se désaltéra bruyamment, puis repartit par où il était venu, en galopant. Le sergent ne bougeait plus.

Une fois certains que la bête ne reviendrait pas, deux hommes sortirent des buissons et s'approchèrent lentement du blessé toujours inconscient.

***

Noé et Naha se faisaient face. La jeune femme voulait prévenir les Atlantes du cataclysme qui allait s'abattre sur eux, mais Noé refusait catégoriquement de quitter la protection de la pyramide.

Un premier signal d'alarme retentit sur la console de l'avant-bras de Naha. Elle rechercha sur son propre équipement d'où pouvait bien provenir le problème, quand une seconde alerte résonna. Elle consulta les données qui s'affichaient en temps réel sur son ordinateur et comprit que l'armure du sergent venait de passer en mode survie !
— Sergent ? demanda-t-elle, anxieuse, sur le canal radio. Vous avez un problème ?

Mais elle ne reçut aucune réponse. Noé s'approcha et activa le mode GPS du panneau de contrôle. Aussitôt, trois points bleus apparurent. Noé et Naha identifièrent leurs positions et constatèrent que celle du sergent était en mouvement.
— Sergent ! Confirmez-moi votre situation ! cria-t-elle.

Le canal radio resta désespérément silencieux.
— Il faut aller voir ce qu'il se passe, dit-elle à Noé.
— C'est un piège pour nous faire sortir de la zone sécurisée. Tu connais le sergent, il est prêt à tout pour reprendre le contrôle de la situation, répondit Noé.
— Son équipement ne ment pas, lui !
— Naha, il peut nous tromper, tu le sais très bien.

Pourtant, la jeune femme était persuadée du contraire.

Le sergent était dans une situation périlleuse et elle devait agir.

— Alors, on va s'en assurer ! déclara Naha en attrapant son fusil.

Noé comprit qu'il ne parviendrait pas à l'en dissuader et décida de la suivre.

Les deux soldats franchirent ensemble la protection qu'offrait la pyramide et se lancèrent à la recherche de leur ami.

****

Le sergent finit par se réveiller. Un pansement de linge blanc entourait sa tête et couvrait sa blessure. L'énorme bosse à la base de sa nuque le faisait énormément souffrir, mais sa combinaison diffusait un antalgique afin d'en atténuer la douleur. Il se redressa et fit un rapide constat de sa situation.

Il était sur une charrette et roulait sur une route pavée. Les hommes qui l'entouraient faisaient partie du groupe de cavaliers éconduits par Noé. Ils étaient une bonne dizaine et leur chef conduisait la carriole.

Les Atlantes s'inclinèrent et proposèrent de l'eau au soldat blessé. Ce soleil de plomb l'accablait et, malgré l'eau fraîche, il avait du mal à respirer. Rapidement, il perdit à nouveau connaissance. Le vieil homme considéra que la situation devenait critique et fit accélérer le pas vers la grande cité de l'Atlantide.

***

À nouveau, Naha constata que les constantes vitales du sergent s'affolaient. Elle accéléra sa course et activa plusieurs fois les rétrofusées de ses bottes. Noé suivait le rythme avec difficulté, il surveillait surtout ses arrières et n'avait aucune confiance dans le sergent.

Finalement, les batteries de Naha commencèrent à faiblir et ses fusées s'arrêtèrent. Noé sécurisa la zone et tenta une nouvelle fois de raisonner son amie.
— Naha, ce n'est pas prudent de trop s'éloigner de la pyramide. Le conservateur ne nous attendra pas !
— Je ne partirai pas en pensant que le sergent est en danger. En avant, Soldat !

La jeune femme repartit en petites foulées vers le point qu'indiquait le GPS. Noé lui emboîta le pas, tout en regrettant d'avoir quitté la protection de la pyramide. Le sergent devait désormais vivre à cette époque et il était de taille à affronter tous les défis.

Alors qu'ils franchissaient une petite colline, la vue de la grande cité d'Atlantide s'imposa à eux. Naha s'arrêta de courir et filma l'imposante métropole qui s'étalait sous ses yeux.
— Un truc de dingue ! s'exclama Naha. La légende disait donc vrai…

Chapitre 12

L'ATLANTIDE

Sur la terrasse de la plus haute tour d'une gigantesque forteresse, trois hommes scrutaient l'horizon. Depuis plusieurs heures, ils observaient avec des longues-vues ces étrangers et leur énigmatique pyramide.

Le guetteur restait en retrait. Sa vue perçante lui avait permis de donner l'alarme dès l'apparition de cette pyramide sur la plage et depuis, il suivait les moindres faits et gestes de ces êtres à la tenue curieuse.

Le grand prêtre de Poséidon, appelé en urgence, s'inquiétait de la présence soudaine de cette pyramide. Les Dieux égyptiens avaient la réputation d'être puissants et cruels et leurs venues en ce lieu ne pouvaient signifier que la guerre et la colonisation de leur île.

Le roi Atlas espérait que ces Dieux se soient trompés de lieu d'arrivée et que cette pyramide repartirait bientôt pour quelque part plus au sud, en terre égyptienne. Pourtant, au fond de lui-même, il savait qu'il ne fallait pas trop y compter. Ces

Dieux allaient réclamer des offrandes et de nombreux présents, il n'était même pas certain de pouvoir les contenter. Allaient-ils daigner repartir, rien n'était moins sûr !

Le roi fixait, avec soin, les soldats de garde à la base de la pyramide. Puis des enfants surgirent ! Il posa instinctivement la main sur son épée. Si ces hommes s'avisaient de toucher à ces enfants…

Heureusement, les gamins avaient compris le danger et s'étaient enfuis sans demander leur reste. Ils allaient donner l'alerte et, rapidement, nombreux accourraient pour voir de leurs propres yeux la « fameuse » pyramide.

Les dés en étaient jetés !

Puis le sommet de la pyramide s'ouvrit et un troisième homme apparut, il resta un moment à contempler l'horizon, puis descendit rejoindre ceux d'en bas.

Atlas avait déjà été plusieurs fois en Égypte. Il connaissait bien leur culture et leurs divinités mi-hommes mi-animaux. Aucun de ces hommes ne ressemblait aux Dieux de ses souvenirs.

Le roi fit chercher une dizaine de guetteurs. Il affecta à chacun une surveillance particulière, puis chargea des soldats de l'informer de toute évolution des choses. Il quitta la tour de guet et se dirigea directement vers la grande salle du conseil, où l'attendait l'ensemble de ses généraux.

Les visages étaient sombres. La guerre, et l'ensemble des souffrances qu'elle impliquait, étaient dans tous les esprits.

***

Naha et Noé fixaient l'Atlantide. Ils étaient émerveillés par la beauté de cette architecture mêlant finesse et éclat. Trois gigantesques murailles concentriques entouraient la cité. Elles étaient séparées par une bande de terre et un large canal d'eau de mer. Hautes de plusieurs dizaines de mètres, ces défenses semblaient imprenables. Les fortifications étaient reliées entre elles par d'imposants ponts de pierres, surmontés de décorations fleuries.

La cité, au centre de cet édifice, était parsemée de statues magistrales de marbre blanc. Les toits, faits d'or et d'argent, resplendissaient et brillaient sous le soleil de mille feux.

Ce spectacle, grandiose, les laissait sans voix. Pourtant, Noé repéra une sphère qui filait tout droit dans la direction de la pyramide. Il avertit Naha.

— Les sphères reviennent ! Il faut faire vite ! Où en est le chrono ?

— Il reste plus ou moins dix-huit heures.

— Alors, ne traînons pas.

La jeune femme revérifia son GPS et confirma que le sergent se trouvait bien droit devant eux, dans la ville.

— Comment retrouver le sergent dans les dédales de cette immense cité ? demanda Naha.

— Le plus simple serait de taper directement à la porte du roi.

— Ça risque tout de même d'être dangereux… Il doit y avoir des milliers de soldats dans cette place forte et nous ne sommes que deux, ça va faire juste.

— Je parle Atlante, il faut juste trouver le roi et le convaincre de nos bonnes intentions.

Noé brancha son armure sur celle de Naha et rechargea ses batteries. Puis ils s'approchèrent de la première fortification. D'un puissant bond dans le ciel, les deux soldats se retrouvèrent en haut du premier mur, sur le chemin de ronde.

Du haut de ce rempart, Naha put encore mieux admirer les cercles concentriques que formaient les trois autres murailles et l'eau qui entrelaçait le tout. En son centre, elle pouvait voir l'immense palais aux murs couverts d'or.

— Les Atlantes ne s'attendent sûrement pas à notre visite.

— Que peux-tu me dire sur eux ? demanda Naha intriguée.

— Ce que j'en ai retenu de l'école, c'est-à-dire : bien peu de choses. Une civilisation avancée qui disparut dans la mer et un grand roi, du même nom qu'un Titan : Atlas.

— De qui viennent ces infos ?

— Pour bon nombre, cette île n'a même jamais existé. Tout ce qu'on en sait nous vient du grand Platon en 400 avant J.C.

— Mais Atlas lui-même ?

— D'après la légende : un demi-dieu… Fils de Poséidon et d'une mortelle. Un grand roi, grand guerrier, grand savant… un grand !

— Assez « grand » pour nous écouter ?

— On va vite le savoir, conclut Noé.

Noé s'avança vers l'autre côté de la muraille, il agrippa Naha par la taille et s'élança dans le vide en actionnant ses rétrofusées. Le bond fut assez puissant pour qu'ils franchissent le premier canal d'eau de mer et atterrissent directement sur la deuxième muraille.

À nouveau, le chemin de ronde était désert. Sans même ralentir, Noé sauta de nouveau.

Ils atteignirent la troisième muraille et tombèrent nez à

nez sur une patrouille de soldats.

Les Atlantes, se croyant envahis, attaquèrent aussitôt. Naha frappa de sa botte le premier bouclier devant elle, alors que Noé évitait la lance du guerrier face à lui. Puis il dégaina son pistolet et tira une puissante décharge électrique qui se transmit d'armure en armure. Tous les soldats s'écroulèrent au sol, foudroyés.

— Vite ! Ils ne vont pas rester inconscients bien longtemps, dit Noé en rangeant son arme.

Il attrapa Naha par la taille et bondit à nouveau. Ils atterrirent tous deux sur le toit du palais royal. Mais déjà, plusieurs guerriers accouraient vers eux. L'alarme retentit soudain, ils étaient repérés !

Le sergent finit par reprendre ses esprits. Aussitôt, les soldats qui l'accompagnaient s'agenouillèrent autour de lui. Il se frotta vigoureusement les yeux, puis chercha à savoir ce qu'il faisait sur ce chariot. Le vieil homme qui dirigeait la troupe se présenta à lui en frappant sa poitrine :
— Aoénor ! Aoénor !

Le sergent répondit de la même façon :
— Bill ! Billy Crawford !

Les présentations avaient été faites, mais rien d'autre ne put être échangé. La barrière de la langue restait infranchissable. Toutes ses questions demeurèrent sans réponse et, malgré la bonne volonté de ces hommes, ils ne le comprenaient pas.

Il était blessé à la tête et avait même peut-être une ou deux côtes cassées. Ces gens semblaient le prendre pour un Dieu et cela lui convenait parfaitement. Il se rassit sur le chariot et fit signe du bras de reprendre la route.

Les Atlantes obéirent.

La route, pavée de pierres plates et très finement ajustées, était assez large et bordée d'un trottoir de roches blanches. Assez rapidement, ils croisèrent d'autres charrettes tirées par des chevaux ou des bœufs. Chacune d'entre elles pliait sous le poids des marchandises transportées vers la cité. De belles pommes, du raisin ou d'énormes pastèques, le sergent en avait l'eau à la bouche.

Aoénor, qui ouvrait la marche n'eut pas besoin de mot pour le comprendre. Il fit arrêter la charrette d'un paysan et invita le blessé à se servir.

D'un geste de la tête, le sergent refusa cette générosité imposée au marchand, mais le vieil homme sortit de la monnaie de sa poche et paya le paysan qui le remercia chaleureusement.

À nouveau, les deux hommes l'invitèrent à se servir et ce fut avec une grappe de raisin à la main et une poire dans la bouche qu'il se réinstalla sur la charrette.

Ils croisèrent plusieurs postes de garde, mais Aoénor semblait être un notable connu et ils passèrent sans aucune difficulté.

La route devint rapidement très fréquentée, Aoénor donna quelques ordres à ses hommes afin de leur permettre un passage plus rapide. Puis, au détour d'une petite colline, ils arrivèrent au pied d'un immense mur. Le sergent était stupéfait par l'imposante fortification.

Aoénor aboya quelques ordres et on les laissa pénétrer dans cette première enceinte. Haute de dix mètres et large de quatre, l'entrée donnait accès à un tunnel sous la muraille de plus de vingt mètres. Ils débouchèrent sur une vaste place entourée d'entrepôts blancs et d'écuries, puis ils continuèrent leur route jusqu'à un pont qui enjambait un bras de mer.

Le sergent regardait cette cité avec admiration, tout ce raffinement, toute cette douceur de vie le laissaient sans voix. Ils passèrent une nouvelle fortification qui donnait accès aux quartiers marchands. D'un côté, on trouvait les fruits et la viande, mais aussi du poisson et diverses marmites qui chauffaient à feu doux. L'odeur qui s'échappait de ces chaudrons aiguisait tous les appétits. De l'autre côté, les marchands d'étoffes et autres armures se partageaient les étals avec les forgerons et les vendeurs d'épées et autres boucliers.

Des enfants couraient en tous sens joyeusement. Cette cité respirait le bonheur et la joie de vivre.

Ils passèrent un nouveau pont et franchirent une nouvelle fortification pour découvrir les casernes et un univers militaire complet. Les armes de jet et autres trébuchets étaient soigneusement rangés pour pouvoir être déployés en quelques minutes. L'œil expert du sergent remarqua avec quelle efficacité étaient placées diverses catapultes sur les murs.

Pour passer la dernière fortification, Aoénor descendit de son cheval et discuta avec les gardes qui gardaient l'épaisse porte bardée de fer. Ces soldats, à l'armure rutilante, avaient un emblème de taureau en or sur leur plastron. Ils discutèrent longtemps et âprement, mais Aoénor dut attendre l'intervention d'un dignitaire pour qu'on le laisse entrer.

Le sergent pénétra, sous bonne garde, dans l'enceinte du palais. Il fut aussitôt conduit vers les appartements privés du médecin royal. Plusieurs soigneurs nettoyèrent ses plaies et couvrirent de pansements ses blessures. À nouveau, on lui offrit des fruits et du vin légèrement fruité.

La pièce donnait sur un jardin suspendu et s'ouvrait sur l'océan. Alors qu'il contemplait les flots, plusieurs dignitaires entrèrent et se présentèrent. Tous s'inclinèrent devant lui et attendirent en silence.

Le sergent comprit qu'on attendait de lui des preuves de sa nature divine, il ne se fit pas prier.

— Mes gaillards… Vous allez en avoir pour votre argent !

Il activa les deux projecteurs de son armure, puis délesta tout l'oxygène de ses bouteilles tout en diffusant une vidéo de la cité abandonnée de Savannah sur la console de son avant-bras.

Les Atlantes n'en croyaient pas leurs yeux. Le roi devait en être immédiatement informé !

À cet instant retentit une alarme, le sergent comprit que Noé et Naha ne devaient pas y être étrangers.

Le sergent

Le sergent Billy Crawford, plus connu sous le matricule M1-01-2315-2331-KBM-9436, était originaire d'Amérique du Nord. Il intégra l'armée par anticipation à l'âge de 16 ans dans les commandos marines. Doué d'une résistance à toute épreuve, il prouva maintes fois sa valeur et, après quelques années de service, il put monter sa propre unité de combat. Lorsque le conflit extra-terrien éclata, il fut chargé de former une équipe d'intervention rapide pour frapper les positions des colons retranchés.

Le continent nord-américain ne bénéficiait pas, comme le Moyen-Orient, de vastes nappes de pétrole dans son sous-sol. Face à la flambée du prix des hydrocarbures, plusieurs états décidèrent d'extraire le peu de pétrole présent sur leur territoire en fracturant leur sol. Mais injecter de nombreuses quantités d'eau sous pression dans la roche n'était pas sans conséquence. Obtenir ce pétrole de schiste provoqua une pollution de la terre si tragique qu'elle en devint stérile.

Les populations autochtones furent dédommagées, mais nombreuses restèrent sur place et continuèrent leur vie, ne souhaitant pas quitter des propriétés désormais sans valeur.

Ces terres du Dakota du Nord devinrent si arides que même la poussière, charriée par le vent, déposait une fine pellicule de matière noire opaque dans les habitations. Les cancers du poumon décimèrent la population et l'espérance de vie dans ces états recula de plusieurs années. Finalement, ces régions furent déclarées inhabitables.

La famille Crawford fut, comme ses voisins, relogée dans l'état le plus proche et obtint une parcelle de terre cultivable dans le Montana. Vivant d'allocations, elle se replia sur elle-même et se coupa du monde. Elle avait enterré dans le Dakota trois de leurs quatre enfants et la santé vacillante des parents ne présageait rien d'encourageant. Le père de Billy, chétif bonhomme de quarante kilos, mourut d'un cancer généralisé deux années plus tard. Sa mère se suicida en constatant qu'elle crachait de la bile noirâtre.

Billy Crawford devint, à l'âge de cinq ans, pupille de la nation et fut placé en famille d'accueil. Le jeune garçon, au caractère déjà bien trempé, se révéla pourtant un excellent élève.

Il vécut trois années chez un couple de personnes âgées, qui l'élevèrent comme leur fils. Puis la maladie emporta ces gens et il fut déplacé dans une autre famille. Ces profiteurs qui dilapidaient l'argent sans le nourrir convenablement se montrèrent violents. L'enfant, régulièrement battu et exploité, travaillait toute la journée comme homme à tout faire, chez les amis du couple. Comme les deux autres garçons placés, sa vie était un véritable enfer, mais il s'endurcit et se forgea une endurance à toute épreuve.

Ces profiteurs finirent par être dénoncés et le jeune Billy, alors âgé de onze ans, fut placé en foyer. À nouveau, il fut confronté à la promiscuité d'établissements surpeuplés.

Sa stature et son tempérament bagarreur lui permirent de se tailler une solide réputation. Cela lui épargna nombre de désagréments comme le racket et la prostitution qui sévissaient parmi cette jeunesse désœuvrée.

À quinze ans, il intégra un groupe paramilitaire qui sévissait dans la région et fut initié au maniement des armes. Assez rapidement, il comprit que son avenir s'inscrirait dans l'armée.

À seize ans, il s'engagea pour service long dans les élèves commandos marines et débuta sa formation. Doué d'une endurance hors du commun et d'une ténacité remarquable, il se montra à la hauteur des exigences de ses instructeurs. Rapidement, il intégra une première unité de commandos marines et partit à travers le monde se former au dur métier de soldat.

Après deux années de service et une décoration pour acte de courage lors du sauvetage d'un navire en perdition dans l'Atlantique Nord, il fut promu Soldat de première classe.

Pour sa majorité, il dut renouveler ses vœux et choisir sa nouvelle affectation : il intégra les Space-Marines, afin de pouvoir partir dans l'espace poursuivre son engagement.

Il fut incorporé dans une unité de soldats aguerris et partit pour Mars où il encadra la construction d'une vaste plateforme minière. Il enchaîna dix missions, allant de l'escorte de vaisseau de ravitaillement à la mise en déroute de pirates de l'espace et fut blessé deux fois.

À l'âge de vingt-trois ans, il obtint le grade de Caporal et changea d'unité. Il passa les cinq années suivantes comme superviseur des recrues dans le centre de formation des commandos basés sur la Lune. Puis, lassé, il reprit du service actif et retrouva sa place dans son unité d'élite des Space-Marines.

En 2348, après dix années de bons et loyaux services, il obtient le grade de Sergent et fut recruté par la Space-Legion. Ses états de service lui permirent de monter sa propre unité.

Il avait une idée très précise de l'équipe qu'il voulait mettre sur pied. Son premier défi fut de trouver un caporal à la hauteur et il avait la candidate idéale pour ce poste : Nahaya Alvès.

Cette jeune femme avait démontré lors de ses classes des aptitudes hors du commun et ses compétences dans le domaine de la radio et des ondes faisaient d'elle la personne idéale pour le seconder. Après une brève rencontre, elle accepta le poste avec enthousiasme.

Dans les recrues de 2348, il avait repéré deux éléments qui l'intéressaient : Paulson Carter et Valery Strarovski. Paul, un solide gaillard d'un mètre quatre-vingt, spécialiste en explosif, présentait toutes les qualités pour intégrer une unité d'intervention en territoire ennemi. Il accepta la proposition si son ami et instructeur Marcus Chan était recruté lui aussi. Quant à Valery, formée comme médecin militaire, elle prendrait le poste indispensable de « Médic » dans une section de combat.

Deux autres personnes avaient retenu son attention : Hiroshi Kamaya et Noé Blakmore. Les deux étaient ingénieurs et avaient déjà trois années d'expérience dans les Space-Legions.

Dans les recrues de 2349, il récupéra les meilleurs tireurs du lot. Il enrôla Frederick Mendes qui lui parla de Lucas Martin. Les deux furent accueillis au sein de l'équipe.

Le poste de responsable terrain fut plus compliqué à pourvoir. Billy réussit à débaucher Benbera Moussa qui servait dans son ancienne unité. Avec Ben, il recruta aussi Samuel Plobosky dont le comportement indépendant commençait à agacer son ancien officier.

Une fois chaque candidature validée par l'état-major, le sergent réunit son équipe pour six mois d'entraînement intensif sur la face cachée de la Lune.

En 2350, lors de la déclaration de guerre contre les colonies extra-terriennes, l'unité d'intervention était prête au combat : l'aventure leur ouvrait les bras !

Pourtant, aucun d'entre eux ne se doutait jusqu'où les mènerait cette mission.

***

Noé préféra ne pas engager les hostilités. Il resta collé à Naha et activa son bouclier d'énergie. En quelques secondes, ils furent entourés d'une dizaine de soldats déterminés.

— Je suis Noé, fidèle messager d'un Dieu puissant et cruel ! Inclinez-vous ou subissez mon courroux ! hurla le légionnaire en Atlante.

Naha ne comprenait pas un mot de ce qu'il disait, mais en percevait bien le sens, à travers la réaction des guerriers qui stoppèrent leur attaque et se lançaient des regards inquiets.

Aucune lance ne fut pour autant abaissée. La situation semblait figée, les Atlantes n'attaqueraient pas cet homme qui se prétendait fils d'un Dieu, mais ils ne le laisseraient pas partir non plus.

Un homme richement vêtu apparut enfin, il était essoufflé par la longue course qu'il venait d'accomplir.

— Quel est ton nom, étranger ? Et quel est le but de ta visite ?

— Je me nomme Noé et je viens chercher un homme que vous détenez prisonnier. Ramenez-le-moi et je repartirai aussi vite que je suis venu, répondit Noé avec toute la suffisance d'un Dieu.

— Nous ne détenons aucun prisonnier dans nos geôles. Le dernier a été libéré hier et c'était un habitué des lieux, un ivrogne notoire. Vous devez faire erreur, seigneur Noé, répondit le ministre en s'inclinant.

Noé tendit son avant-bras à son interlocuteur et pointa la lumière bleue qui clignotait :

— Écoute-moi bien, seigneur Atlan. L'homme dont je te parle est ici et cette lueur bleue en est la preuve. Conduis-moi

303

immédiatement auprès du Roi Atlas, qu'il écoute ma requête. Mon temps est précieux et ta vie ne tient plus qu'à un fil ! s'énerva Noé.

— Il faut déposer vos armes à terre, seigneur Noé. Tel est l'usage, répondit l'homme apeuré.

Noé posa son fusil et sa ceinture au sol, Naha l'imita.

Les Atlantes, suspicieux, ne reconnurent aucune de ces armes. Le capitaine des gardes prit l'initiative de fouiller les étrangers. Puis ils furent conduits sous bonne escorte vers la salle du trône.

Dans le palais, la panique était générale. Les rumeurs les plus folles circulaient et l'effroi se lisait sur tous les visages.

« Les Dieux... Les Dieux attaquaient la cité ! »

Noé ne décolérait pas, il perdait un temps précieux dans ces couloirs bondés de gens. Pourtant, du temps... il n'en avait pas !

Lorsqu'il pénétra dans la salle du trône, il constata que le roi n'était pas là et s'emporta :

— Pauvres fous ! Vous allez tous mourir !

À cet instant, le roi Atlas pénétra dans l'immense salle par une porte dérobée. Un homme solide de près de deux mètres. Des bras élancés à la musculature fine et ferme. Une tenue sobre, sans arme ni artifice. Des cheveux mi-longs bruns cerclés par une fine couronne ciselée d'or.

Leurs regards se croisèrent, ils se jaugèrent. Noé vit en lui un homme raisonnable et respectable. Il reprit la parole :

— Roi Atlas, vous détenez un de mes amis, vous devez le libérer, immédiatement !

Le roi dévisagea l'homme qui se tenait devant lui. Ses conseillers l'avaient déjà prévenu de ses prétentions divines et de sa tenue assez curieuse. Plus surprenantes étaient ses prouesses physiques, sauter ainsi de mur en mur n'était pas à la portée d'un simple mortel.

Ce Dieu ou demi-dieu n'était pas à prendre à la légère et sa colère n'était pas feinte !

— Seigneur Noé, quels que soient nos différends, je m'engage sur l'honneur à tout arranger, dit simplement le roi.
— Roi Atlas, écoute-moi et écoute-moi bien ! Libère mon ami sur-le-champ, le temps m'est compté ! Et le tien de même ! hurla Noé.

Naha intervint pour calmer Noé.
— À quoi joues-tu ? Ne les provoque pas.

Atlas comprit qu'une dissension existait entre ces deux êtres divins, il pouvait peut-être en profiter. Il s'adressa directement à Naha :
— Grâce, j'implore grâce pour les miens. Ne frappez pas tout un peuple pour une faute dont j'ignore tout.

Naha ne pouvait comprendre les paroles du roi, alors Noé reprit la parole :
— Libère notre ami immédiatement! Ta vie ne tient qu'à un fil.

À cet instant, deux conseillers entrèrent en courant dans la salle. Essoufflés, ils expliquèrent au roi qu'un homme blessé, pouvant être lui-même un Dieu, était bien présent dans le palais. Il était actuellement soigné dans la clinique royale.
— A-t-il la même tenue que nous ? demanda Noé.

— Oui, monseigneur. Elle est identique, répondirent ensemble les deux hommes.

— Blessé, dis-tu ? Personne, sur cette île, ne me parait être en mesure de blesser mon ami. Fais bien attention à ce que tu dis, serviteur !

— C'est la charge d'un taureau qui l'aurait terrassé, répondit l'intéressé.

— Et qui le prétend ? demanda Noé.

— Le seigneur Aoénor, c'est lui qui l'a conduit dans la cité afin qu'on lui porte assistance.

Noé se tourna alors vers le roi :

— Majesté, faites venir mon ami et ce… Aoénor également.

— Allez chercher le blessé et mander le seigneur Aoénor, prestement ! dit Atlas.

Les deux conseillers repartirent en courant alors que le roi Atlas s'installait sur son trône.

— Et si nous parlions de la pyramide sur la plage, demanda-t-il en fixant du regard Noé.

— La pyramide va bientôt repartir…, commença à dire Noé.

— J'en suis fort aise et je payerai le tribut exigé afin de ne pas déplaire aux Dieux, cela va sans dire, ajouta le roi en fixant toujours Noé.

— Aucun tribut ne sera exigé… Roi Atlas, je suis porteur de mauvaises nouvelles, de terribles nouvelles…

Atlas leva alors la main, coupant la parole à Noé.

— Peut-être, pourrions-nous discuter de ces choses-là en privé, seigneur Noé ?

Le roi frappa dans ses mains et la salle se vida rapidement.

— Nous voilà désormais seuls, seigneur Noé. Le temps que votre ami arrive parmi nous, veuillez vous montrer… plus clair concernant notre avenir.

— J'ai de bien tristes nouvelles concernant votre île, roi Atlas.

— Je vous écoute.

— Vous allez périr dans un gigantesque raz-de-marée. Votre île sera engloutie dans les eaux. Aucun de vous ne survivra. Il ne restera de vous que votre légende…

Le roi Atlas garda le silence.

Naha en profita pour questionner Noé :

— Tu lui as dit ?

— Oui.

— Et pour le sergent ?

— Il le fait venir.

Noé se retourna vers le roi et ajouta :

— Je suis désolé, terriblement désolé.

— Pourquoi ? Pour quelles raisons les Dieux nous puniraient-ils ainsi ? Dites-moi comment nous racheter ? Que dois-je faire ?

Noé resta sans voix. Cette demande était pourtant légitime. Comment expliquer à ce souverain la fatalité de ce destin inexorable ?

Il saisit alors le fusil qui avait été posé sur une table. Il l'arma et activa la pleine puissance, puis il s'approcha d'une fenêtre et visa l'épaisse muraille face à lui.

— Comprends-moi bien, Roi Atlas. Je ne parle jamais à la légère !

Et il tira.

La fortification explosa et s'effondra dans l'eau comme un château de cartes. Noé activa son viseur et visa le second mur d'enceinte et tira à nouveau. Le rempart vola en éclats et s'écroula, à son tour, dans la mer. Noé finit par reposer son arme sur la table.

Autour de lui, les Atlantes avaient tous reculé. Le roi ne pouvait en croire ses yeux.

— Il faut fuir, Majesté ! Prendre tous les navires et atteindre le continent avant qu'il ne soit trop tard.

— J'ouvrirai des temples dédiés à ton Dieu. Je ferai les sacrifices qui conviennent. Mon peuple se montera digne et reconnaissant de sa mansuétude, répondit Atlas en bégayant.

— L'avenir est écrit, Roi Atlas. Je ne peux rien faire… Personne ne peut rien faire. Tu dois sauver ce qui peut encore l'être.

— Je pourrais attaquer ta pyramide. Je dispose d'une grande armée, de plusieurs centaines de soldats très entraînés, ne crois pas que je sois sans défense !

— Tu n'écoutes pas, Roi Atlas. La pyramide est intouchable, aucun de tes hommes ne pourra s'en approcher. Le temps file et tu le gâches en palabres inutiles.

Le roi ne pouvait accepter un si cruel destin, mais si cet homme disait vrai, il devait tout de même agir.

— Je vais faire évacuer la moitié de l'île, de toute façon, je ne dispose pas d'assez de navires pour tous. Combien de temps avons-nous ?

— Très peu, trop peu…

À cet instant, le seigneur Aoénor entra dans la pièce, accompagné de dizaines de personnes. Il s'inclina devant le roi. Noé, qui regardait sans cesse le compte à rebours affiché sur l'avant-bras de Naha, s'énerva :

— Qu'as-tu fait du sergent ? Pourquoi l'avoir amené ici ?

Le sergent entra à son tour dans la salle, il avait un bandage sur la tête.

— Ne t'excite pas, Noé, dit-il à son soldat. Ces gens m'ont secouru alors qu'un taureau en liberté m'avait laissé pour mort…

— Vos paramètres vitaux jouaient au yo-yo, on craignait pour votre vie, Sergent, ajouta Naha.

— C'est sympa… Après avoir tenté de m'abandonner sur cette île, répliqua l'officier.

Les Atlantes n'avaient pas prononcé un mot. Ils écoutaient, sans rien comprendre la discussion, espérant, sur une intonation ou une expression comprendre ce qui se jouait précisément. Noé finit par intervenir :

— Roi Atlas, accepte mes excuses et même mes remerciements, pour avoir secouru… mon ami. Tu as ton peuple à sauver et moi, je dois retourner dans la pyramide.

En désignant le sergent, il poursuivit :

— Cet homme… est un grand guerrier. Un grand général ! Il restera avec toi et t'aidera à organiser l'évacuation de l'île. Tu dois l'écouter et suivre ses instructions.

— Mais il ne parle pas notre langue, intervint Aoénor.

Noé se tapa la main sur le front, cette situation devenait inextricable !

— Que se passe-t-il ? demanda Naha.

— Le sergent pourrait les aider à évacuer l'île, mais il ne parle pas leur langue ! s'exaspéra Noé.

— Mais moi je n'ai aucune intention de rester ici ! protesta le sergent.

— Sergent… Il n'y a pas de place pour vous dans la pyramide !

Si vous restez ici, vous allez vous noyer avec ces gens ! C'est compris, ça ? hurla Noé.

Les Atlantes comprenaient que les choses étaient en train de se gâter entre ces êtres divins. Le roi intervint :
— Que se passe-t-il, seigneur Noé ?
— Des complications… Et encore des complications ! Et je n'ai ni le temps ni l'envie de perdre mon énergie avec vos problèmes, car je suis attendu ailleurs, répondit-il au roi.

***

Dans la salle du trône, la tension était palpable. Noé faisait les cent pas et tentait de trouver une solution à ce problème inextricable. Comment aider ses gens sans prendre le risque de rater le départ de la pyramide ?

Naha finit par intervenir :

— Soldats ! On perd du temps ! Pour chaque minute qui passe, ce sont des noyés en plus !

Noé se retourna alors vers le roi :

— Sonnez l'alarme et tous au port pour embarquement immédiat ! Exécution !

Le roi se leva et répéta :

— Exécution !

En un instant, tous se mirent à courir et la salle se vida. L'alarme retentit à nouveau et les ordres fusèrent de toutes parts. Noé se rapprocha d'Atlas.

— Dans chaque bateau, de la nourriture, des tentes, des armes et un groupe de soldats pour encadrer les citadins !

Le roi attrapa Noé par les épaules et lui dit :

— Rends-toi sur le port du Sud, je superviserai le port du Nord.

Les généraux Atlantes finirent par arriver, le roi expliqua brièvement la situation et affecta une tâche à chacun. Tous les bateaux devaient être réquisitionnés et chargés rapidement. Le plus de monde possible devait monter sur les embarcations et s'éloigner de l'île.

Noé insista bien sur un fait :

311

— Il faut atteindre le continent et entrer dans les terres, l'océan va tout détruire. La vague submergera les îles et les rivages !

Le seigneur Aoénor s'approcha alors de Noé et le tira par le bras :
— Vite ! Il faut se rendre sur les quais.

Le sergent, Naha et Noé le suivirent dans de petits couloirs épargnés par la cohue. Au pas de course, ils arrivèrent dans le port et constatèrent, atterrés, que l'affolement empêchait le chargement des navires.

Ce chaos était généralisé et les quais bondés rendaient impossible l'acheminement des vivres et des hommes.

Noé chargea à nouveau son fusil et tira une rafale en l'air. Aussitôt la foule se tut et le calme revint.

Deux officiers reprirent la direction des choses et organisèrent le chargement des navires.

Naha s'avança pour aider à la chaîne humaine qui se formait et chargeait de lourdes caisses. Le sergent attrapa les rênes de deux chevaux et les conduisit lui-même sur un bateau. Noé vérifiait bien que les soldats se répartissaient sur les navires afin de protéger les réfugiés une fois sur le continent.

Les premiers navires quittèrent le port et partirent rejoindre ceux qui arrivaient du port Sud pour naviguer plein nord.

Les heures s'enchaînèrent et, inlassablement, il fallait charger les bateaux rapidement pour qu'ils puissent prendre la mer sans délai.

La dernière trirème, navire de trois étages avec plus de cent rameurs, fut chargée exclusivement de soldats et de chevaux. Elle avait pour mission d'assurer la défense des réfugiés et de construire les prémices d'une nouvelle cité.

Noé s'approcha alors du sergent, ils étaient tous deux exténués et couverts de sueur.

— C'est l'heure, Sergent. Votre avenir s'écrira avec ces gens, quelque part au nord sur le continent.

— Il n'y a vraiment pas de place pour moi dans la pyramide ? Finalement, découvrir tous ces mondes incroyables n'était pas si mal, demanda le sergent.

— C'est impossible, Sergent. Dans la pyramide, il n'y a de place que pour deux représentants de la race humaine, un homme et une femme. Je suis désolé, répondit, peiné, Noé.

Les deux hommes gardèrent le silence un moment, puis Naha se mit au garde à vous.

— Ce fut un honneur de servir sous vos ordres, Sergent, ajouta la jeune femme.

Noé se mit lui aussi au garde à vous et salua son officier. Le sergent les salua à son tour.

Les Atlantes comprirent que les Dieux se célébraient, alors, ils posèrent tous le genou au sol.

— Tant pis pour les armes et le matériel, se lamenta le sergent. J'en aurais eu certainement besoin, surtout le canon multi-ions...

Il pianota sur la console de son avant-bras et envoya les coordonnés GPS à Naha.

— Si tu peux, va les rechercher. On ne laisse pas à l'abandon le matériel dans la Space-Legion.

— À vos ordres, Sergent ! répondit simplement Naha.

Les trois soldats se serrèrent chaleureusement les uns

contre les autres, puis le sergent recula.

— Ce fut un honneur de vous avoir sous mes ordres. Naha, ma belle, t'as été le soleil de cette unité et toi, Noé… Une légende, tu deviendras une légende, je peux te le certifier. Tous, ils connaîtront ton nom et ton histoire, je te le garantis !

Puis il se retourna et courut vers la trirème qui s'écartait lentement du quai. D'un joli bond, il atterrit sur le pont et salua une dernière fois ses amis.

****

Sur les quais, la cohue tournait à la bousculade. Les Atlantes abandonnés à eux-mêmes comprenaient qu'ils étaient sacrifiés et la colère montait.

Noé consulta une nouvelle fois le chronomètre de Naha ; il ne restait que deux heures au temps relevé pour Terra. Il attrapa Naha par la taille et ils activèrent tous les deux les rétrofusées de leurs bottes. Une fois en hauteur, ils bondirent de toit en toit jusqu'à la première fortification.

Naha repéra alors quelques sphères qui revenaient vers la pyramide, elle en avertit Noé. Ils devaient se hâter. De loin, elle aperçut le palais royal. Grâce au zoom de son casque, elle réussit à voir le roi qui, de loin, lui faisait signe de la main. Elle lui rendit son salut et reprit sa course.

En quelques bonds, ils sautèrent de mur en mur, puis les batteries de Naha lâchèrent et ses rétrofusées s'éteignirent. Cela déstabilisa le duo dans les airs qui, malgré les efforts de Noé pour compenser la perte d'énergie, ne put rétablir leur équilibre. Ils s'écrasèrent au pied de la dernière fortification.

La chute de plusieurs dizaines de mètres fut spectaculaire et Noé percuta de plein fouet le sol. Le choc lui brisa la cheville. Naha, à moitié assommée, mit plusieurs secondes à récupérer. Lorsqu'elle se releva, elle courut vers Noé qui se tenait fermement la cheville.

— Ne me dis pas…, commença à dire Naha

— Si ! la coupa Noé. Cours, ou tu vas rater le départ de la pyramide.

— Hors de question !

315

Naha saisit le soldat par les jambes et le plaça sur son épaule. Une fois qu'il fut chargé, elle comprit que c'était peine perdue. Jamais, elle ne pourrait courir ainsi jusqu'à la pyramide. Noé se débattit et, à cloche-pied, s'éloigna et se laissa tomber sous un arbre.

— Naha, je t'en conjure ! Retourne immédiatement dans la pyramide !

— Retire ton équipement, Soldat ! Tu ne gardes que ton casque qu'on branchera sur ma deuxième bouteille d'oxygène, répondit Naha.

Alors qu'elle disait ces paroles, Naha commença à déshabiller son ami. Malgré sa première réticence, Noé comprit que c'était sa seule chance de s'en tirer. Le sergent était déjà loin avec le dernier bateau, la pyramide restait son dernier espoir.

Naha préféra couper la botte en deux avec son couteau plutôt que d'aggraver la blessure de Noé. Une fois déshabillé, Noé saisit son casque et se leva sur un pied. Elle récupéra les batteries de Noé et les échangea avec les siennes. Aussitôt, toute son armure se réinitialisa.

Elle saisit à nouveau Noé par ses jambes et le hissa sur son épaule.

Elle se mit à courir et, par petites poussées de ses rétrofusées, prit de la vitesse. Elle filait à vive allure vers la pyramide quand un violent tremblement de terre la projeta au sol.

Naha se releva et se précipita vers Noé qui gisait à quelques mètres d'elle. Au loin, les murailles de l'Atlantide s'effondraient dans un vacarme assourdissant. Naha repositionna son ami sur son épaule et reprit sa course.

La pyramide vibra à nouveau et déclencha un véritable cataclysme. La terre, les arbres autour d'eux volaient en tous sens. À sa gauche, des crevasses apparaissaient, alors qu'à sa droite, des collines prenaient forme, le chaos était total.

Naha actionna ses rétrofusées pour passer au-dessus d'un arbre qui leur barrait la route. Le chemin qu'elle suivait devenait de moins en moins praticable. Dans son élan, elle traversa un épais buisson et plongea, la tête la première, dans une petite rivière.

Elle était épuisée et se releva difficilement. Elle s'extirpa de l'eau en traînant Noé par son maillot de corps. Dans ce cours d'eau, tout n'était que folie. Les poissons virevoltaient dans les airs et nombreux atterrissaient sur le sol où ils continuaient leurs pirouettes insensées.

Le courant changeait de sens sans prévenir ou formait des siphons impressionnants.

Naha s'octroya une injection de stimulant et ressaisit Noé par l'épaule.

Ils n'étaient plus bien loin, elle ne devait pas désespérer. Les deux soldats continuèrent à avancer au milieu de ce monde en pleine déflagration. Au détour d'une dune, ils arrivèrent sur la plage et découvrirent la pyramide. L'océan, furieux, se jetait sur le rivage avec l'énergie d'un tsunami.

Une vague, surgie de nulle part, les frappa de plein fouet. Naha coula à pic et Noé fut entraîné par le ressac. Désormais aidés par la marée, les soldats nagèrent jusqu'à la pyramide.

Naha hissa Noé sur la paroi en pierre et entoura son filin autour de son buste.

— Attends là, Soldat ! Je monte là-haut et je te tire.
— Je ne risque pas d'aller bien loin, répondit Noé en souriant.

La pyramide vibra de nouveau, l'île sembla chanceler et la mer redoubla de fureur. Une fissure de près d'un mètre de largeur se dessina entre la zone de la pyramide et le sable de la plage de l'Atlantide. Aussitôt, la mer se précipita pour combler le vide. La pyramide était désormais entourée d'eau.

Naha s'aida de ses rétrofusées pour gravir la pente de la pyramide. Elle prenait un gros risque, car si elle glissait, elle retomberait dans le sable. Arrivée en haut, elle actionna son treuil et remonta Noé qui avançait à quatre pattes sur le flanc du monument.

Une fois qu'ils furent tous les deux sur le sommet de la pyramide, elle se referma et disparut…

***

Le roi Atlas assistait, impuissant, à la destruction de son palais. Il suivait la progression des demi-dieux à la longue vue. Leur retour vers la pyramide s'avérait, même pour eux, plus difficile que prévu. Quand à lui, le sort en était jeté… il connaîtrait le même sort que sa cité !

Les séismes s'intensifièrent et, une à une, les tours de sa ville s'effondrèrent.

Atlas ne pouvait détourner son regard des deux silhouettes qui luttaient pour rejoindre leur pyramide. La jeune femme portait son compagnon avec courage et détermination. Il aurait aimé mieux la connaitre.

Le roi les encouragea mentalement : « Allez ! Bon sang ! Vous y êtes presque ! »

La jeune femme tira son compagnon tout le long de la paroi de la pyramide puis, une fois qu'il fut arrivé en haut, le sommet se referma et la pyramide disparut.

Ce moment tant redouté par le roi commença par un étrange silence, un instant de grâce. Puis, l'océan se déversa dans le trou laissé par la pyramide.

Profond de plusieurs kilomètres, l'eau mit quelques minutes à atteindre le magna en fusion de la croûte terrestre. Une fois la rencontre établie, un volcan était né et il entra aussitôt en éruption. La déflagration souleva de plus de dix mètres l'île de l'Atlantide qui, en retombant, bascula dans le vide laissé par la pyramide.

Le roi Atlas sombra avec la moitié des siens et sa cité dans la mer. Il éprouvait de la colère « Nous ne méritions pas cela ! Les Dieux sont fous ! »

La mer se souleva alors de plusieurs centaines de mètres et le tsunami se répandit à travers toute la mer Méditerranée telle une traînée de poudre. Les îles alentour furent submergées et la vague rattrapa les dernières embarcations qui n'avaient pas eu le temps d'atteindre le continent et se mettre à l'abri.

Le volcan sous-marin cracha avec rage son magma pendant plusieurs jours et, à chaque éruption, une vague gigantesque repartait à l'assaut du continent.

L'eau submergea les rivages et s'introduit profondément dans les terres qu'elle recouvrit pendant plusieurs jours.

Nombreux moururent noyés.

Parmi les rescapés, l'entraide s'organisa et on se réfugia en hauteur, dans les collines avoisinantes. Plusieurs fortins furent construits et chaque général Atlan reçut pour mission de veiller à la protection des survivants.

L'eau finit par se retirer et les rescapés rebâtirent leurs cités. Un certain sergent, dans la Space-Legion du 24ème siècle après Jésus Christ, se retrouva à la tête d'un de ces villages fortifiés et il se montra à la hauteur de sa tâche. Après avoir appris la langue de son peuple, il fut sacré roi !

La légende raconte qu'il avait croisé la route d'un grand homme, dont la tâche avait été de sauvegarder un couple de toutes les créatures vivantes sur cette terre avant qu'un Dieu vengeur ne précipite le monde sous les eaux. Cet homme s'appelait Noé !

La légende lui survécut, car nombreux savaient qu'ils n'étaient que les descendants des rescapés de ce terrible déluge.

Pyramide (7)

Noé souffrait le martyr. La corde, passée autour de son buste, le tirait avec force, mais elle le traînait sur le flanc de la pyramide sans ménagement. Avec ses bras, il tentait d'aider au mouvement, mais sa cheville le lançait en continu.

Naha, fidèle à elle-même, n'avait aucune intention d'abandonner Noé sur cette île en perdition. Alors que son ami arrivait au sommet de la pyramide, elle le saisit et le tira au centre de la dalle translucide. Elle lui remit son casque et y brancha sa deuxième bouteille d'oxygène.

Le sommet de la pyramide se referma lentement, laissant les deux soldats dans le noir. Puis, le sol se déroba sous leurs pieds et ils se retrouvèrent en apesanteur.

— On fait quoi, maintenant ? demanda Naha sur le canal radio de Noé.

— Conservateur ? On a besoin d'aide, vite ! répondit Noé.

***

Les deux soldats se retrouvèrent dans la chambre d'hôpital aseptisée que connaissait déjà Noé, mais un lit avait été ajouté pour Naha. Le conservateur les attendait. Naha se pinça discrètement le bras et ressentit la douleur, elle était bluffée par le réalisme de cette scène. Pourtant, elle le savait bien, rien de cela n'était réel.

— J'ai bien cru que vous n'y parviendriez pas, chers amis, dit le vieil homme.

— Je dois bien avouer que c'était moins une, répondit Noé.

— Mes respects, dame Naha. C'est un honneur de te rencontrer, ajouta le conservateur en se tournant vers la jeune femme.

— Je ne vous cacherai pas que j'étais assez impatiente de vous voir, monsieur le Conservateur.

— N'ayez aucune crainte pour vos corps, ils sont actuellement transportés à l'aide de mes sphères vers un régénérateur. Dans quelques heures, vous serez comme neufs.

Noé sortit de son lit et constata, amusé, que sa cheville était réparée. Il fit quelques pas et dit :

— L'Atlantide repose sous les eaux pour l'éternité… Vous ne m'aviez pas dit que le prix à payer pour revenir sur Terre serait si élevé !

— Comment l'aurais-je su ? se contenta de répondre le conservateur, visiblement peiné.

Naha se leva à son tour et le décor d'hôpital se dissipa pour laisser place à l'univers et sa multitude d'étoiles. La jeune femme en eut le souffle coupé.

— Et si je vous parlais du monde qui nous attend ? dit le conservateur, un léger sourire espiègle aux lèvres.

« Imaginez une planète pulvérisée par un astéroïde géant
il y a plusieurs millions d'années. Le météore ne se contenta pas
de détruire toute vie sur ce monde en l'éjectant de son orbite
solaire, il se contamina, par la même occasion, de divers atomes
microscopiques. Souhaitez-vous découvrir ce que devinrent ces
micro-organismes après quelques milliers d'années d'évolution
sur cette comète ? »

FIN

Les chroniques des mondes lointains
PERDUS DANS L'UNIVERS
Auteur : P. Letteron & Illustrateur : T. Nicolson
SFFF
Centre de l'imaginaire
Les aventures de Noé et Naha

Les chroniques
des mondes lointains
PERDUS
DANS L'UNIVERS
Auteur : P. Letteron & Illustrateur : T. Nicolson
SFFF
Les aventures de Val et Sam

* 9 7 9 8 6 5 6 6 3 5 2 0 2 *